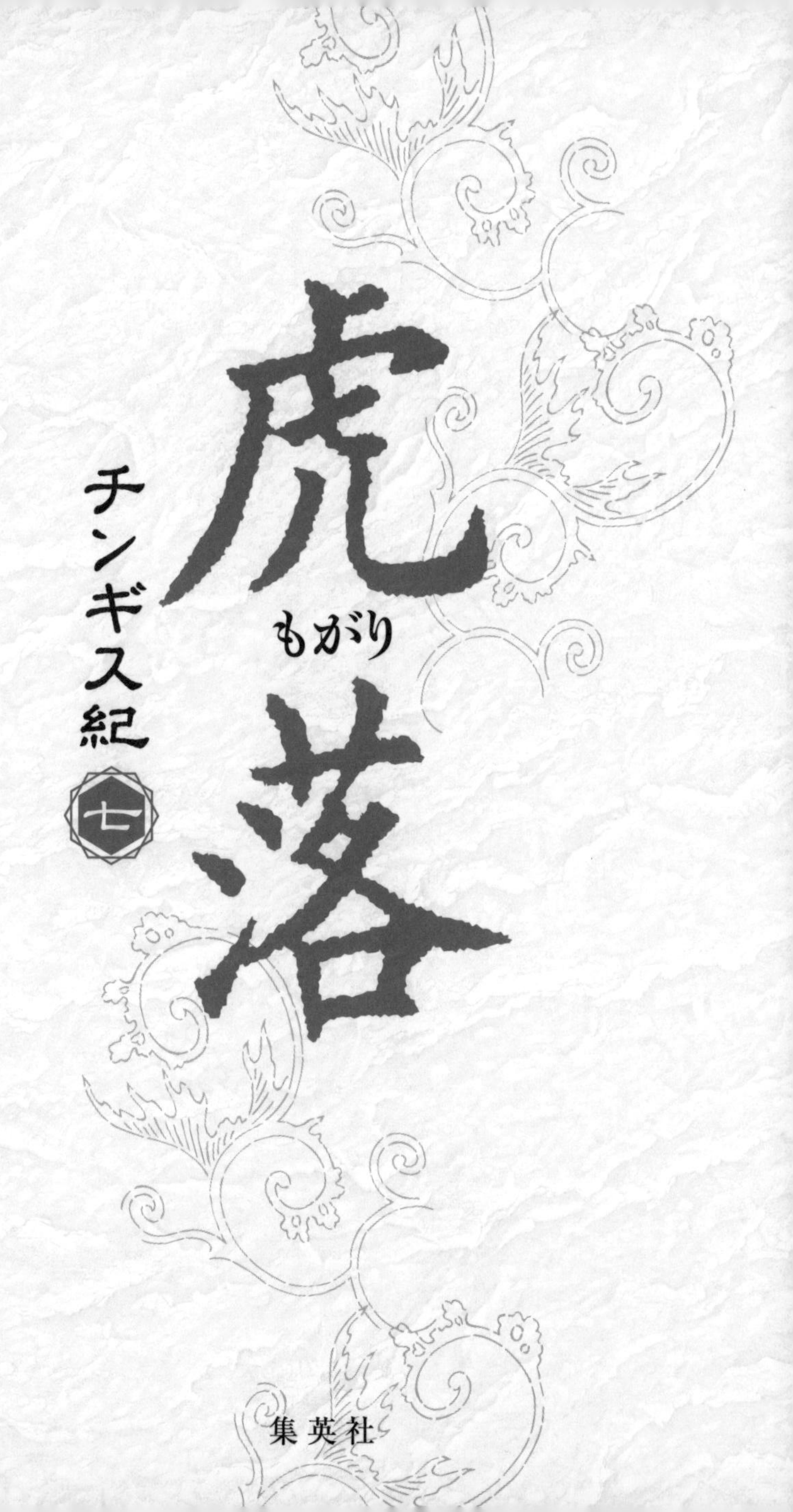

北方謙三
Kenzo Kitakata

虎落（もがり）

チンギス紀 七

集英社

目次

チンギス紀

虎落

もがり

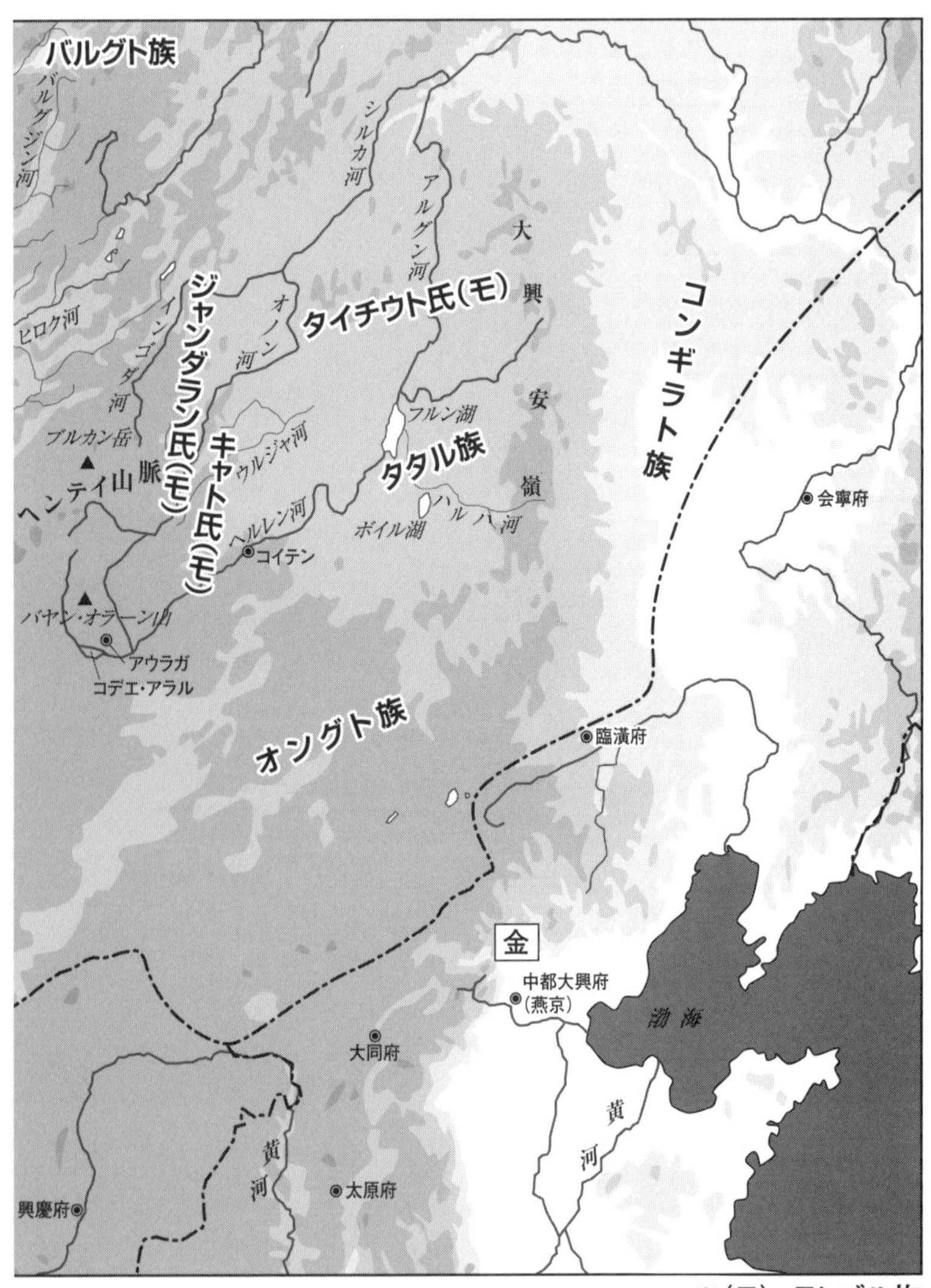
バルグト族
バルグジン河
シルカ河
アルグン河
大興安嶺
ヒロク河
インゴダ河
オノン河
タイチウト氏(モ)
ジャンダラン氏(モ)
コンギラト族
フルン湖
ブルカン岳
ウルジャ河
キャト氏(モ)
タタル族
ヘンテイ山脈
ヘルレン河
ボイル湖
ハルハ河
会寧府
コイテン
バヤン・オラーン山
アウラガ
コデエ・アラル
オングト族
臨潢府
金
中都大興府
(燕京)
渤海
大同府
黄河
太原府
興慶府
※(モ)=モンゴル族

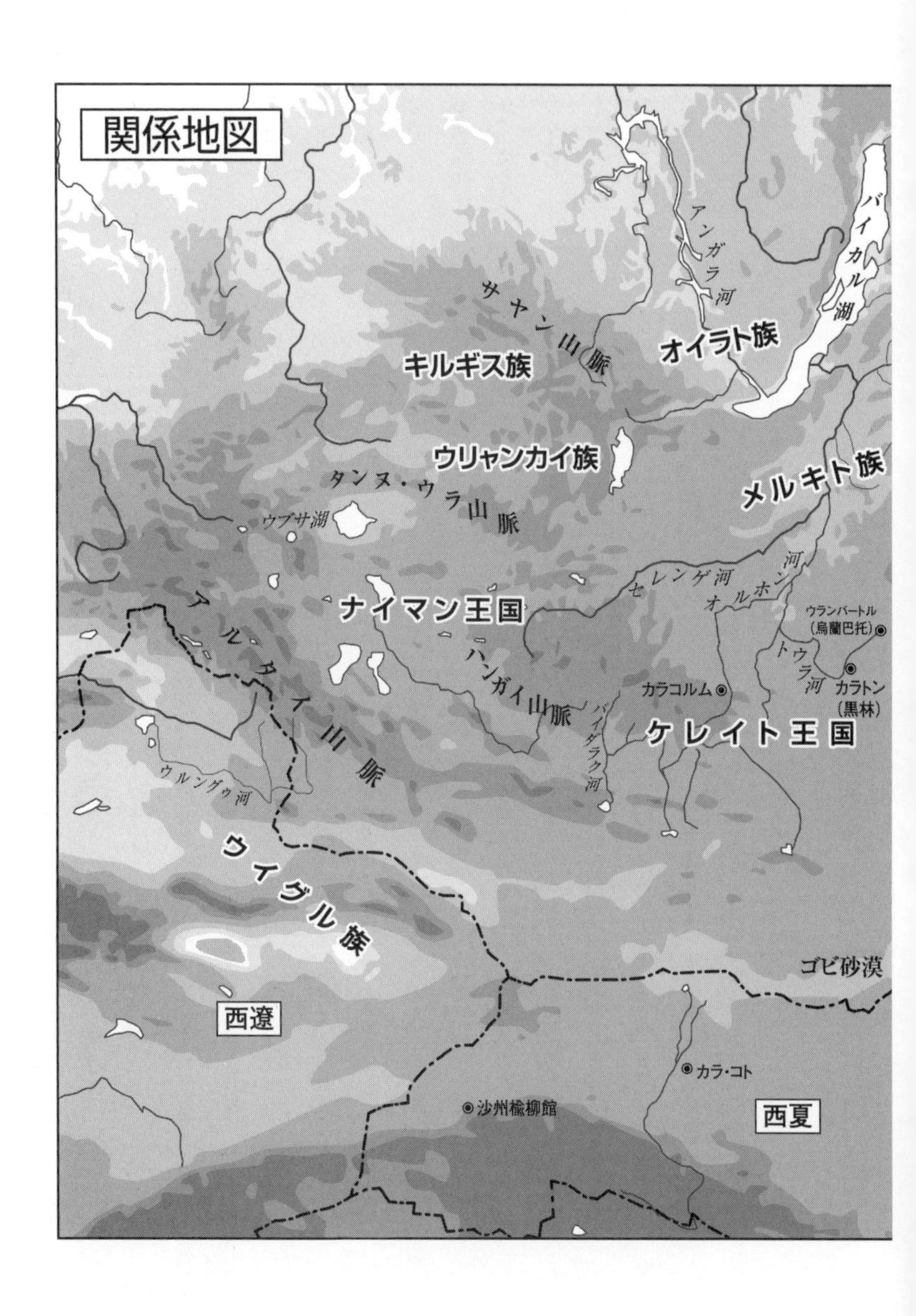
関係地図
アンガラ河
バイカル湖
サヤン山脈
オイラト族
キルギス族
ウリヤンカイ族
メルキト族
タンヌ・ウラ山脈
ウブサ湖
セレンゲ河
オルホン河
ナイマン王国
ウランバートル
(烏蘭巴托)
アルタイ山脈
ハンガイ山脈
トウラ河
カラコルム
カラトン
(黒林)
バイダラク河
ケレイト王国
ウルングゥ河
ウイグル族
ゴビ砂漠
西遼
カラ・コト
沙州楡柳館
西夏

モンゴル族キャト氏と麾下

テムジン……………(キャト氏の長)
ホエルン……………(テムジンの母)
カサル………………(テムジンの弟、次子)
テムゲ………………(テムジンの弟、四子)
テムルン……………(テムジンの妹でボオルチュの妻)
ベルグティ…………(テムジンの異母弟)
ボルテ………………(テムジンの妻)
ジョチ………………(テムジンの長男)
チャガタイ…………(テムジンの次男)
ウゲディ……………(テムジンの三男)
トルイ………………(テムジンの四男)
コアジン・ベキ……(テムジンの長女)
ボオルチュ…………(人材を募る任務を担う)
アンカイ……………(ボオルチュの副官。医術を学ぶ)
モンリク……………(岩山の館に住み、商いを管理する)
ダイル………………(モンリクの息子)
アチ…………………(ダイルの妻)
ジェルメ……………(槍の達人)
クビライ・ノヤン…(左利きの弓の達人。左箭(させん)と呼ばれる)
チルギダイ…………(ジャムカとの戦いでテムジンの身代りとなり戦死)
スブタイ……………(テムジンに仕える将校)
ジェベ………………(テムジンに仕える将校)
ボロクル……………(テムジンに仕える将校)
ムカリ………………(五十騎の精鋭による雷光隊を率いる)
トム・ホトガ………(雷光隊に属する)
カチウン……………(テムジンの亡弟と同じ名を与えられ、法を学ぶ)
ヌオ…………………(馬匹や武具を扱う隊の隊長)
ハド…………………(ヌオのもとで働く男)
アヒン・ダジン……(ヌオのもとで働く男)
バブガイ……………(兵站や物資の輸送を担い、船大子(オンゴツ)と呼ばれる)
ソルカン・シラ……(商人。西遼に交易の拠点を作った)
チンバイ……………(ソルカン・シラの長子)

チラウン……（ソルカン・シラの次子）
陳元（ちんげん）……（ボオルチュが太原府で見出した鍛冶）
義竜（ぎりゅう）……（元大同府の鍛冶屋でテムジンに仕える）
耶律圭軻（やりつけいか）……（鉄の鉱脈を追う山師）
黄貴（こうき）……（双子の兄。計算を得意とする）
黄文（こうぶん）……（双子の弟。計算を得意とする）
桂成（けいせい）……（アンカイの師。医師）
劉健（りゅうけん）……（薬師）
ヤク……（狗眼（くがん）一族の男）

モンゴル族タイチウト氏と麾下

タルグダイ……（タイチウト氏の長）
ガラムガイ……（タルグダイの副官）
ラシャーン……（大柄な女戦士でタルグダイの妻）
サムガラ……（タルグダイ麾下の将校）
ホン……（タルグダイ麾下の将校）
ソルガフ……（タイチウト氏の長のひとり）
椎骨（ヤス）……（タルグダイに仕える呪術師）
ウネ……（タルグダイの家令）

モンゴル族ジャンダラン氏と麾下

ジャムカ……（ジャンダラン氏の長。テムジンと同年）
ゲデス……（ジャムカの副官）
ホーロイ……（武術の達人で力が強い）
ドラーン……（ジャムカの家令）
フフー……（ジャムカの妻で、ジャカ・ガンボの姪）
マルガーシ……（ジャムカの長子）
サーラル……（若い将校）
アルタン……（テムジン軍の百人隊長だったがジャムカの麾下となる）
クチャル……（テムジン軍の百人隊長だったがジャムカの麾下となる）
一臓（いちぞう）……（六臓党の頭。ジャムカに仕える）

メルキト族

アインガ…………（メルキト族を率いる若い族長）

トクトア…………（メルキト族を率いる立場をアインガに譲り、森に住む）

ケレイト王国

トオリル・カン…（ケレイト王国の王）

セングム…………（トオリル・カンの息子で百人隊長）

ジャカ・ガンボ…（トオリルの末弟。ケレイト王国禁軍を統べる）

アルワン・ネク…（ケレイト王国の将軍）

チャンド…………（トオリル・カンの側近）

金国

完顔襄（かんがんじょう）…………（金軍の総帥）

鄧昇（とうしょう）…………（完顔襄の部下）

耶律燕（やりつえん）…………（金軍の副将）

その他

蕭源基（しょうげんき）…………（大同府で書肆と妓楼を経営する男）

泥胞子（でいほうし）…………（蕭源基の妓楼で働く男）

御影（スーデル）…………（トクトアと同じく森に住む男）

耶律哥（やりつか）…………（金国の大商人）

蕭尤（しょうゆう）…………（輸送を生業にする男）

宣凱（せんがい）…………（沙州楡柳館（ゆりゅうかん）を統べる老人）

宣弘（せんこう）…………（宣凱の息子で沙州楡柳館で働く）

タヤン・カン……（ナイマン王国の王）

一年の後

一

冬の間に、軍の編制を少し変えた。

麾下(きか)を四百騎として、ホーロイに率いさせる。あとは、戦場に応じて、百人隊を組み合わせる。

麾下を増やしたのは、絶対にその必要があったから、というわけではない。言ってみれば、ジャムカが自分の勘に従ったということだった。

昨年のテムジンとの戦(いくさ)で、見えてきたものがいろいろある。あの時、麾下が数百騎いれば、テムジンを包みこめた。チルギダイというテムジンの部将に、馬ごと斬られる、ということも起きなかった。

チルギダイに斬られた傷は、意外に深いものだった。テムジン軍に追撃をかけるのをホーロイが止め、すぐに傷の手当てをはじめた。その時になって、ジャムカの意識は途切れ途切れになったのだ。

傷はなかなか癒えず、ジャムカは毎日のように戦を思い返した。

テムジンの首を奪れたかもしれない、というのは後から考えることで、意味はない。

なぜ、あの時、テムジンを追ったのか。テムジンの動きは、逃走というものではなかった。一度、距離をとる。そういう動きに、自分は乗じられると感じたのだ。

自分がやるべきことは、テムジンに合わせて駈けることだけだったのか。

方法は、いくらでもあった。考えてはみるが、すべて想定にすぎなかった。実際は、追った。あるのは、それひとつだけなのだ。

戦の後、テムジンのもとに流れる遊牧民が出た。自分のところからさえ、いくらか出ている。はじめ、ジャムカにはその意味がわからなかった。戦は、勝ったと言っていいはずだ。少なくとも、負けてはいない。民がテムジンに流れる理由は、なんなのか。

しばらく考えて、四つの家帳が思い浮かんだ。そこにいた民の、恐怖に引きつった顔。子供の姿。あそこで、子供も含めた五人が、死んだのだという。

ジャムカは、しばらくでも考えた自分を、恥じた。

あの時、テムジンの首を奪れると思った。それで、すべての判断は停止していた。しかしテムジンは、討たれるかもしれないという危険に身を晒してでも、民を死なせることを避けた。

そこにどういう差があったのか、考えるまでもないことだ。

ジャムカは、傷を押して、領分内を回った。領主を見かけた民の態度は、以前とまったく変らなかった。自分が領主であるかぎり、それは変らないのだろう、と思った。変ろうとする者は、自分から離れていく。

冬になるとすぐに、わずかな供回りで、コンギラト族の領内を回った。

ジャムカが、撫州を攻めたことを、評価する長が多かった。それは当然だろう、とジャムカは思った。コンギラト族全体では、反金国の傾向は強い。それが、代々受け継がれてきたと言える。しかし草原は、いまのように反金国派と親金国派というふうに、きれいに二つに分かれてはいなかった。もともと反金国といっても、戦に軍を出そうという者が、どれほどいるかはわからなかった。

それに、コンギラト族には、テムジンが婚姻によって深く食いこんでいる。母のホエルンも、妻のボルテも、コンギラト族の長の娘だった。

そして最近では、有力な長であるブトゥという者に、娘を嫁がせている。

ジャムカの婚姻関係といえば、妻のフフーだけで、しかもケレイト王国の出身だった。つまり、敵なのだ。

誰と手を組むこともなく、自分ひとりで闘いたい。それは思いとしてあっても、いまはもう草原を二分する戦になるのだ。

ケレイト王国のトオリル・カンとテムジンは、すでに結束せざるを得ない連合者同士だった。この草原で、金国と組んで戦をしたのだ。その折に金国から与えられた、王・カンという称号は、なにかあれば押し立ててくるが、それ以外の権謀も、弄してくる。ジャムカが金国撫州を攻めたことで、金国は強くジャムカ討滅を命じてきているようだが、それを自分のところでうやむやにしている、と何度も恩を着せてきた。

その上で、反金国同盟を解消すれば、テムジンと並ぶ待遇をする、とも言ってきた。しかし裏では、ジャムカを討てば、金国にとりなす、とメルキト族のアインガに伝えたりしている。

複雑なようでいて、単純だった。

やがて、反金国か親金国かで、草原を二分する戦が起きる。そのどちらにつくかだけの話なのだ。

ジャムカは撫州を攻め、すでに金国と戦をしているので、改めて旗幟を明らかにする必要はない。

テムジンもはっきりしたもので、反金国の勢力とは、どこであろうとぶつかる、という構えでいる。

テムジンとの結着を、ジャムカは二人きりでつけたいと考えていたが、去年の遭遇戦のようなものがないかぎり、もう無理な段階だった。

テムジンは、キャト氏嫡流のジュルキン家のサチャ・ベキを、不意に攻めて、滅ぼした。徹底したやり方で、ジャムカが情報を得た時は、サチャ・ベキ領を統轄し、本拠もそこへ移していた。

狙いすましていたのか、タイチウト氏のタルグダイが、介入の構えを取る余裕さえ与えなかった。

気づくと、モンゴル族の中で、最大の領分を持つようになっていたのだ。いまの状態で兵を召集すれば、一万四、五千は集まるはずだった。ただテムジンは、そういう兵の召集をあまり好まない。百人隊は組み替え、遊牧民の遊牧地も入れ替え、百人隊を支える集落が作られる。そこへ入る百人隊長は、しばしば替るようだ。

はじめのころ、集まった百人隊を解体し、新しく編制し直すということについて、ジャムカはほとんど理解不能だった。

いまテムジン軍を見ていると、その意図ははっきりとわかってくる。百人隊の、兵の質が揃っているのだ。それだけではなく、騎射が得意な兵が集められた隊もあれば、突破力の強い隊、乱戦でめまぐるしく動き回る隊と、百人隊そのものの質も、いろいろあると思えた。

ただそのために、テムジンは兵力を犠牲にした。一万四、五千の召集能力の、半分を超えるほどしか生かしていないのだ。

兵站をなすための、後方部隊が異様なほど大きいのも、そういうひずみが現われたものと思えた。

ジャムカの兵は、呼びかければ集まってくる。草原に散らばる者が、かなり多く、召集をかけた兵と同じぐらいの数か、と思うこともある。いま、呼びかけと召集で、一万騎は集まるはずだった。

呼びかけで集まる兵は、領分内の兵というわけではないので、時によって増減する。だから、当てにはしていない。

戦が、兵力だけで決まるわけではないのは、ジャムカとそしてテムジンが証明してきたことだった。

雪が解けはじめている。

ジャムカの傷はようやく回復し、剣も普通に振れるようになった。

あのチルギダイという男の剣は、なんだったのだろうか。ジャムカの剣は、チルギダイの脇腹に、深々と刺さっていたのだ。それでもジャムカを斬り、馬の首まで落とした。

思い返しても、小気味がいいほどだった。

アルタンとクチャルを呼んで、チルギダイについて、訊いたことがある。二人とも、かつてはテムジン軍の百人隊長だったのだ。

普通の顔をした豪傑だ、とアルタンは言った。クチャルは、涙を流し、言葉を出せなかった。

それだけの男が、テムジンの身代りになって死んだ。部将をひとり討ち取ったのだ、という気分に、ジャムカはなれなかった。

「殿、また馬を買い入れるのですか？」

家令のドラーンが、本営の幕舎に入ってきて言った。普段は、大きな家帳を二つ並べた、営地をあまり動かない。

「つまり、砂金が底を突いたか」

「とうに、底を突いています」

「ならば、いままではどうしていたのだ？」

「戦利品を動かしています。羊だけでは足りませんので」

「それほど、戦利品はあったのか？」

「ずっと以前からの物を、蓄えていました。それを西域（さいいき）に運び、動かして利を得たのです。一部は、西夏（せいか）でも」

ドラーンが、二十名ほどの商隊のようなものを作ったのは、どれほど前のことだったのか。その者たちは、砂金を二、三袋、半年か一年に一度、送ってくる。

「しかし、利は限られる、というのだな」

「その通りです。商いですから、利があがらない時もあるのです」

戦をやるための商い、などという言葉は聞きたくなかった。しかし、聞かざるを得ないのもわかっている。

「無闇に、馬の買い入れはやめよう。しかし、今度のやつは」

「私は、できるかぎり、殿の意に沿うように努めています。しかし、それも」

「わかっている。すまん。今度だけ、なんとかしてくれ」

いつも、今度だけ、だった。その自覚はあるが、同じことだ。

「鉄塊も入れなければなりません」

内政はドラーンに任せきりだが、うまくいっている。徴収した税で、かなりのものを購（あがな）うことができるのだ。それでも足りないので、ドラーンが苦労することになる。

「殿、今年は大きな戦ですか？」

「読み切れないのだ、ドラーン。トオリル・カンとテムジンの、連合軍と闘う。そのためには、俺ひとりでは無理だ。こちらの連合は、まだなにもできていない」

「テムジンとだけ闘う、ということはできないのでしょうね」

「俺も、そうしたい。難しいだろうな。テムジンも、同じ思いだと思う」

「これから、連合作りに動かれるのですか？」

「俺が動くべきなのかどうか。連合の中には、メルキトも含まれる。俺が、メルキトと連合できると思うか」

「場合によっては」

「そうなのだ。場合によっては、なのだ。俺が、ひとりで走るわけにもいかん」

「雪の中を、殿はコンギラト族の地を回られましたが」

「収穫があったとは言えまいな。みんな、反金国を口にする。口で、戦はできないではないか」

「そのうちの何人が、戦に出てくるのだ、という話になりますな。口というのは、厄介なものです」

「肚を決めている者も、いくらかはいる」

「そうか、男は肚ですか。私のように戦に出ない者は、そのあたりのことがよく摑めないのです。肚を決められずに、右往左往しているだけなのですよ」

ドラーンの肚は、自分より決まっているかもしれない、とジャムカはよく思った。払える当てがないのに、馬や鉄塊を買いつける。そして取引の時には、どこからか砂金を手に入れてくる。

そんな真似は、ジャムカにはできなかった。

「馬は、今回で終りにしよう。望んだものをすべて持って、戦ができるわけではない」

撫州を襲って取り返した馬は、もともとの一千頭のほかに、一千四百頭がいた。

略奪だとは、思わなかった。撫州に攻めこみ、軍と闘って得た戦利品である。

「余裕が出たら、鉄塊を入れよ」

「鉄塊も大事でしょうが、蓄えはあります。それより、六臓党(ろくぞうとう)に回したいのですが」

六臓党には、砂金が払われている。それで、命じた仕事は一応こなしていた。

充分とは言えなくても、一臓(いちぞう)が納得する砂金は払われているはずだ。

「理由を言え、ドラーン」

「六臓党は、払われた砂金の分だけ、仕事をなす者たちです。それを決して変えようとしないのが、信用できるところなのですが。いま以上の働きが、できます。できない場合は、砂金を辞退いたします。そして私はいま、六臓党の働きが必要だ、と思っているのです。特にいまは、必要です」

ドラーンの言っている意味はわかった。

どう動こうと、ジャムカひとりでは限界がある。そこを、六臓党が補佐してくる。もともと、ああいう連中には、心の底では軽蔑するような感情を持っていた。しかし、頼らざるを得ないこともあった。

「一臓に、あとどれぐらい渡すつもりだ。ドラーン、これは吝嗇(りんしょく)で言っているのではない。おまえが、どれだけの価値を認めているか、知りたいだけだ」

「いまの、二倍を」

「それは」

「情報は、最後の最後に出てくるものが、重要なのです。砂金を惜しむと、その重要な情報は、六臓党の中で腐って消えます」

「そうか。砂金で雇うというのは、そういうことか」

「一臓殿との、微妙な駆け引きになります。それこそ、私と肚の探り合いをしながら、砂金の量を決めるのです。私は、決して殿に損をかけず、重要な情報を逃さずにということを、第一に考えるのですが」

「俺にはできないことだ。おまえに任せるしかないな」

ドラーンは、十日に一度ぐらい本営に来て、ジャムカと話をすると、気持を落ち着かせることができるようだ。

ドラーンが帰ると、ジャムカはホーロイを呼び、麾下の出動を命じさせた。

いまは、四百騎である。百騎で出動する時より、いくらか時がかかる。

ジャムカは、黒貂(くろてん)の帽子を被(かぶ)り、外へ出た。

出動と言っても、実戦は想定されていない。ジャムカもテムジンも、三つ巴(どもえ)よりも複雑な情況の中にいて、単独で動くのはきわめて難しいのだ。

ところどころにまだ雪は残っているが、原野は芽吹きはじめていた。

家帳が十ほどの集落があり、人が十数人出てきて、ジャムカに挨拶を送る。

これを踏み潰したのか。子供まで、死なせたのか。集落を見るたびに、ジャムカをそういう気分が包みこむ。

終ったことだ、と自分に言い聞かせる。

麾下との行軍は、数日、続ける予定だった。

四百騎がいれば、かなり複雑な調練をすることもできる。四名の百人隊長の資質の違いも、より深く見えてくる。

野営は、木立のそばでやった。

馬や駱駝の糞などを集めてやる焚火より、薪を燃やす方が好きなので、ジャムカはいつも樹々がある場所を選ぶ。

五つの焚火が作られた。ひとつだけは小さく、ジャムカとホーロイと四名の百人隊長が囲む。そうでない時は、ジャムカは百人隊の輪の中に紛れこむ。

故郷の家族のことを話す兵。遊び女を買った話をする者。心を寄せた女の話。

そんな話を聞くのが、ジャムカは好きだった。兵たちと冗談を言い合って、戯れていたことも以前はあった。

戦になると、ともに命を懸けて闘う。戦でない時も、友人とも違う、とても大事な存在と思えてしまう。そういうものの中で、過ごすのが好きだった。

どこにも、嘘がない。単純である。そして、どこまでも深い。それが、軍の中の男と男の関係だった。

草原の中で、小さな部族同士の争いをし、和解し、大地の恵みに感謝する。遊牧の民の暮らしは、もともとそういうものだった。政治などという要素が入りこむ余地がないほど、簡潔なものだった。大事なのは、ともに生きるという思いだけだった。

「なにを考えておられます、殿？」

百人隊長のひとりが、話しかけてきた。

「金国も西遼（せいりょう）もなかったら」

「ケレイトやナイマンが、でかい顔をするのでしょう。多分、メルキトも」

「まあ、そうなるのだろうな」

「この草原が、ひとつにまとまればいい、と俺は思ったことがあります。みんな同じように暮らしているのに。戦に出るようになって、なんとなくわかりました。あまりに似ているから、ちょっとした違いが受け入れられないのだと。金国や西遼を敵にするよりは、なにか心にしみこんでくるような敵なのですよ」

「心にしみこむ敵か。なんとなくわかるような気もする」

テムジンが、そうなりつつあるのではないのか。そして心にしみこんだ敵は、心から消さなければならない。つまり、殺すしかないということだ。

麾下に限らず、百人隊長の名はすべて憶（おぼ）えていた。ただ、あまり名は呼ばない。特に麾下は、一番から四番までで、その上にホーロイがいる。

「金国が敵ということで、草原全体がまとまるのか、俺は疑問でした。ケレイトとメルキトが手を組むなど、あり得ませんからね」

将校たちに、こんな話は自由にさせていた。いまはジャムカの前だから遠慮しているが、それぞれの軍にどんな隙があるか、大声で言い合ったりもしているようだ。

ホーロイや、ほかの三名の百人隊長も加わってきて、深更まで議論をしていた。

ジャムカは、途中で眠くなった。

翌朝、耳もとで笛の音が聞えたような気がした。躰を起こし、ジャムカは木立の中に入っていった。

「ジャムカ様は、冬の間にコンギラト族の長たちと会われましたが」

そばに一臓が立っている。木の幹と、見間違えるほどだった。

「収穫は、なにもなかった」

「いずれ、生きることもありましょう。コンギラトの氏族は、大きくまとまっているようで、自分の生き方を決めて変えない長が多いのです。戦がはじまれば、誰がどちらについているか、すぐにわかります」

「会って、無駄にならない相手。それを捜してくれ」

「かしこまりました。ドラーン殿から、過分な砂金を頂戴いたしました。それに見合う働きをしなければならぬ、と思っております」

一臓の口もとに、下卑たような笑みが浮かんだ。ジャムカは、それを見ないようにした。

「俺は、腰を折りたくはない。すべて、対等に話せないかぎり、興味はないぞ」

「ジャムカ様は、誰と語るにしても、対等以上であります」

「六臓党の者は、どこへでも行けるのか？」

「テムジン領以外は。あそこには、狗眼と称する者どもがいて、お互いにたやすく見分けてしまうのです」

狗眼の者は、テムジンの臣下だった。かつてはジャムカのもとにも出入りしていたが、臣下にすることで、テムジンはそれを取りこんだ。考えてみると、テムジンは意外にそつなく、さまざまなものを取りこんだ。

狗眼の者に対し、ジャムカはどうしても心を開くことができなかったのだ。六臓党についても、同じなのかもしれない。だから、砂金なのだ。

「急ぐからな、一臓」

「いま、草原ではみんな急ぎはじめております」

一臓が、また笑った。

二

鞍も、兵が担ぐ。そして駈ける。

それを、二日、不眠不休で続ける。

ムカリは、四十九名を冬の間に集めた。馬百頭はコデエ・アラルで手に入れる。ムカリが行くと、コデエ・アラルのハドは笑っていた。好きな馬を連れていけ、ということだった。

ムカリは、第一と第二の丘の間の入り組んだ谷へむかった。

ハドが、焦った表情で追ってきた。

「そこの谷の馬は、まだ外に出せないものだからな、ムカリ」

「ハド副長、いい馬だって、顔に書いてありますよ」

ハドは、北の牧（まき）のヌオ隊長の弟子のようなものだから、ムカリは勝手に副長とつけていた。武器工房をやっているアヒン・ダジンも、副長である。

ムカリは、雲（ウール）を駈けさせた。部下の四十九騎が、離れずについてくる。

「ムカリ、ほかの馬は、どう選んでもいい。この谷の五百頭は駄目だ」

「ほう、五百頭もいるのか。俺が欲しいのは、百頭、いや九十九頭ですよ。ウールだけは、俺が乗り続けますから」

谷の奥に、柵があった。そこにいた者が、柵の前で両腕を拡（ひろ）げた。三人いて、三人ともが同じ恰好（かっこう）をしている。

「柵を開けろ」

「待て、ムカリ。いい加減にしろ。ここの馬は、すべて殿のもとに行くのだ」

「殿から、好きに馬を選べ、と言われた。そしてあんたも、同じことを言いましたぜ」

「しかしな、おまえ」

「諦（あきら）めてくださいよ。ここにいい馬がいることを、俺は前から知っていたし」

「なんだと」

「ウールを選んだ時、この谷の入口を見たんですよ。馬糞が、ほかと違っていました。どうとは言えないが、違っていた」

「馬糞か」

「気を悪くしないでくださいよ、ハド副長」

「反対だ。俺も馬を判定する時、糞をよく見ることにしている」

「なんだ、糞仲間か」

ムカリが言うと、ハドは笑いはじめた。

「百頭だな。駄目だと言っても、持っていくんだろうな」

「九十九頭ですよ、ハド副長。部下が乗っている馬は、全部残していきますんで」

「まあ、おまえの部下が乗ってるのも、そこそこいい馬だ」

ハドが合図したので、柵が開けられた。

どの馬を選んでも、間違いはなかった。部下が二頭ずつ選び、ムカリも一頭選んだ。

「ひとつだけ言っておくがな、ムカリ。おまえが連れて行く馬は、一頭たりと実戦の経験がない。争闘ということを、まだ知らないのだ」

「望むところですね。兵とひとつになるところから、教えられます」

ムカリは、ウールから降り、鞍をとった。

「これから、駈けるんですよ、馬と一緒にね。兵は、鞍を担がなきゃなりません。鞍だけじゃなく、人まで乗せる馬の気持が、少しはわかるってもんです」

ムカリは、鞍を担ぎあげた。

「おまえはおかしなやつだよな、ムカリ。俺から奪うように馬を持っていったのは、忘れてやる」

鞍を担いだまま、ムカリは頭を下げた。

それから、駈けはじめた。第三、第四の丘を越え、北に方向を変えて、ヘルレン河の北流も、渉(わた)った。河の幅が広く、水深はあまりなく、泳がなければならないのは、わずかな距離だった。

岸に上がると、また駈けた。

兵たちには、なにをやるか知らせていない。気を抜くと死ぬと伝えてあるだけだ。

休息は入れない。駈けながら、馬に塩を舐(な)めさせる。兵たちは駈けながら、石酪(せきらく)を口に入れている。

草原は、光を浴びて輝いていた。二日目になると、それに眼をやる余裕すらなくなった。倒れそうになる兵がいると、近づいて蹴りあげた。

馬は、この速さだと、一日でも二日でも駈け、限界を迎えるのは三日目ぐらいだ。

二日の行軍が終った時、バヤン・オラーン山の北西で、ヘルレン河の上流に達していた。下流三十里（約十五キロ）のところが、鉄音(ズルフ)だ。

「なんのための馬だ。馬に、意味はねえ」

百頭の馬が水を飲むのを眺めながら、部下のひとりが言った。

「俺たち、騎馬隊だよな」

ムカリは、両手を叩いて、兵の顔をこちらへむけさせた。

「駈けるのがつらくて、もうやめたい、と思っている者はいないか？」

ひとりも、声をあげなかった。

「騎馬隊なのに、馬鹿な真似はしたくない、と思った者は？」

数名が、声をあげた。

「前に出てこい」

六名が、出てきた。六名とも、途中で倒れそうになることなどなく、立派に走り切った者たちだった。

「調練用の棒を持て。おまえたちには、死んで貰うぞ」

「無茶言わないでください、隊長」

「六名で、一斉に打ちかかっていいのだ。俺を殺したとて、責めを負わされることはない。俺たちは、いるが、いない。そんな隊なのだ。理不尽も、理不尽として通用しない」

六名は、棒は持ったものの、打ちかかるのは躊躇しているようだった。

ムカリの方から、踏み出した。二名を打ち倒したところで、残りは本気になったようだ。打ち倒す。座って眺めている兵たちに、水を運ばせると、顔にかけさせた。

「たやすく死ねる、と思うなよ」

六名が、立ちあがる。はじめより、殺気が剝き出しになっていた。突き倒し、打ち倒した。倒れた者には、次々に水がかけられていく。三刻（一時間半）ほど続けた時、動きが軽やかになる者が出てきた。それは、死ぬまで暴れ続ける。首の横を打って、眠らせる。水はかけず、閉じた眼が開くのを待つ。

そうなっていく者が、三名、四名と横たわった。

残りの二名には、さらに水をかけさせた。一名が、流れるような速さで動き、ムカリはそれを弾き返すと、首の横を打った。

最後の一名は、しぶとかった。四半刻は打ち合いを続けただろうか。棒が、下から上へ舞いあがった。そのまま、振り降ろされてくる。軽々と、跳躍をする。

首の横を打った。

ムカリは塩を舐め、水を飲んだ。仰むけに倒れそうになるのを、かろうじてこらえた。

眼を開いた者が、上体を起こしはじめる。

最後まで粘り抜いたひとりは、やはり最後に眼を開いた。

「俺は、なんで隊長と打ち合っていたのでしょうか？」

「騎馬隊なのに、自分の足で走らされて、気に食わん。それで、俺と打ち合うことになったさ」

「なんだ、そうか。どうでもよくなってきたな。それにしても、隊長は強いです」

「おまえ、名は？」

「トム・ホトガ」

「そうか。俺が死んだ時は、おまえが代りをやれ、トム・ホトガ」

「副官ってことですか？」

「違う。ただの、俺の代りだ。俺たち五十名は、軍ではない。家族みたいなものだ。あるいは、兄弟。みんな等しく動き、俺もその中のひとりにすぎない」

「戦場での役割は、どうなるんですか」

「それは、これから見つけるのさ。慌てることはない。なにしろ、遊軍だからな」

「そんなことを言っても、隊長」

「隊長も、やめよう。ムカリ兄がいい。俺たちは、最高の馬に乗り、最高の体力を持ち、最高の武術を身につける。そうなれば、やることは自然に見える。おまえはこの集団の左手みたいなものだ、トム・ホトガ」

「右手は？」

「俺だ。みんなそれぞれ、欠けてはならない躰の一部だ。そして五十名がひとつになった時、はじめて心が現われる。猛（たけ）き心がな」

「なんだか、気楽にやれそうだ」

トム・ホトガが言うと、みんな笑った。

野営した。裸になり、河に飛びこみ、全員で魚を追いこんだ。三十尾ほどの魚が、浅瀬で跳ねるのを、岸に放りあげた。

魚は、鱗（うろこ）を取る。はらわたを出す。少し塩をして、炎のそばに立てる。

「いま、食いものはこれだけだ。羊の肉を食える時もあれば、魚しか食えない時もある。あるいは石酪だけの時も」

「食えればいいってことですか」

トム・ホトガが言った。

「生きていれば、なにか食える。食えないのは、死んだ時だ」

「死なないようにしろ、ということですね」

「常にな。俺たちは、いつも死が無数に転がっている場所に立つ。死ぬ者も出るだろう。俺たちは、死んだやつのことは忘れない。しかしテムジン軍では、死ねばもともといなかった者、ということだ」

「ま、それでいいか」

「トム・ホトガ。おまえは、なんでも適当に決めてしまうところがあるな。おまえのようなやつが死んだら、俺はすぐに忘れる」

「いいですよ。生きているうちに忘れられるより、ましです」

全員が、笑った。寡黙な者が多い。しかし、暗くはないようだ。

見られるだけのテムジン軍の兵を見て、ムカリが選び出した者たちだった。どこか似たところがあって、それが無口ということなのかもしれない。

「言いたいことがあったら、トム・ホトガが死ぬまでは、こいつに言え。気をつけろよ。生きているように見えて、死んでいることがあるからな」

「隊長がそうなっていることもあるから、みんな気をつけような」

「隊長は、やめようと言ったろう」

「ムカリ兄。兄だと思った上で、やはり隊長ですよ。隊長の方が呼びやすい、とこいつらは思っています。無理に兄と呼べと言ったら、誰も隊長のことを呼ばなくなりますよ」

「兄は、気持の中のことだよな」

うつむいたまま、ひとりが言った。

「隊長を兄だと思えたら、これはいいぜ」

別のひとりが言った。それ以上、誰もなにも言わなかった。

「決まりですよ、隊長。ところで、雷光隊という名だと言われましたが、それでいいのですか?」

「なにしろ、殿がつけた名だ」

「わかりました。だけど雷光っての、どういう意味なんだろう」

「面倒なやつだな、トム・ホトガ」

「そんなことを言っても、隊長がジャムカ軍を前にして名乗ったって話ですよ」

「チルギダイ殿が、負傷された。俺はそれを救い出して、連れていかねばならなかった。そういう位置にいたからな。しかし、恐ろしくて躰が硬直してしまった。それを解くために、雷光だ、と叫んでしまったのだ」

「そうなのですか」

「おまえは、いつ雷光になった、とチルギダイ殿には笑われた。亡くなられたのは、それからちょっとしてだ」

言った瞬間に、ムカリは眼から涙が流れ落ちていくのを感じた。

テムジン軍で、最初に自分を受け入れてくれたのが、チルギダイだった。俺のそばに立つ時は、股ぐらに気をつけろ。蹴り上げるのが、俺の趣味のようなものだからな。そんな言い方で、受け入れられた。そして次の瞬間、ほんとうに蹴られていた。

蹴られたことが、嬉しかった。そんなことは、これまで経験したことがなかった。

「なにか、もっといい話を聞きたかったよな。恐ろしさのあまり叫んだ言葉が、そのまま隊の名になっちまった」

「それ、いいですよ」

誰かが言っていた。拍手が、ムカリの耳に入った。それは拡がり、全員のものになった。

「おい、魚のむきを変えろ」

ムカリは、自分でも魚を刺した串に手をのばしながら、言った。方々から手が出てきて、魚のむきを変えた。

また馬を曳(ひ)いて走り、鉄音まで行った。

領内の各地には、秣(まぐさ)用の干し草が置かれ、柵が作ってあるところが、いくつかある。そこでは、兵糧の補給も受けられる。

テムジン軍に入って一年ほどのムカリには、誰によってそれがなされたことかは、よくわからない。ただ、いつでも利用はできた。

補給所だけでなく、領内には通信の中継点がいくつもあり、本営に連絡をとりたい時は、三刻ではぼ届く。光や煙を遣ったり、時には鳩なども飛ばすようだ。

五十名の雷光隊は丘の上でひと塊になり、数百の人間が動き回っている鉄音を眺めていた。

もっと上流にある鉄山には、坑道の中に多くの人がいるのだろう。

西夏の鉱山で、ムカリは働いたことがあった。師と呼ぶ人と、一緒であった。

父母は、知らない。師と呼ぶ人は祖父と言ってもおかしくない年齢で、もの心ついたころから、草原をともに流浪した。

家畜の糞を集める仕事をしたり、賊徒を打ち払う用心棒をしたり、仕事であればなんでもやった。時には、武術を教えることもあり、そういう時、師は相手の力量に合わせ、三度に一度は打ちこませたりするのだ。

武術を教えるのは、金国にいる時が多かったが、これは強いと思える相手に挑まれることもあり、そういう時は一撃で打ち殺した。強いと思っていれば死ぬ、と師はいつも言っていた。

父母については、知っているとも知らないとも言わず、孤児のムカリを、モンゴル族の地で買ったのだ、とだけ言った。流浪している間、ムカリは奴隷であり従者であり弟子だった。

その中で、一番つらかったのは弟子であることだった。ある時から、武術を教えられたのだ。気を失うまで、打ちのめされることも少なくなかった。

自分の暮らしの中で、最もつらいのが武術の稽古だ、ともの心がついたころから思っていた。

それは十七歳の時に、師が急死するまで続いた。

強いと思っていれば死ぬ。ムカリの頭に残っていたのは、師のその言葉だった。自分より強い人間がいるのを確かめたくて、ムカリはそれから旅を続けたのだ。

「ここじゃ、キャト以外の人間も、多く働いているのですよ。漢土から来た者も、かなりいるようです」

トム・ホトガがそばに腰を降ろして言った。

人が集まって働く。それは金国や西夏ではよく見かけた。草原の諸部族の中では、百人以上集まると、大抵は戦だった。

「定住なんですね、ここは。俺が餓鬼のころから、ここはあったんです。同じ場所で一年中暮らすというのが、どういうことなのか、はじめは見当もつかなかったです」

トム・ホトガは、モンゴル族の地で、生まれ育った。

自分も、多分モンゴル族の地で生まれたはずだが、憶えがあるのは流浪の日々だけだった。

師は、契丹(きったん)の人だった。西遼の虎思斡耳朶(フスオルド)にいたころ、国などとうになくなってしまったのだ、とひとり慨嘆しているのを聞いたことがある。

「ところで、隊長。俺たちは、いつ馬に乗ることができるのですか？」

「自分が馬だと思えた時だ、トム・ホトガ」

「馬だなんて」

トム・ホトガが、首を横に振った。

「行くぞ、また草原へ」

「進発ですね。ここだって、草原なんだから」

「泣くなよ、トム・ホトガ」

「俺は、自分が馬だと思いたくありませんよ」

「いずれ、馬に乗る。その時に、一緒に駈けたことが、たまらないほど嬉しいことになるさ」

「まさか」

「そうであればいい、と俺が思っているだけだが」

丸一日、駈け通し、野営をする。それを十日ほど続けた時、前方を三百騎ほどの軍が塞いだ。

「これはカサル殿。雷光隊に、なにか用事でありますか？」

「おまえが、部下を馬と一緒に駈けさせている。そう聞いたのでな。見物に来ただけだ。おまえひとりが馬に乗り、兵は自分の脚で駈けさせている。そんなことを言うやつもいたのでな」

「おかしなことをしているのでしょうね、多分」

「おまえも一緒に駈けている。それなら、おかしなことでもいいさ、ムカリ」

「駈けるのに、みんな疲れています。もう、半月近く駈けていますから。馬も、いつ乗ってくれるのだ、と思っていますよ」

「いずれ、騎馬隊になったおまえの隊を、見てみたいものだ。馬は、恐らく人のように駈けるのだろうな」

「人のように駈ける馬と、馬のように駈ける人。俺は、いいと思っているのですが」

ムカリが言うと、カサルが笑った。

このテムジンの弟は、チルギダイやジェルメやクビライ・ノヤンと、少し違うところがある。

末弟のテムゲもだ。

「俺は、もうしばらくは、馬と一緒に駈けるつもりです」

「雷光隊は、いい騎馬隊になりそうだな。俺はそう感じたよ、ムカリ」

「カサル殿は、境界の警備ですか」

「たえず、境界で軍が動いている。俺はそれを、外に見せておいた方がいい、と思う。兄上は、勝手にやれなどと言うしな。俺とテムゲで、手分けしているよ」

「そうですか。俺はもう、行きます」

「たまには、本営のそばを駈けろよ。兄上にも、おまえがやっていることは耳に入っているはずだからな」

「あそこは人が多く、荷の動きも活発なのですよ。しばしば避けなければならない、と思います。われらは、休まずにひたすら駈けたいのです」

「どんなのができあがるか、俺は楽しみにしている」

カサルの軍が一斉に動いて、ムカリの進路を開けた。

ムカリは、駈けはじめた。兵たちも、ひと声も洩(も)らさず、ついてくる。

三

月の光。小動物が動いているのか、かすかに草の擦(こす)れるような音がする。

ラシャーンは、ふだんの革の服に、剣だけを佩いていた。

ひとりである。ひとりであることそのものが、あり得ないことで、馬鹿げていた。

それでも、ひとりを選んだ。相手も、ひとりを選んだのだという。

間に立った者は複雑に入り組んでいたが、結局は、単純に二人で会う、ということになった。

どこかで発覚するかもしれないが、内密である。

冴えた月の光が、静けさを一層際立たせていた。蹄の音が聞え、丘に影がひとつ現われた。ラシャーンは、剣の柄を一度確かめた。

ひとりだということは、信じていた。ただそのひとりは、警戒すべき相手でもあった。剣を交えたとして、勝てるかどうかわからない、歴戦の戦士である。

影が、馬を降りた。ラシャーンも、馬を降りた。歩み寄る。次第に、影が大きくなってくる。

お互いに、殺気を発してはいなかった。

真っ直ぐに近づいてきていた相手が、少し方向を変え、ラシャーンもそれに合わせた。それまで相手は月光を背負っていたが、これでお互いに横から光を浴びるかたちになった。

「ジャムカです」

「ラシャーンです。本来なら、タルグダイが会わなければならないところですが」

「奥方でもいい、と俺は言いましたよ」

「とにかく、二人で会うことができました」

殺気がないだけで、立合に似ていた。ラシャーンは、ジャムカの強い眼の光に、弾き飛ばされそうだった。

「お互いに、話したいことは同じだ、と思うのですが、奥方」

「タルグダイは、去年、メルキト族のアインガ殿と、会見しました。ただ会った、ということに留(とど)まっていますが」

「メルキト族は、ずっと俺の敵でした。トクトア殿が族長のころです。アインガ殿とは、遭遇したことはありますが、交戦に到ることはありませんでした」

「タイチウトが、ジャンダラン氏と、正面からむき合って敵であったことは、ないと思うのですが」

「俺がテムジンと盟友であったころ、タイチウト氏のタルグダイ殿、トドエン・ギルテ殿は、意識の上では敵でしたよ。同じモンゴル族だ、という気持もどこかにありましたが」

「いまは、テムジン殿は敵です。ジャムカ殿とタルグダイは、同じ敵とむき合うことになったと思います」

「まさしく、そうなのです。しかし男は、さまざまな思いに、とらわれてしまいます。たやすく、いまを受け入れることができない、と考えたりするのです」

「私は、女です。女は、いまということだけで、生きています。私が間に立つことで、男の見栄とか面子(メンツ)とか、そんなものを乗り越えることはできないのでしょうか？」

「見栄とか面子とか、そんなことに左右されるのは、女から見ると愚かですか」

「いいえ。それがなければ、男としてはもの足りない、と女は感じると思います」

「タルグダイ殿も俺も、虚心であるべきなのでしょうね」

「私からは、伏してお願い申しあげます。タルグダイと、会見していただけないでしょうか？」

「奥方が、そう言われるのですか」

「私は、タルグダイが男としての人生を全うできれば、それだけでいいのです」

「話の流れからは、メルキト族も手を組んでくる、というふうに受け取りましたが」

「ジャムカ殿が、連合の頂点に立っていただければです」

「タルグダイ殿ではなく？」

「タルグダイは、そんなことにむいていません。自分が納得できる役割を果せば、それでいいと思っています」

「奥方は？」

「私は、タルグダイにもっと大声をあげて欲しい、と思っています。資質はありながら、性格が追いついていかない、というところがあるのです」

ジャムカがかすかに頷いた、とラシャーンは思った。

「メルキト族が、俺を認めることはありませんよ、奥方。トクトア殿との間に、どれほどのことがあったか考えれば、ともに天を戴かずとなってしまいます」

「トクトア殿でなく、アインガ殿でも駄目なのですか？」

「アインガ殿が族長になってから、われらとなにかあった、ということはないのですが」

タルグダイに間に入って貰えないか、とジャムカが言い出すのを、待っていた。なにも言おうとはしない。ラシャーンは、ここで話をやめるべきだろう、と思った。こちらからなにか頼む、というかたちにはしたくなかった。

ただ、なにか繋がりは残しておきたかった。

「ジャムカ殿、一度、タルグダイに会っていただけませんか？」

「話すべきことはある、と思うのですが、先にアインガ殿との話を詰められた方が、いいのではありませんか」

「アインガ殿とは、タルグダイはこれから何度か会うことになると思います。たやすく接触を取れるよう、工夫もしてございます」

「タルグダイ殿とアインガ殿が、俺と話をする必要があると思われたら、三名で会いましょう。それがないかぎり、タルグダイ殿と二人きりで会うことは、避けたいと思います」

ジャムカが、どういう意味で言っているのか、ラシャーンはちょっと考えた。

タルグダイとジャムカは、同じモンゴル族である。メルキト族のアインガには、なにもしなくても近い、と思われかねない。

連合の話は微妙であり、そのことをジャムカはよく考えている、と思えた。

「わかりました。三名での話題は、きわめて限られると思います。それ以前に決めておくことはない、とジャムカ殿は思われるのですね」

ジャムカが、低い声で笑った。

「なにを決めておこうと、男は直接見つめ合うことが、すべてです。言葉さえ、ほんとうはいらないのかもしれない、と俺は思います。奥方も、杞憂は捨てられることです。会う宿運であれば、どう避けても会うことになります。俺は、そう信じていますよ」

「そうですか」

「奥方が、最初に会いに来られた。それがよかったのです。俺にとっては、ということなのですが」

ジャムカの白い歯が、月の光を浴びて笑った。

ラシャーンはジャムカの眼を一度見つめ、踵を返した。

ふりむかず、馬のところへ行った。

ジャムカと会ったことが、三名が会う流れを作ったのかどうか、よくわからなかった。

タルグダイは、アインガだけでなく、ジャムカとも会いたがっている。

タルグダイが、心の中で、メルキト族とタイチウト氏とジャンダラン氏の大連合を考えているのは、確かなはずだ。口で言いはしないのは、さまざまな思いに苛まれているからだろう。ここ数年、戦らしい戦を避けてきた。庇護下にあったはずの、キャト氏ジュルキン家の滅亡を見殺しにした。戦をやっていたころも、見事に勝つことはなかった。

しかし、タルグダイは、ほんとうに負けてはいない。死んでいないからだ。

ラシャーンは、五里駈けた。そこに従者の五名が待っている。その従者に囲まれるようにして駈け、夜が明け、陽が高くなったころに、営地に戻った。

営地の外にはサムガラの軍がいたが、タルグダイの姿は見えなかった。このところ、タルグダイはよく調練に出る。左手一本での剣の遣い方も、見事なものだった。

大家帳には侍女が五名いて、ラシャーンの剣を受け取り、布の服に着替えさせた。

奥の居室にもタルグダイの姿はなく、ひとり残っていた従者に、行先を聞いた。

鍛冶場（かじば）にいるという。鍛冶場は、営地から少し離れたところで、十名ほどが働いていた。

ラシャーンは再び馬に乗り、単騎で鍛冶場にむかった。

「おう、戻ったのか」

タルグダイは、従者に挟ませた赤い鉄を、左手の鎚（つち）で打っていた。

「殿の剣ですか？」

「そうだが、いま無駄な長さを短くして、俺に合うように鉄塊を作り直しているところだ。まだ、剣を打っているわけではない」

「それも、剣を打つことと同じようなものですから、余人を入れたくありません」

「わかった。おい、奥方がそう仰せだ。炭と水を新しくして、全員、ここから出よ」

充分な炭が運びこまれてくる。

少し量を少なくした鉄塊を、従者が火の中に入れ、鍛冶場を出た。

ラシャーンは、しばらく鞴（ふいご）を遣った。

「これを打ちのばし、鍛えあげるのに、二日はかかるぞ。酪と干し肉は、運ばせよう」

「殿、そんな必要はありません。水と塩だけがあればいい、と私は思います」

タルグダイが、赤く焼けた鉄塊を挟んで、固定した。ラシャーンはそこに、鎚を打ちこんだ。

水に浸し、再び火の中に入れる。

鉄塊が赤くなるまで、ラシャーンは鞴を遣った。次は、小さな鎚を握って、タルグダイが振り降ろす。

「ジャムカとアインガの間を、殿がとりもつことになるかもしれません」

「まだ、相当に面倒なことが続くのか」

「もう続きません。殿とあとの二人が同時に会い、そこで連合するかどうか決まるのです。問題は、ジャムカとアインガですが、その間に殿がおられればいいのです」

「二人とも、連合の必要性は否定していないのだな」

「望むのが、当たり前でしょう。むこうは、トオリル・カンとテムジンの連合が、以前からできあがっているのですから」

単独では、誰もその連合には勝てない。それはわかっていることだった。これまでの因縁を乗り越えるだけの度量は、三人とも持っている。

「連合の総帥(そうすい)を誰にするかというのが、一番難しいところか」

また、鉄を打つ。火花は、激しく出ていた。これが出る間は、鉄の中に余計なものが混じりこんでいるということだった。

次第に暑くなってきた。

ラシャーンは、上半身裸になった。鎚を遣うたびに、乳房が別のもののように揺れる。汗も、飛び散る。

夜になっても、打ち続けた。火花は、まだ出続けている。頑固な鉄、と鍛冶の者たちが言う鉄塊だ。西夏から、特別なものとして手に入れた。鍛えあげれば、どこにもないほどの立派な剣になる。

タルグダイも、汗にまみれていた。しかし、息まで乱してはいない。

時々、塩を舐めた。ほんとうに、頑固な鉄だった。手強（てごわ）いという言葉が、ぴったりだとラシャーンは思った。

タルグダイと、交互に打った。ラシャーンも、タルグダイと同じ鎚に替え、右手で赤い鉄塊を挟み押さえ、左手で打つ。タルグダイも、打つ。まだ火花は出続けている。時々、水に入れて冷やし、炭の中に入れる。大量の炭の、すでに半分は遣っていた。

ひと言も、喋（しゃべ）らなかった。言葉より多くのことが、鉄を打つ鎚音から伝わってくる。

夜が明けたころ、火花が出なくなった。長く平らに打ちのばし、真中に同じ長さの細い鉄の棒を置いた。それを炭の中に入れ、挟みこむようにして打った。

乳首から、まるで乳のように汗が滴る。それが、赤い鉄に降りかかり、音をたてる。気持がよさそうな表情で、タルグダイが鎚を遣う。

もう、強く鎚を遣う必要はなかった。剣のかたちを、整えていく。芯に、やわらかな鉄が入り、腰が強い剣になっているはずだ。

ラシャーンの乳首から、汗が滴り続ける。そこに、タルグダイが鎚を打ちこむ。快感に似たものが、ラシャーンの躰に何度も走った。

赤くなった剣を、ラシャーンの汗とともにタルグダイが打ちこみ、赤さが消える前に、水に入れる。音がして、湯気がたちのぼる。休むことなく、それをくり返した。

「できたぞ、ラシャーン」

タルグダイが言ったのは、夕刻を過ぎ、再び夜になった時だった。

まだ研がれていないが、剣は妖しいほどの光を放っていた。

ラシャーンは従者たちを呼び、建物の外に水を運ばせた。侍女には新しい布の服を持ってこさせ、酪と馬乳酒も命じた。

タルグダイを裸にして、全身に水をかけ、洗う。躰の隅々まで、丁寧に布で洗った。それから新しい布で濡れた躰を拭い、服を着せた。ラシャーンが躰を洗ったのは、そのあとだった。並はずれて大きかったラシャーンの乳房が、さらに大きくなっていた。いや、乳房の下から腰にかけて、肉が落ち痩せたのか。

タルグダイは、打ちあげた剣を左手に持ち、見つめていた。

新しい服を着、髪をまとめて絹の飾り布で縛りあげると、ラシャーンはタルグダイのそばに腰を降ろした。

馬乳酒が、躰にしみこんでくるようだった。

「いい剣になった。研ぎあげると、見たこともない光を放つような気がする」

「殿のそばで、私が研ぎます。研ぐことで、私の気持をこめようと思います」

「そうか。これは、俺とおまえの、子供のような剣だな」

タルグダイの言葉で、ラシャーンの全身がふるえた。媾合うのと同じほどの、いやもっと深い、快感があるような気がした。

「連合の軍を作りあげ、その総帥にはジャムカが就くように、俺は説得しようと思う」

ラシャーンは、ただ頷いた。いくらかくやしいような気分があるが、これから先は男同士の話だ、という気もする。

営地の大家帳には戻らず、鍛冶場の中に不織布を敷いて寝た。

タルグダイもラシャーンも、なにを考えることもなく、眠ったようだ。

朝になって、ラシャーンは砥石を三つ用意させた。

剣を砥石に当てる時は、心気を澄みわたらせた。タルグダイは、座ってじっと砥石を見つめ続けている。

水に濡らした砥石で、ラシャーンは軽く剣を研ぎはじめた。粗い砥石である。それで満遍なく研ぐと、眼に見えないほどの剣の表面の凹凸もなくなる。三刻ほど続けて、タルグダイに剣を見せた。

「いいだろう。次へ行こうか」

剣を眼の前に翳し、タルグダイが言う。次の砥石は、やや目の細かいものである。

それで研いでいる間に、拵えをなす者が現われ、必要な部分を測っていった。

研ぎ続ける。明らかに、深い光を放ちはじめたのがわかる。

何度も、剣を水で洗い、光を確かめた。砥石の方は、濡れる程度に水をくれるだけである。黒い色をした研ぎ汁は、研ぐためには重要なものだった。

タルグダイは、何度も剣を翳して見て、くもりのある部分を指さした。

完全にタルグダイが満足するまでに、六刻かかった。

「次は、刃をつける。これも大事だ。力が不足している分、切れ味で補わなければならん。よいか、無理に剣を立てて刃を出すのではなく、自然に出てくる刃にするのだ」

言われた通りに、ラシャーンは砥石の上の剣を動かした。力は、入れない。剣を押さえた指先に、心だけこめる。

八刻続け、ようやくタルグダイは満足した。

剣を抱いて馬に乗り、営地の大家帳に戻った。

居室に入ると、タルグダイはラシャーンが抱いた剣に手をのばし、また見つめはじめた。どこからどう見ても、完璧に仕あがっているはずだ。長さも、左手で剣を遣うタルグダイに合っている。

「俺たちの子供は、出来がいい。ちょっと惚れ惚れ(ほぼ)としてしまう」

子供と言われただけで、ラシャーンの全身はふるえた。

「ジャムカとアインガと、三人で会談しよう。できるか？」

「できます。連合の軍の総帥は、やはりジャムカに任せるのですか？」

「ラシャーン、おかしな気持は抱くなよ。とにかく、トオリル・カンとテムジンを討たなければならない。そのための大将は、ジャムカがいい。討ってしまえば、そこからまた新しいことがはじまるのだ」

ラシャーンも、ジャムカがいいと思っていた。アインガの力量は、いまひとつわからない。それにアインガが指揮して勝てば、メルキト族の力が、大きくなりすぎてしまう。

「少し時がかかるかもしれませんが、必ず三人で会談できるようにいたします」

タルグダイが、頷いた。

剣を見つめたままで、いつものように甘えてはこなかった。

鞘（さや）と柄が出来あがってきたのは、三日後だった。

これで、剣は完成した、ということになる。

タルグダイは、剣を右の腰に佩いた。

「本営へ行く。おまえも来い、ラシャーン」

馬を命じた。本営には、先触れも出した。

営地を出て本営にむかう時、椎骨（ヤス）の家帳が見えたが、タルグダイは見向きもしなかった。

本営にはサムガラがいて、兵を整列させていた。

「明日からの調練には、俺が出てくるからな。ラシャーンもだ。これまで、調練の時はいくらでもあった。その成果を、見せて貰う」

「はい」

サムガラが、緊張した声をあげた。

ラシャーンは、黙って後ろに控えていた。

タルグダイは剣を抜くと、頭上に翳した。声をあげたわけでもなんでもないが、兵たちの中に緊張が走るのがわかった。

本営の周囲の原野は、緑に満ちている。

四

北へ、むかっていた。

アウラガの本営は、領分の南の端になる。北の端にあるのが、モンリクのいる岩山の館だった。南から北へ駈ける間、テムジンは領分の様子を見ていた。

夏の営地から冬の営地へ移営する季節で、方々で移動している民を見かけた。数千頭単位で、羊群も移動している。

テムジンの領分は、ジュルキン家のものまで加え、キャト氏のものをすべて回復し、タイチウト氏の領分にもいくらか食いこんでいた。

南には旧タタル族の領分が拡がり、かなりの部分をダイルが統轄しはじめていた。ただ、税などの大部分を金国に入れ、残りは砂金に替えて保全している。

麾下百騎の指揮は、スブタイだった。若い将校を交替させながら見ているが、スブタイ、ジェベ、ボロクルというあたりが、突出してきている。

ジェルメやクビライ・ノヤンやチラウンは、軍全体に眼を配るのが任務になった。

岩山の館が、見えてきた。

最近では、本営でもの事を決めることが多いので、テムジンが岩山の館へ行くことは少なかった。

結局、ソルカン・シラの臨終に間に合った時が最後で、岩山の館のかなりの部分は、アウラガ府に移されていた。

それでも、岩山の館とその周辺は、物資の保管場所であり、テムジンの交易を司(つかさど)ってもいる。政事の場所、生産の場所、交易の場所は離しておくのが、ボオルチュの考えだった。

岩山の館への入口は、石積みなどは残っているが、以前のようにおどろおどろしさを感じさせる外見ではなくなっていた。

道も拡げられ、荷車が擦(す)れ違えるほどになっている。そして、馬で登ることもできた。

テムジンは、麾下を麓の牧に留め、従者だけを連れて、坂道を駈け登った。

「お待ちしておりました」

出迎えたのは、黄貴(こうき)とチンバイだった。

この二人は、交易路の拡張と地図の作製という、密接な関係にあり、ともに動くことも多いようだ。

「まずモンリクに会うぞ、黄貴」

「はい。お待ちになっております。ずいぶんと痩せられましたが、言葉は鋭くて、それだけは昔以上です」

「ソルカン・シラがいなくなって、力を失ってはいないか？」

「正直、そういうところはあると思いますが、すでに死については達観されていて」

「だろうな。達観という言い方なら、昔からそうだったという気もする」

館に入った。

奥の、湿気の多い部屋ではなく、明るい場所で、モンリクは待っていた。

従者に支えさせて立ちあがろうとするのを、テムジンは手で制した。

「縮んでしまったのだな、モンリク」

「躰はです、殿。心は、自分でも摑みどころがないというほど、拡がっておりますよ」

テムジンは、モンリクとむき合って座った。しぼんだ顔で、モンリクは笑ったようだった。

「遠くばかり見えて、近くは見えません」

近くと言っても身の回りということではなく、岩山の館やアウラガ府などのことだった。遠くが、どこまで遠いのかは、見当がつかない。

「モンリクはここを動きもしないのに、視界はどこまでも拡がる。やっぱり、そこそこの眼をいつも持っているからな」

ボオルチュが眼だった。いまは黄貴やチンバイが眼なのだろう。息子のダイルは、幼いころからモンリクの眼であり続けた。

自分自身の眼をまったく遮断すると、見え方がまるで違うのかもしれない。

「黄貴の砂金は、重宝している。これをもっと拡げようと思うのだ、モンリク」

「黄貴は、轟交賈の許しを得て、耶律哥の丸薬を扱っているだけです」

「だから、もっと拡げたいのだ」

「轟交賈の交易路を遣えば、楽に物を動かせるのではありませんか」

「なんでも、自分でやろうと俺は思っていない。しかし、交易と軍だけは、俺の手足と思いたいのだ。交易路を管轄している轟交賈とは、競合することがあるかもしれんが、われらが動かそうとするのは、われらの物資だけなのだ。ぶつかって争うことにまではならない」

「殿が、戦をされる。それは轟交賈の動きを妨害していることになります」

「戦は、世の常と、宣凱殿の心にはしみついている。多分、宣弘にも。戦は、動きを阻害する要素のひとつだが、物資を活発に動かす事実でもある」

「はあ」

「したがって、黄貴は物資と輸送を、チンバイが、地図に基づいた新しい道を」

「そんな任務を考えられる前に、殿には乗り越えなければならない、大戦があるのではありませんか」

「恐ろしいことだ。考えると、金玉が縮みあがる。それで俺は、戦の後のことを考えるのさ」

「負けたら、どうされます?」

「負けたら、五、六年は考えられないことになるだろう。つまり、負けたら考えることもできないから、戦の前にはそんなことを考えているのさ」

「詭弁を弄されますなあ、殿は」

「これは、チャラカ翁譲りでな。おまえとダイルにしか、通じないことだが」

「殿は、どこまで行かれます。これは、わしとの間でしか、通じないことですが」

「俺は、地の果てに行ってみたい」

「ほう」

「誰もきわめることがないところ、というのは、俺の心をそそるな」

「地の果てなど、行けばいつかぶつかります」

「確かにな」

「殿が立っておられるその場に、無限の広さを与えることですよ。無限というのは、そこにしかありませんぞ」

「また、モンリクの話が、難解になってきた。チャラカ翁は、俺が幼いころから、わけのわからないことを言い続けた。長ずるに従って、わかることだったのだ、それが。だから、俺にとっては、わからない話もそれなりに意味がある」

「殿は、いつも、笑っておられますな。なにもかも呑みこんでしまう、とんでもない笑いだと思います」

「俺はいつも、自分を一番嗤っているさ」

モンリクの眼は、ただ宙を泳いでいる。その眼が、なにを見ているのか。よくそのことを考えたものだ。

「殿、わしはもうしばらく、ここにいますぞ。ソルカン・シラのように、命に恬淡とはなれないのです」

「それがおまえだ、モンリク」

「これから、黄貴やチンバイにお話しになるのですな」

「おまえは、死について達観している、と言っていたよ」

「しておりますな。死なない、と思っておりますから」

「遠からず死ぬ、と俺は思っている。ボオルチュが、もうすぐ来るだろう。いつごろ死ぬのか、伝えておいてくれ」

テムジンは立ちあがり、別の部屋にむかった。

黄貴とチンバイが、冊子になった地図を前に、なにか話していた。

「モンリク様が、奥の湿った部屋から出てこられるのは、めずらしいことです」

黄貴が言った。

テムジンは、卓上の地図をめくった。

「轟交賈から貰った地図が、実によくできていました。ただ、物流の道が記されているだけなので、通行という点については、むしろ欠けているところが多く」

「わかっている。通行の道を加えるのが、おまえの仕事だ、チンバイ」

「もう、地図ができるだけのものが、揃っています。草原全体の地図です」

黄貴とチンバイで、かなりの地図は作れるはずだ。

テムジンは、二人の旅の話を聞いた。

それぞれ単独で出かけ、決めたところで落ち合う、というような旅もしている。羨しい、という気がした。草原が、穏やかな国ばかりなら、テムジンも旅ができただろう。それも、目的のない気軽な旅だ。

チンバイの話に、黄貴が割りこんでくる。

地図のための旅で、チンバイは見知らぬ土地なら、どこでもいいらしい。黄貴は、商いの当てがなければならないのだ。

モンリクの頭の中の商いを、実際にやるために黄貴は旅をした。羊百頭から、さまざまな取引をくり返し、羊二百頭分の物品や、砂金を得る。

そういう旅を、黄貴は何年やらされたのだろう。モンリクの頭の中の商いに従っている時より、自分で判断して旅をした時の方が、利は極端に少なく、時には羊百頭分のものを、丸々失ってしまったこともあるという。

「まったく、モンリク様の頭の中は、どうなっているのだろう、と思ってしまいますよ」

「昔、ダイルも同じ愚痴をこぼしていたことがあった」

「ダイル殿には、同情されましたよ、私は」

「チンバイは、はじめはボオルチュとの旅だったな」

「その前に、父や弟との旅をやっていましたので、俺がボオルチュを連れていく、というようなものでしたよ」

「ボオルチュも、いまでは旅についてはうるさい男になっているだろう」

「まったくです。今度の地図についても、なんて言われるか、俺は気になって仕方ありません」

岩山の館に、いま三十名ほどの少年がいる。さまざまなところから来ているが、ホエルンやボルテの営地で育てられていた者も少なくない。

ここで、字を学び、商いを学び、計算を学ぶ。ほかにも、教えていることは多いだろう。いつからか、そのすべてを、黄文（こうぶん）がやるようになっていた。

岩山の館で学んだ者が、いまアウラガ府で仕事をしていたりする。

ボオルチュが、やってきた。

四人で、卓を囲んで座った。

「モンリク様に、なにか言われましたか、ボオルチュ殿」

「おまえたち二人が、腑甲斐（ふがい）ないと。まあそうだろう、と私は返した」

「少しの弁護もせずですか」

「そうだ、黄貴。私は、いくじがない、と言われたのだから」

「誰にも止められないのかなあ。俺は地図について、何遍も説明させられた」

「無理だ、チンバイ。それに、モンリク殿の話の中には、いつもわれわれが気づかない真実がひとつかふたつ入っている」

「そうですね、確かに」

「それより、殿がおられるところで、決めておきたいことがある」

「地図上のことですね」

大きな、一枚の地図を、チンバイが拡げた。草原全体の地図で、土地の起伏も、大雑把だが描きこんである。

しばらく地図を見ていたボオルチュが、十カ所ほどに丸を打った。

「殿、どんなものですかね」

テムジンは、二つ、丸を足した。

「まあ、うまく散らばっている丸ですが、ここをどうしようというのです」

黄貴が言った。

「ここに、駅を作る。殿は、そうお考えになられている」

「駅と言っても、他領がほとんどではありませんか。無理な話だ、と俺には思えます」

チンバイが言う。

「おい、その丸印とアウラガ府を、線で継(つな)げてみろ」

テムジンが言い、チンバイは首を振りながら、細い線を引いた。

「チンバイ、できるかぎりこの線に沿って、道を拓(ひら)け」

「殿、山を迂回(うかい)したり、谷を渡ったりしなければならないところが、少なくありません」

「できるかぎり、その線に沿うというのが、どういう意味かわかるな。直線で、短い距離にしたい。しかし、荷車が通るほどの道幅は、必要なのだ。はじめは、細い道でもいい」

「轟交賈の道があります。それは人の多い所を通るために、曲がりくねっています。そして立派な道ですよ」

「それは、物流の道だ、チンバイ。俺が欲しいのは、軍が通れる道だ」

「軍と言われても、殿。駅はほとんどが他領ですし、軍の通過は非常に難しいと思うのですが」

「轟交賈の道を軍が通ると、迷惑をかけることになる。軍は、軍の道を通る」

「それは、どういう意味なのでしょうか」

「テムジンの軍が、他領を通るということだ。そこが、まだ他領であったとしてもな」

「やがて自領に、ということですか?」

チンバイの声が、かすかにふるえを帯びた。黄貴の顔は、強張(こわば)っている。

「ここにある地図は、草原のものだ。草原の端に駅を作る」

「駅の先にも、道がのびるということですよね。駅は、ケレイト王国にもナイマン王国にもありますが」

「とにかく、道と駅を作る。はじめは、どんな細い道でもいい。駅は、ただ交易隊が野営する場所でいい」

「どこまで、道はのびるのですか?」

「どこまでも」

「俺は、どう受けとめればいいのか、わかりません」

「ただ、道と駅を作る、でいいのだ、チンバイ」

ボオルチュが、口を挟んだ。

「なにも、考えられないので、考えません」

「ひとつ、申しあげてよろしいでしょうか？」

黄貴が言った。テムジンは、黄貴を見つめて、頷いた。

「今年の秋か、来年の春には、存亡を賭けた戦がはじまると思います」

「戦とは、いまのところ関係のない話だ」

ボオルチュがさらに言おうとするのを、テムジンは止めた。

「続けてみろ、黄貴」

「戦が終るのを待って、やるべきことではないでしょうか」

「俺にはいま、やることがなにもないのだ。すべて、戦のために準備を重ねて、もうやることはほとんどない。敵の方は、やることを多く持っている。どういう連合にするのか、指揮官は誰にするのか。それだけを決めるのでも、一度や二度の会談では駄目だろう。話し合いは、来年まで続く」

「やるべきことは、あると思います。さらに軍の調練をするとか」

「そんなことは、自然の流れの中で、すべてやることになっている。武器の充実も含めてな。俺は、弾き出されたように、ひとりなのだよ、黄貴」

「殿が、弾き出されるなど」

「大きなことでは、なにもやることがないのだ。戦が終ってから慌ててやるより、駅と道については、いまからやっておこうと思っている」

「ずいぶんと先のことまで、決めておられるという気がします」

「先など、ない。戦をする身であるから、負ければそこで終る。それだけのことだ。その先のことをやろうというのは、ちょっとたわけた夢を、追ってみたくなっているのだと思う」

「ボオルチュ殿、私はどうすればいいのでしょうか？」

「黄貴、おまえができるのは、考えないことだけさ」

「そんなことを言われても」

「殿のたわけた夢と考えれば、俺たち臣下は、もっとたわけになるしかない。チンバイが拓いた道に、おまえは荷駄を一頭か二頭通す。それしかないな」

「一頭か二頭の荷駄が、やがて十頭になり、二十頭になる。そして、荷車も通しはじめる。周りは敵ばかりで、命がいくつあっても足りません」

「そのあたりは、殿がなんとか、解決されるであろう。たわけた夢を追うのは、殿御自身であられるのだからな」

「おい、ボオルチュ」

テムジンは、卓に両手をついた。

「俺が、たわけた夢と言うのはいい。おまえらにとっては、たわけたことではないだろう。実際に動かなければならないのだからな」

「殿、これはほんとうにたわけていますよ。この二人が、よくわからなくて困惑しているのも、私は不自然だとは思いません。あり得ないようなことを、殿は臣下に強要しておられるのです」

「いやか、チンバイ、黄貴？」

「殿がどうしても、と言われるのなら、俺は命懸けでやります」

「私もです」

「殿、臣下には恵まれておられますぞ。たわけた夢にも、命を懸けるとは」

「黙れ、ボオルチュ。おまえは俺の義理の弟だから、多少の暴言は許しているのだ」

「だから言いますが、なんというたわけた夢なのですか」

「俺には、なにも見えない。自分のまわりのことも、これからはじまる戦のことも。そのずっと先にあることだけが、なぜか身近なものに感じられる」

「二人とも、もう細かいことは考えるな。とにかく、殿がこんな具合なのだ。考えるより、やることをやるだけにしろ」

「なんとなく、わかってきたような気がするのですが、なにか大きなものに包みこまれて、なにも見えなくなった、という気がします。俺は、それはそれでいいのですが」

「私は、商いを考えるのが仕事です。だから殿の言われることは、理不尽です。しかし、どこか快い理不尽なのです」

「二人とも、もういい」

テムジンは、立ちあがって言った。三人も立ちあがる。

「俺は、やってくれと、頼むしかない。命令するというには、あまりに漠然とした話であるしな」

「いや、殿。命令してください。俺は、命令がいつも心地よいと感じるのです」

「黄貴は？」

「私はいつも、心の中に考えるものを抱き続けたいのです。殿が言われたことは、考えるのに充分すぎるほどです」

「よし、チンバイには、命令する。黄貴には、考え続けろ、と言う」

「決まりですかな」

ボオルチュが言い、テムジンは笑った。

地図の丸印は、無作為につけたものではない。何年も前から、ボオルチュと二人で話し合ってきた。その時は、夢を話している、という甘いものでしかなかった。

ボオルチュは、いつも辛辣で、それでいてどこまでも真剣だった。

「おい、俺はボオルチュとしばらく駈ける。おまえらも、よかったら一緒に駈けよう。野営で、タルバガンか兎を仕留めたら、香料で焼く肉を、食わせてやるぞ」

二人が、頷き、破顔した。

ボオルチュは邪魔だが、はずせば傷つくだろう。ボオルチュには麾下の兵とともにやるべきことを与え、二人と話をすればいい。

麓の牧で、馬を整えた。

「ボオルチュ、麾下の兵の話を、少し聞いてやってくれるか。おまえが相手なら、気持の底にあるものを話すだろう」

ボオルチュは、意外そうな表情をしたが、いやだとは言わなかった。

「よし、出発だ。麾下は、五里後方をついてくる」

周辺は、夏の牧草地だった。羊たちが食べてしまい、来年まで緑が出てくることはない。刈り揃えたようにきれいに、羊は食べ尽すのだ。

駈けると、空が近づいてくるような気がする。

五

雪が降った。

なにがあろうと耐えられるように、営地は作っていた。ひとりきりの営地だ。

毎朝、トクトアは営地の周辺を歩き回った。特に雪が降ったら、獣の足跡が鮮やかになる。

虎や熊といった、危険な獣の足跡はなかった。

巨大な虎の足跡があったのは、夏の盛りのころだった。それはトクトアの営地のすぐそばを通っていたが、中に入ってくるという足跡ではなかった。

気にもせずに通り過ぎたという感じが、トクトアの自尊心をかすかに傷つけた。

ダルドは、その時だけどこかに消えたのだ。ダルドの爺(じい)さんが、同じように大虎を避けて消えた。血だな、これは、と戻ってきたダルドに言った。

虎は高い方にむかったらしく、三日後に足跡を辿(たど)って御影(スーデル)が追ってきた。話をするのももどかしいように、御影は急いでいた。

トクトアが、焼物を作っている時、その御影が戻ってきた。怪我はしておらず、大きな虎の毛皮も担いではいなかった。

「逃がしたのか」

トクトアは、自作の窯の中に薪を放りこみながら言った。ここで遣う容器の、かなりの部分が、焼物になっている。鉄のように錆が出ない。木製のもののように、腐ったりもしない。

「やつは、逃げない。俺を避けようともしない。俺が、ただやつに追いつけなかった。それだけのことなのだ」

御影は、前に虎と闘ったことがある。谷に叩き落とされて、死にかかっていたのを、トクトアが助けた。

その時の大虎かどうか、わからない。大虎はいつも一頭しかおらず、代が替ったのかもしれない、と御影は言っていた。

御影は、鍋の食い物を、碗に注いで食いはじめた。

「ところで、メルキト族の族長が、その位を捨てて、山に入った、という噂があった。おまえのことなのだな、トクトア。以前は冬だけだったのに、いまは通年ここにいる」

「忘れたなあ、昔のことは」

「おまえは、いい猟師だったさ。なにしろ、狼と組んでいる」

「黒貂を獲るには、いい相棒だ」

「森じゃ、家柄などなんの価値もない。生きる知恵と、狩の腕だ」

「おまえの狙っている大虎にも、知恵がありそうだ」

「狡猾(こうかつ)だ。そして、俺と闘うことを、愉(たの)しみにしているのかもしれん」

「似た者同士というやつではないのか」

「おまえとダルドも、そうだぜ」

御影が、洞穴の入口にある石臼(いしうす)に眼をやった。それは、ひと夏をかけて、トクトアが作りあげたものだ。

「麦の粉を、少しくれねえか」

「いいよ。自分で碾(ひ)けよ」

にやりと笑い、御影は洞穴に入り、両掌(りょうてのひら)にいっぱいの麦を持ってきた。

しばらく、御影が石臼を碾く音がしていた。

「獣肉は、いくらでも手に入るのだが」

麦の粉を革袋につめながら、御影が言う。

「いろいろな容器に、粉が入れてあったが、あれはなんだ」

「大きな容器は、団栗(どんぐり)などを碾いたもの。小さいのは香草を粉にしたものだ」

「まめなやつだよな、おまえ」

「こういうことが、好きなのだ」

「この鍋だって、いい味がしている」

「いま、窯で大きな鍋を焼いている。熊の肉でも煮ようと思ってな」

「そうか、熊といえば、結構でかいのが、ちょっと下をうろついているぞ」

「ひとりだと、苦しいかな」

「おまえ、いつもひとりだろう。いやダルドがいるか」

「自分より強いやつが相手の時は、ダルドは逃げる」

「まあ、気をつけろ。夜、そっと近づいてくることもあるし」

麦の粉を腰にぶらさげ、御影は立ちあがった。

争闘の気配が伝わってきたのは、それから四日後だった。すぐに、馬を曳いたアインガが現われた。

「熊です、トクトア殿。二矢、射こんであります」

「急所をはずして、手負いにしたのか」

「それで心配になり、熊を追わず、ここへ来たのです」

「すぐに、追いつめた方がよさそうだな」

トクトアは、剣を腰につけ、威力の強い方の弓も持った。

「血の跡も足跡も、多分辿れると思います」

「俺らが近づくと、ものかげに隠れるさ。そして、不意を襲ってくる。弓が遣えるかどうか微妙なところで、最後は剣に頼るしかない。横に払ってくる前肢に、気をつけろ」

二里ほど斜面を下ると、雪の中に血の跡が見えた。

急いで追った。夜になって、闇の中で熊を追いたくはなかった。

二刻、追った。トクトアは、弓に矢をつがえた。すぐそばにいる。そう感じたのだ。

アインガは、剣の鞘を払っていた。

三十歩ほど、進んだ。木から雪が落ちる音がした時、熊が後肢で立って襲いかかってきていた。

一矢、トクトアは射こみ、肩のあたりに篦深(のぶか)に突き刺さった。急所をはずしたとわかった瞬間、トクトアは剣を抜いた。

熊が、再び立ちあがろうとする。トクトアは躰を低くして前へ出、熊の後肢を斬って擦れ違った。

ふり返った時、アインガが前へ踏み出しているところだった。耳の脇に構えたアインガの剣が、熊の躰の中に消えた。

トクトアは息を吐き、背をのばした。

熊は四肢を踏ん張ったままだったが、しばらくして横に倒れた。

「見事な手並みだ、アインガ殿」

「いいえ、はじめに手負わせてしまいました。未熟だったと思います」

熊の肩の骨と骨の間に、剣を貫き通せる場所がある。およそ、指で丸を作ったほどの大きさだ。そこに剣が入れば、心の臓まで一気に貫くことになるが、わずかでもはずれると、剣が骨で弾かれる。次に横薙(よこな)ぎの前肢が来るので、きわめて危険なのだ。

もう少し熊を弱らせてから、トクトアはそれをやるつもりだった。

アインガが丸太を切り出し、それに熊の肢を縛りつけた。どこからか、ダルドが姿を現わした。

「自分より強いやつに出会うと、こいつはどこかに隠れてしまう。そして、結着がついた時、出てくるのだ。腰抜けさ。爺さんもそうだった」

「自分より強いのですから、本能で逃げるのですよ。群なら別でしょうが」

「俺と群を作っているのだぞ、こいつ」

二人で丸太を担いで熊を持ちあげ、営地まで運んだ。

まず、突き立った矢を抜いて、鏃(やじり)をはずした。新しい矢柄(やがら)につけるのだ。

熊を解体する間、アインガは黙って見ていた。

皮は、横に渡した丸太にかけた。

肉を、部位ごとに骨ごとはずしていく。内臓を、容器に入れ、流水を引きこんだ場所に置く。これで、余計なもののすべてを流すのだ。

血は、容器にとった。肉は少しずつまとめて、雪の上に置いた。すべてそれをやってしまうと、肉に雪を被せる。

解体はできないらしく、アインガはただそばで見ていた。

「ダルドが、欲しそうな顔をしていましたよ」

「ふん。逃げていたくせに、分け前があると思っているのか」

トクトアは、肋(あばら)などの骨だけを集めた。石で砕き、石臼で粉にする。鍋の中に少量それを入れると、味が深くなることがわかったのだ。

熊の肉はそのままにして、鍋の中のものを夕食にした。兎と蛇である。それに団栗の粉を入れ、塩を加えたものだった。碗にとってから、香料を入れるのだ。

鍋が、くつくつと音をたててきた。

「勝手に食ってくれ、アインガ殿」

鍋から掬う杓など、トクトアが自作したものだった。

めしを食うと、焚火の明りの中で、水に晒していた内臓を処理した。肝の臓を除いて、刻んで鍋で煮る。そこに、血も入れる。骨の粉も入れる。煮立ってから、香料を入れる。わずかな塩を加える。

これは完成ではなく、火にかけて熱を通しながら、数日寝かせるのだ。

肝の臓を、薄く切って、塩を振り、口に入れた。アインガは、手を出そうとしない。涎を垂らしているダルドに、ひと切れ投げてやる。束の間、匂いを嗅ぎ、ダルドは一瞬で呑みこんだ。

アインガが、なにか喋りたそうな表情をしていたが、トクトアは毛皮に横たわった。

すぐに眠ったようだ。眼醒めた時は、朝になっていた。まだ夜は明けきっていないが、雪が降っていて、景色は明るく見える。

洞穴の外にも頑丈な屋根を作ったので、雪に惑わされずに済む場所は、かなり広い。

鍋はいくつかあり、それぞれに中身が入っている。それに、ひとつひとつ熱を通していく。

食べごろになった鍋があり、トクトアはそれに米をひと摑み入れた。アインガが来たからには、米の袋があるはずだ。だから、惜しまなかった。

「三度、会談をしました。ジャムカとタルグダイと俺で。連合して闘おうという話にはなりましたが、指揮官は譲り合うという恰好で。指揮官が決められないことには、次に進めません」

メルキト族が全軍を出すとすると、兵力は抜きん出ている。二万五千は出せる。タイチウト氏のタルグダイが一万、ジャムカも一万。それでも、四万五千の軍になる。

四万五千が集まっているとなると、コンギラト族ほか各部族から、総計で二、三万は集まる。大変な大軍である。

トオリル・カンとテムジンの軍は、二万七、八千というところで、それにコンギラト族の五、六千は加わるかもしれない。

「時が、かかったな。秋には、連合が成って戦だ、と思っていた。テムジンも、そのつもりで待っていただろう」

「指揮官の話になってから、まるで動かないのです。俺がやると言えば、俺に決まるのでしょうが」

「いやなのだな」

「怯懦(きょうだ)で言っているわけではありません。実戦指揮の経験が、ほとんどない俺が、こんな大きな戦の指揮など、するべきではありません」

トクトアは、しばらく考えていた。森の暮らしをしていて、俗世のことはほとんど忘れている。しかし、戦にだけは、気を惹(ひ)かれた。族長だったころは、戦をするのがいやだと思ったものだが、あれは自分の指揮下で兵が死んで行くのが耐えられなかったからなのか。

指揮とは関係ないところで、戦を遠くから見つめると、なぜか面白いと感じてしまうのだ。

自分がいない、草原の戦。誰が勝とうと、どうでもいい、というところがある。草原全体が、ひとつにまとまった国だったら、戦などは起きていないのだ。

人の愚かさが、いま草原の中でぶつかり合っている。

「アインガ殿の気持は、よくわかる」

「俺に大軍の指揮など」

「ほかの二人も、それほどの大軍の指揮をしたことはないさ」

「そうですね」

「アインガ殿、ここはタルグダイに、頭を下げて頼め。ひたすら、頼め。タルグダイが、最も経験を積んだ、年長者ではないか」

「タルグダイには、ラシャーンという奥方がいて」

「そのラシャーンにも、頭を下げて頼むのだ。本気で、頭を下げてな」

「そうすれば、やってくれますか」

「やるわけがあるまい。タルグダイは、長く草原で揉まれているうちに、自分の力がどれほどか、痛いほど知っただろう」

「それなら」

「しかし、頭を下げて頼まれると、断れないところがある。おかしな、人の良さがな。俺はそう思うし、ラシャーンはもっと深くそれを理解しているはずだ」

「どういうことですか?」

「ラシャーンが最も望まないことは、タルグダイが死ぬことなのだろう。どれほどの卑怯者になろうと、腕をなくそうと足をなくそうと、生きて欲しいと思っている。それが、男に惚れた女の狭いところだろうな」

アインガは、考えこんでいる。

実際に草原にいたころ、そんなものは見えなかった。タルグダイは、女傑の妻に助けられている、と思っていただけだ。

「これまでラシャーンは、すべてタルグダイを死なせないために動いている、と俺は思うよ。そして、総指揮官になれば、踏み留まって死ぬ人の良さが、タルグダイにはある。およそ、トオリル・カンにはないものだな」

「しかし、それは」

「ラシャーンは、タルグダイを総指揮官にしたくないさ。だから、タルグダイ自身に、ジャムカに頭を下げさせる。多分、自分も裏で接触するのではないかと思う」

「それで、ジャムカが受けますか?」

「ジャムカはどこかで、自分が総大将であるべきだ、と思っているところがある。俺はそう思う。そして実際に、その器量もあり、ある意味では声望も持っている」

「タルグダイが頭を下げれば」

「同じモンゴル族の、年長者に頭を下げられている。そういう理由で、仕方なく受けた、というかたちをとるのではないかな」

「なるほど」

「まあ、俺は姑息な方法をとれ、とアインガ殿に言っているのかもしれないが」

「いや、もの事は、正面から押すだけでは駄目だ、ということを、トクトア殿に教えられたという気がします」

「戦が、来年の春だとして、それから先の草原のことは、俺には読めない。ただ、アインガ殿に言えるのは、気が遠くなるほど先が長い、ということだ。誰が、どういう立場に立つにしろ、草原は、金国や西遼からの独立を望むだろう。そこにも、長い時を要する、煩雑な問題があると思う」

「俺はそれに、関わっていかなければならない、ということですね」

「あまり、メルキト族というものに、こだわらないことだ」

「しかし、俺は族長です」

トクトアは、この若い族長に、はっきりした理由もなく、同情に似たものを感じた。自分がやるべきだったことを、すべてアインガがやっていかなければならない。

「おっ、アインガ殿。鍋がいい具合に煮立ってきた。生米を入れたので、見ろ、米もしっかりしたかたちをしている」

「これは?」

「猪の肉と野草を煮たものだ。猪の肉は、とにかく脂がうまい。少し強めの香料を利かせても、しっかりと猪の脂の味がする」

「なんだか、うまそうです」

「碗に注ぎ分けてくれ。木の匙が、壁の筒のところに入っている。それで食う」

アインガが注いだ碗に、木の匙が添えられていた。

米が、米らしい姿をしたまま、いい味を出していた。ダルドにも、少しやった。

「これは、うまいです、トクトア殿」

「米は、持ってきてくれたのだろうな、アインガ殿」

「勿論ですよ。隊商から、大袋に二つ買ったのです。つまり、これまで運んできたものの、二倍あります」

「野草は、多く集めて、塩をしている。木の実を集めて毎日掻き回し、時々、陽の光に当てる。それを何カ月も続ければ、上澄みが酒になっている」

「飲めるのですか？」

「俺は、飲んでいる。そして酔う。馬乳酒から造る強い酒とは、まるで違うがね」

「飲ませてください、俺にも」

碗に二杯ずつ食うと、鍋は空になった。

雪の中に、熊の肝の臓が、まだかなり残っている。それを出してきて、薄く、何枚にも切った。

「俺は、これを生で食う。ダルドもな。アインガ殿は、空っぽになった鍋の底で、焼けばいい。いい香料があるぞ」

「俺は、トクトア殿に香料を教えられましたが、メルキトの民は、なぜ遣おうとしないのでしょうか？」

「長く、肉を食らうことで生きてきた。それが当たり前だと思うと、うまくもあるのだ。塩をするだけで、肉からいい汁も出せる」

「それはそれで、いいということですね」

「食いものはな。ほかのものは、いいとばかり言っていられなくなるだろう。たとえば銭を遣う暮らし、羊以外のもので納める税。そんなことも必要になる。多分、字などもなくてはならないものになるかもしれん」

「そんなものは、必要になった時に、考えればいいと思います、俺は」

「まあ、そうだな」

トクトアは、熊の肝の臓を口に入れた。

肝の臓の近くに、紫色に近い胆嚢と呼ばれるはらわたがあり、それを干して硬くしたものは、交易では結構な値がつく。

トクトアも、洞穴の奥に、それをいくつか吊して置いていた。

アインガが、鍋の底に肝の臓の薄切りを置いた。まだ汁が残っているので、そこで速やかに薄切りは熱が通ったようだ。

「これは、すごい」

「香料をな」

「いや、香料の入った汁が、実にいい味をつけていると思います。これは、ほんとうにうまいですよ」

トクトアも、アインガの真似をしてみた。

口に拡がるものが、生の時とはまったく違う味のふくらみを持っている。

「やってみるものだな」

「俺は、やはり羨しいです。こういうことだけをやって暮らしていて、時にはあまりのうまさに心を躍らせる。やはりいいです」

「爺になったら、やってみろ」

アインガが、また鍋の底に薄切りを入れた。トクトアも、そうした。いつもと違う匂いが、気持がよくなるほどに、洞穴の中に拡がった。

前夜

一

雪解けに、トオリルは三千騎の出動を命じた。単独で軍を動かすことに、意味を感じていた。連合の相手は、テムジンだけであり、ほぼ九千騎の兵力であろう。そして、臣下に近い存在でもある。

テムジンの兵力も加えて、三万九千に達するはずだ。ケレイト軍の兵力を、無理に増やすということは、やってこなかった。

国庫が、覚束(おぼつか)なくなっている。

ウルジャ河でタタル軍と闘ったあと、王(オン)・カンという称号を、トオリルは金国から受けた。それで出費が増えたのかどうかは、よくわからない。

トオリルは、ケレイト王国を、西夏や西遼と並ぶ国にしたかった。ナイマン王国など、西遼の庇護がなければ、戦ひとつできない国で、問題にはしていなかった。

いずれは、金国とも並ぶ国になることが、トオリルの夢になってきた。

昔は、ケレイト王国の領地を守ればいい、と考えていた。それは、まず王たる自分の立場を守ることだった。

そのために、自分を脅かす者は、処断し続けてきた。

いまはもう、自分と対立する者は、国内にはいない。

セングムという後継がいて、ジャカ・ガンボという、王位を補佐する者がいる。

セングムとジャカ・ガンボの関係は、必ずしも良好ではない。しかし、セングムが手を取り合っていた烏律（うりつ）を、トオリル自身の手で処断した。

いまセングムが頼れる相手は、ジャカ・ガンボしかいない。

烏律は、金国の色が強すぎた。金国皇帝を主（あるじ）とすべし、とまで言い出しそうな気配があった。

金国から遣わされた密偵かもしれないという疑いは、はじめから持っていた。たとえ密偵だったとしても、こちらに取りこんでしまえばそれでいいわけで、役に立つかどうか、ということでトオリルは烏律を見ていた。

烏律の失敗は、セングムと深く関わりすぎたことだった。金国の影が、自分ではなくセングムに射（さ）した。

セングムは、烏律がなぜ処断されたのか、いまだにわかっていないだろう。ただ、恐怖だけを感じている。

トオリル自身も、烏律を処断する力は、大きな戦を前にしなければ、出せなかった。

その力を出せたことで、次の大きな戦は乗り切れる、という気持になっている。

宮帳（オルド）の居室に、ジャカ・ガンボが姿を現わした。以前はいつもそばにいたが、ある時から宮帳に来ることは極端に少なくなっていた。

トオリルが呼び出した時は、神妙な表情でやってくるが、居室にまで来ることはほとんどなかった。

セングムと烏律の一派に、排除されたという感じで、冷遇されているとも感じていただろう。

「陛下、今回の出兵の指揮を、俺に執らせていただけませんか」

ジャカ・ガンボがそう言ってくるだろう、という予測は立てていた。あまりに思った通りで、拍子抜けしたほどだった。

「指揮官はもう決めて、命令も出した」

中途半端な出兵だと、ジャカ・ガンボだけでなく、軍を統轄しているアルワン・ネクも感じているだろう。

「相手の力が、読めないのです、陛下」

命じたのは、メルキト族との国境を突破し、十里ほど進むということだけだ。それも、守りに強い、手堅い将軍に、指揮を命じた。

アインガという若い族長には、実戦の経験がほとんどないのだという。不意に攻められて、どういう対応をしてくるかで、見えるものはあるはずだった。

「おまえでは、駄目なのだ。アルワン・ネクでも。セングムのことを考えないではなかったが、いまは百人隊長に過ぎん」

「そうですか」

セングムの指揮というのは、腰を入れた戦ではない。トオリルがセングムを一度考えたという

ことで、ジャカ・ガンボにはどういう戦なのか読めたのだろう。

「アインガという族長には、胆力も決断力もある、と俺は思います」

「それは、そうだろう。あのトクトアが、族長を譲ったのだ」

「なにを、確かめようとしておられます?」

「わしが、わしであることを」

「またそのような。俺に理解できないことを、なぜ言われるのですか」

「わしは、どこまでもわしらしい戦をしたいのだ。颯爽とした戦など、わしには無縁だった。し

かし、わしほど複雑な意味を戦に持たせた者も、またこの草原にはいない。この歳になったから

言えることだが、戦はわしの生き方であった。戦で出てしまう性格というものは、変えられない

のだ」

「陛下はこの草原で、誰でもなく、トオリル・カンである、という戦を続けてこられた、と俺は

思っています。そしてケレイト王国を、そのまま維持されていくというより、隆盛に導かれまし

た」

「いいのだ、ジャカ・ガンボ。自らの生き方の無様さは、わし自身が最もわかっている。無様だが、滅びることはなかった。それが、わしという男だろう」

「陛下」

「おまえやアルワン・ネクは、ひたすら戦をしていればいい。無様な戦を、わしは続けるであろうが」

ジャカ・ガンボが、顎の髭に手をやった。この弟を、疎ましいと感じたことはなかった。そして、ほんとうに心を開きもしなかった。誰に対してであろうと、心を開いてはこなかったのだ。もしそういう相手がいるなら、息子のセングムだが、いつもおかしな感情が先走り、厳しく接したりしてしまう。

人はいつかは滅びるのだ、としばしば思うが、生きている間は、自分らしくいたかった。人を疑い、巧妙に立ち回り、誇りなどとは無縁で、人の性の醜さを信じ続ける。

人はみんな、性の醜さを持ちながら、自分については忘れがちなのだ。

「わしは、烏律が作った情報収集の組織を、そのまま直轄とした。砂金で動いていた者たちで、その砂金はわしから出たものだった。だから、わしに雇われているということは、烏律がいようがいまいが、変ることはない。支払う砂金の量を増やすことさえ、わしはやらなかった」

烏律が作った組織については、知っているのは自分とセングムぐらいだろう。情報については、直接、聞く習慣をトオリルはつけてきた。

「三千騎を、手堅いだけの将軍に指揮をさせて、メルキト領にわずかに進攻させる。この中途半端な戦で、わしはなにを見ようとしていると思う？」

「アインガの胆の据り方、やり方を見ようとされています」

「それもあるが、アインガにしろ見て測られていることは気づく。だから、ほんとうのものは見えぬ、とも言える」

「それ以上のことは、俺の頭ではわかりません、陛下」

「わしとテムジンが、金国と手を組んで、タタルを相手に戦をやった。その時から、草原では親金国、反金国に色分けされはじめた。反金国の動きは活発なもので、やがて仇敵だった者同士が、手を結ぶことにもなる、とわしは思っておる」

「それは、俺も」

メルキト族とジャムカが結ぶと、名を挙げてジャカ・ガンボは言おうとしなかった。ジャムカに対しては、捨てきれない思いを、いまだに抱いているのだろう。

「草原は、底から掻き回されておる。そういう中で、最も動きそうなところの動きが、妙に鈍いと思わぬか？」

ジャカ・ガンボは、ただ考えるような表情をしている。

「タヤン・カン」

ナイマン王国の、王である。

西遼と国境を接しているナイマン王国は、草原最大の部族だった。西遼からの恩恵を、最も受けやすい位置にある。

ナイマン王国が、草原第一の地位にいるがゆえに、トオリルは長く、第二位に甘んじてきた。草原の広さ、国そのものの豊かさ、民の数、そのどれをとっても、ケレイト王国は及ばない。

「ナイマン王国が、われらを狙うということですね」

「ナイマンの、タヤン・カンの立場は、微妙なのだ。西遼と国境を接しているがゆえに、当然、西遼の意を酌まなければならん。西遼は、草原がいくつかに分かれて、せめぎ合うことが望ましいはずだ。ナイマンが反金国勢力の盟主となって、われらを滅ぼすと、その力が突出して、草原の統一に繋がりかねない。そうなった時、多分、西遼よりも巨大な国になる。つまり、西遼はナイマンが反金国勢力の盟主となることは望まず、その意をタヤン・カンは酌まねばならぬ」

「なんとなくわかる気もいたしますが、全体を見渡すことは、俺にはできません」

「問題は、タヤン・カンがどういう野心を持っているかだ。西遼をも凌(しの)いで大きくなろうと思っているなら、必ず、機を見てわれらを攻める。それこそ一気にわしとテムジンを滅ぼし、草原の頂点に立つだろう。いまのままでいいと思っているなら、動かぬな」

「タヤン・カンが動くか動かないか。それを確かめようとされているのですか？」

「それもあるが、タヤン・カンを動かしたくないのだ。これからの戦にわしが勝てば、ナイマン王国を支配下に置くのも、難しいことではなくなる。西遼とも金国とも、対等にむかい合える、ということだ」

「そうすると、三千騎でメルキト領に進攻するということは」

「後詰(ごづめ)、一万騎を国境へ出す。それが、タヤン・カンの機になるはずだ。動こうとするタヤン・

カンの出鼻を挫く。それができるのは、おまえだけだぞ、ジャカ・ガンボ」

「なるほど。頭に入ってきました。そして、俺にも大きな動きどころがある、ということですね」

「タヤン・カンは、これまで西遼とともに生きよう、と考えてきた。いま、どうかはわからん。それがはっきりわかった時は、手遅れかもしれぬからな」

「反金国の連合に、ナイマン王国はなぜ加わろうとしないのでしょうか？」

「ほかの部族とは違うという、根拠のない自負心のようなものが、タヤン・カンにはある。西遼の朝廷からは、そんなふうに扱われているのだからな」

「まだ、五十歳になっていません」

「若い愚かさはなくなったが、野心を捨てきれるほど達観できる歳でもない、とわしは思っている」

「巧妙に動く、と陛下は見ておられるのですね」

「巧妙というのとは、違うであろうな。必殺である。さながら、刺客のように」

「陛下だけを、狙ってくるということですか」

「急所をいきなり衝く。そんな軍の動かし方をするのではないか、とわしは思う」

「そんな真似は、俺がさせません、陛下」

「わしを護ることはないぞ、ジャカ・ガンボ。タヤン・カンの動きから眼をそらさず、応変の対処をするのだ、おまえは」

ナイマン王国は、西遼という国と一体なのである、と草原の諸部族に見せることで、反金国連合に加わらない事実が、異常でもなんでもなくなっている。

タヤン・カンは眠ったふりをしている、とトオリルは考えていた。しばらくは、ほんとうに眠らせておきたい。

「おまえは二千騎を率いて、タヤン・カンの動きに備えよ。小さな動きも、決して見逃すな。わしが全力で戦をする時は、五千騎でタヤン・カンの動きに対する。その指揮は、おまえだ」

「お待ちください、陛下。今回の出兵時については、タヤン・カンの動きに備えますが、陛下が戦場へ出られる時は、俺は側(そば)にいます。それが、これまでの俺の仕事でした」

「おまえしか、これはできぬ」

「しかし」

「もういい、退(さ)がれ。そして自分がどれほど重大な任務を任されるのか、じっくりと考えてみろ」

なにか言いかけたジャカ・ガンボを、トオリルは手で制した。

ひとりになると、トオリルはしばらく眼を閉じて考えごとをした。

見落としていることは、なにもないはずだ。情報を集める烏律の組織も、砂金を払うかぎり、前と同じように働いている。もともと、自分のための組織なのだ。

自分とタヤン・カンのやり取りがなにか、ほかの部族の族長たちにはわかりはしない。ナイマン王国は、遠い国なのだ。

メルキト族のアインガ、モンゴル族タイチウト氏のタルグダイ、同じくジャンダラン氏のジャムカは、自分に対する連合の中核になる。ほかに、どれほどの部族が加わるのか。

モンゴル族キャト氏のテムジンは、生き残るために、次の戦にすべてをかけて闘うしかない。かなりの力を出す、とトオリルは見ていた。戦では、使える男なのだ。

闘う意思がはっきりしたテムジンと自分の連合は、いまだ盟主さえ決まらない反金国連合より、強力なはずだ。

今度の戦に勝てば、すべてが変る。王・カンという、金国から与えられた名だけの栄誉など、捨ててしまったところで、どうということはない。実力で、草原に覇を唱えるのだ。

王・カンという称号を金国から与えられた時、気持がうわついた。金国は、やはり老獪だった。草原で羊を飼って生きていた者を、言葉ひとつで喜ばせる方法を知っていた。

思い出すと、苦さがこみあげてくる。

テムジンは、百人隊長に任じられただけだったが、それで南の界壕の近くに、拠点をひとつ持った。結果としては、テムジンの方が得をしたのかもしれない。

ただ、南の拠点など、金国の代官をやるようなもので、事実、周辺の民から税を徴収し、それを金国に納めている。

ジャカ・ガンボが来て四日後に、トオリルは三千騎に進発を命じた。

メルキト族との国境を越え、十里進軍し、決してそれ以上は進むな、と指揮の将軍には言い含めた。

翌日、トオリルは馬印の仕度を命じた。トオリル自身が、出動するということである。禁軍の千五百騎のほかに、召集した兵が八千騎である。

ジャカ・ガンボは、禁軍の指揮からはずしてあった。

「輿を用意いたしますか？」

烏律のあとの側近である、チャンドが言った。

側近にしたのは、能力があるからではない。単に、順番がそうだった、というだけのことだ。凡庸で、しかしトオリルは、そういう男が嫌いではなかった。いくらでも代りがいるからだ。

「馬で行く。旗を多く出し、禁軍はきらびやかにな」

「かしこまりました」

トオリルは、口もとだけで嗤った。チャンドは、トオリルの行先さえ訊こうとしない。言われたことを、ひたすらやろうとしている。

烏律を処断したのは、衝動もあったが、いなくてもなんとでもなる、とはっきり思えていたからだ。それからは、自分の考えを述べる者は、トオリルの前からいなくなった。

時々、セングムのことを考えた。

厳しく、接してきている。そうするのは、次の国王になるからだった。

いまは、百人隊長である。戦に出た時は、必ず先鋒に立つ、という百人隊である。死ぬかもしれないが、そうなったら自分の宿運として受けとめるしかない、とトオリルは思っていた。

進発した。

チャンドは馬に乗り、旗の後方からついてきた。

一万近い軍の移動である。しかも禁軍が、トオリルの馬印と旗を掲げている。できるだけ目立つようにした。

進攻した三千騎は、国境から十里進み、そこで陣を組んでいる。

アインガという、若い族長の眼には、ケレイト軍の侵攻は、どんなふうに見えるのか。三千が先鋒で、後方に一万のトオリル軍がいる。

そう見えた時は、連合が成る前に、先手を打ってケレイト軍が攻めこんだ、と思うのではないのか。

連合するはずのタイチウト氏のタルグダイやジャンダラン氏のジャムカは、その動きを見て、テムジン軍からの攻撃もある、と考える。したがって、同じモンゴル族の中で、さまざまな動きがあるだろうが、それがケレイト軍にむかってくることはない。

自分の動きについて、テムジンにはなにも知らせていなかった。

国境から二十里退がったところに、布陣した。その二十里はひと駈けで、充分に後詰の脅威をアインガに与えているはずだ。

天幕の下に炭を燃やして運んできたチャンドを、ここは宮帳とはまるで違う戦場なのだ、と大声で叱責（しっせき）した。

トオリルは、気持のいい緊張の中にあった。

メルキト族とのこのぶつかり合いで、思い出すのは、森で失った七千騎だ。メルキト領に、攻められるだけ攻めこんだ。それから森に引きこまれ、信じられない敗北を喫したのだ。

あの衝撃は当然蘇ってきたが、自分を失うようなことはなかった。

二日、そうやって滞陣し、トオリルは八千騎を国境へ進めた。トオリル自身も、禁軍を十里前進させた。

進攻した三千騎、中軍となる八千騎、禁軍の千五百騎が、十里の距離を置いて、縦列に並んでいるかたちになった。

トオリルは、そのかたちでなにかが起きるまで待とう、と思った。

戦のことはなにもわからぬチャンドは、ほとんど口を開くことはなく、トオリルになにか命じられるのを待っている。

ナイマン王国のタヤン・カンは、トオリルが二万近い軍を召集したのを知り、どれほどの軍を集めているのか。八千とか六千とか一万とかいう情報があるのは、集結地点を分散させているからか。

西遼が背後に控えるナイマン王国は、草原の戦に巻きこまれることはなかった。だからその軍の力を、誰も正確には測っていない。西遼と同程度の軍備があるというから、その点では強力なのだ。

三日の間、トオリルはアインガが出てこないことに、軽い苛立ちを覚え続けていた。それから、アインガはこちらを自領深くまで引きこまないかぎり、実戦の意思を持たないのだ、と思った。

自領が、たとえ十里であろうと、敵に侵されているのは、それをただじっと見つめているのは、怯懦なのか豪胆なのか。

トオリルが、いくらか無気味な感じを持っているのは確かだった。

動きがあったのは、五日後の夜だった。

夜襲を受けている、という切迫した感じだけがあった。実際には、禁軍千五百騎の、どこにも敵は触れてきていない。

ぶつかり合いの気配は、次第に遠ざかり、小さくなった。

考えた通りだ、とトオリルは思った。

二

草原が、動きはじめていた。

動かしたのは、トオリル・カンである。反金国連合が成立する前に、多少でもメルキト族を叩こうという意思があるのだろう、とテムジンの幕僚たちは分析した。

実は複雑な動きなのだと、カサルやジェルメは考えていた。クビライ・ノヤンやチラウンも、訊けばそう言うだろう。

大して複雑でもない、とテムジンは思った。メルキト族を攻める構えを取り、背後のナイマン王国がどう動くのか、見ようとしているのだ。

トオリル・カンの戦には、大抵、いくつかの目的があった、とテムジンは思っている。たとえ大きな目的があっても、小さな目的もいくつか付与する。それによって、動きを複雑に見せる。トオリル・カンの性格を、よく表わしたやり方だった。

膠着したようなケレイト軍に、動きがあったのは数日後だった。

ナイマン軍が国境を越えて動き、それをアルワン・ネクが指揮する一万騎が、打ち払った。それはよくある、国境を挟んだ駆け引きだった。

ただ同時に、二千騎ほどの別働隊が、ケレイト領内で激しく動いた。激しいと表現できるのは、待ち受けたケレイト軍の動きが激しかったからとも言える、とテムジンは思った。

数日経って、狗眼の者たちの報告が入りはじめた。二千騎の、相当に強力な部隊が、夜中、いきなりトオリル・カンの本陣を衝こうとした。トオリル・カンの首を狙ったのは、確かだった。

しかし、本陣に達する直前で、不意に迎撃を受けている。その指揮は、ジャカ・ガンボだったらしい。トオリル・カンが出動した時、当然禁軍千五百騎も一緒だったが、ジャカ・ガンボはなんらかの理由で、その指揮を離れたのだ。

「トオリル・カンの眼は、はじめからナイマンのタヤン・カンの動きにむいていたのだ、と俺は思います。反金国連合をタヤン・カンは無視しているところがあり、ケレイト王国を自ら単独の力で倒そうと狙っていた、と思います」

本営の幕舎の中で、二人きりになるとカサルが言った。ほかの幕僚が揃っている時は、あまり意見は言わない。テムジンの弟ということで、将軍たちも遠慮しかねないからだ。

「タヤン・カンは、狙い澄ましていたと思います。それさえも、トオリル・カンは読んだ。あの二人は、読み合いをくり返してきた間柄なのでしょうが、今回はタヤン・カンが読み負けた」

「自分で機を作ろうとしなかったのだ、カサル。たえず、トオリル・カンの罠に嵌(はま)る危険はあった。そこまで読み切ってさらに裏を搔けば、タヤン・カンに勝機はあった」

「兄上は、そう読まれていましたか。同じようでいて、俺より深い、と思います」

「浅かろうが深かろうが、そんなことはどうでもいい。機は、作る方に利がある。作られた機に乗ろうとする時は、よほど考えをめぐらさなければなるまい」

「こんなふうに、兄上と時々話をしたいものですよ」

二歳下のカサルは、テムジンと較べると気苦労が多いらしく、世間知にたけたところはある。人も、深く見ようとする。

自然に、テムジンの弱いところを補う、という成長の仕方をしたのかもしれない。

「今度の戦では、ジョチとチャガタイをおまえの下に置くぞ」

「二人とも、百人隊を見事に指揮します。これで実戦の経験を積めば」

「最後の実戦になっても構わぬのだ、カサル。息子を戦場に出す、と俺は考えないようにする。おまえやテムゲの時も、弟を戦場に出すとは考えなかった」

「わかりました。テムゲにも、そう言っておきます」

ジョチやチャガタイは、この間まで母親の後を追っていた子供だった、という気がする。それがもう、戦場へ出るのだ。

「俺は、これからがほんとうの人生、と思っているところがある。いままでは、一族のために生きてきたのだ、とこのところ思ったりするのだ」

「いまは、一族のため以外ですか？」

「わからぬ。一族もなにもかも含まれているもののために、生きるのかな」

「男がなんのために生きるのか。一生かけて、それはわかっていくのかもしれませんね」

カサルが笑う。髭の中に、数本の白いものが見える。自分はどうなのか、とテムジンは思った。白いものが増えたから、老いているということにはならない。

男の老いは、躰ではなく心だろう。

カサルも妻帯して息子をふたり持っているが、早く戦場へ出そうという思いなどはないようだ。しばらく、五十騎で動いているムカリの話をして、カサルは出ていった。

トオリル・カンの動きについて、深く考えるのはやめていた。考えこむことも、トオリル・カンの術中に陥ることかもしれないのだ。

ただ、狗眼のヤクが、面白いことを報告してきた。トオリル・カンを狙ったナイマン王国の部隊が、一兵も戻っていない、というのだ。

「俘虜にしたか。それとも皆殺しか」

「それが、いくら調べさせても、わからないのです。俘虜ならばどこかに動きがあり、皆殺しならば、埋めた跡ぐらいありそうなのですが」

「数百は、死んだのだろうな。あとの千数百は、死に兵にするために、ジャカ・ガンボが軍に組み入れた」

「死に兵ですか。考えてもみませんでした」

「皆殺しにしたくないジャカ・ガンボが、唯一、トオリル・カンを納得させられる方法だろう」

「殿は、どうしてそういうことが、おわかりになったのですか？」

「正しいかどうかは、まだわからん。ただ、俺は戦況を分析したのではない。ジャカ・ガンボとトオリル・カンという、二人の男のことを考えた」

「眼が開かれた思いがいたします。事実にこだわりすぎると、見えなくなるものがあるのですね」

ヤクは、以前より頻繁に、テムジンの前に現われるようになっていた。誘えば、酒につき合ったこともある。

時をかけて、ヤクはようやく自分の殻を破ったような気もした。

「ジャカ・ガンボの軍の中に紛れこめば、千数百の行方はわかりません。そしてナイマンのタヤン・カンは、無気味な出来事に出会った、と感じているでしょう」

「死に兵のことは、もういい。なにか面白い話はないのか？」

「数日のうちに、南から面白い話がやってきます。しかしいまは、ケレイト軍が出ているわけですし」

「十里以上、メルキト領を侵さないかぎり、戦況は動かずに終る」

南から来る面白い話とはなんなのか、テムジンはちょっと考えた。

こういう言い方をした時、ヤクは具体的なことはなにも言わない。この男は、ちょっとした意地の悪さを、隠さなくなった。

酒を飲もうと誘ってみたが、部下を数名集めてあるという理由をつけ、拝礼して去っていった。以前のように、気づいたら消えている、ということはなくなった。

四日過ぎて、ケレイト軍は撤退しはじめた。

三千騎に十里侵されても、微動だにしなかったという感じの、アインガについて、テムジンはしばらく考えた。

トクトアが、メルキト族の将来を託した男だと思うと、その肚の据り方は、なんとなく理解できた。こういう男は、動きはじめたら、手強いところを見せるはずだった。

南からの、面白い話も、やってきた。

テムジンが、あまり想像していなかったことだった。

ボオルチュが慌てているのを見て、南からの話がいくらか見当がついた。

ボオルチュの副官、と呼ばれていた、アンカイという青年がいた。二年は耐えろと、金国へ医術を学びに行っていた男だ。それが、まだ二年は経っていないのに、戻ってきた。

テムジンは、アウラガ府に行ってみた。

ボオルチュは、カチウンを相手に、なにか言い合いをしていた。ボオルチュの部屋である。カチウンの足もとにはホルがいて、テムジンを見上げ、尻尾（しっぽ）を振った。

「カチウン、法は乱暴に作ってはならん。一度決めたら、十年以上は決して変えない。それが法というものだぞ」

「悪いところを変えていく、ということではなぜいけないのです」

「おまえはな、法の本質というものはわかっていても、ありようについてはわかっていない。よいか、法は一度制定したら、民がきちんとそれを守れるまでに、三年はかかる。そこで変えたら、民は混乱する。そして、法などどうでもいい、と思いはじめる。十年変えてはならんと言ったが、ほんとうは五十年、百年、変えてはならないのだ」

「たとえ、不完全でもですか？」

「一度、制定した以上は」

二人とも、テムジンが入ってきたことを、気にしていた。

「考えてみます」

カチウンが言い、ボオルチュが頷いた。

テムジンは、ホルの頭を軽く撫でてやった。

カチウンが拝礼し、出ていった。

「派手に議論をやるものだな、ボオルチュ」

「カチウンとは、これでいいのです。議論するたびに、お互いに新しいことに気づくのですから」

「法とは、そんなものか」

「なにがでしょう？」

「一度制定したら、変えてはならぬのだな」

「たとえ、不完全な法でもです。法がなんのためにあるか。民がかたち作っている集落が、部族があり、それらが心配なく動けるようにするためのものです。法が法として守られれば、国は安定するのです」

「変えると、民が混乱するのだな」

「だから変えるには、どれほど短くても十年は待たねばならず、どんなふうに変ったかを民に周知させなければならないのです」

「部族の掟というものは、長く変ることがなかった」

「変ったら、部族の統一がとれなくなるはずです」

「だから、掟なのだ。だから、法とも言えるのだな」

「殿は、カチウンより頭がやわらかいと思います。カチウンは、納得するまでにかなりの時を要します。納得すれば、そこからまた前へ進むのですが」

「たやすくは、納得はしない方がいい、という気がするな。法を作ろうとしているのだ」

「はい。できる議論は、私もカチウンもすべてやる、というつもりでいます」

「おまえ、テムルンの家帳から、慌ててアウラガ府へ帰ったろう？」

「それが、アンカイから戻るという知らせが入ったのです。二年以上と私は思っていたのですが、まだ二年に満ちません」

テムジンは、じっとボオルチュを見た。怒りというより、腹を立てているという感じだ。

「アンカイというのは」

「知っている。二年近くは、修業したのではないのか」

「医術が二年できわめられる、ということなどありません。二年は、あくまでも最低でも、ということです」

「では、アンカイを追い返すのか？」

「はじめは、そう思っていました。それが、アンカイひとりではなく、十二名ほどの集団のようなのです」

「ほう」

「どういう集団かは、会ってみるまでわかりません。旅の足はのろく、私は一昨日から待っているのですが、そろそろ、到着するはずです」

「そうか。では、俺も会ってみるか」

「調練など、よろしいのですか、殿」

「軍は、まるで俺の手から離れているようなものだ。これまで以上の調練を各隊でやっているし、常備軍を二千にしたいのだが、いまだ一千騎のままだ」

「一千騎では、不都合なのですか？」

「まさか。常備軍は五百騎いただけでも、ありがたく心強い。二千というのは、俺のわがままなのだろう」

「では、耐えられますか」

「ボオルチュ、おまえ、機嫌が悪いのか。俺に絡んでいるように聞えるぞ」

「そう聞えたのなら、申しわけございません。二千騎の費えなどを、私は考えてしまうのです」

「やはり、おまえは苛立っているぞ。テムルンと、うまくやっているのか？」

「テムルンは、申し分のない妻です」

「そうか。やはり、アンカイのことが気になるのか」

「二年経つ前に戻り、しかも連れが十名以上いる。なんですか、これは」

「話を、聞いてみるしかないだろう」

「わかっていますが、医を充実させることは、いまキャト氏にとって重大なことなのですよ。アンカイがひとり前になって戻り、医術をなしながら、若い者も育てる。そのかたちを、私は頭に描いているのです」

「おい、ボオルチュ。おまえ、少し歳をとってきたのではないのか」

「私が、ですか」

「アンカイがなぜ戻るのか、話を聞いてみるまで責められまい」

「そうですね。話を聞くことが、第一です」

「おまえも、人に指図するばかりで、誰もなにも言ってくれなくなっただろう。それを、寂しいなどと思うのではないぞ。俺も、同じようなものなのだ」

「殿と同じなど、そんなことはありません。俺の仕事など」

「よせ、ボオルチュ。誰もが同じだ。それはわかるだろう。生きていることに、差などないのだ」

「殿、よくわかります。殿とこんな話がしたくて、口うるさくなったり苛立ったりしたのではないか、と思えるほどです」

「なんだと。もういい、勝手にしろ」

「そんなこと言わないでください、殿。俺は殿と喋っていると、穏やかな気持になれるのです」

ボオルチュの従者が、アンカイが来たと伝えてきた。従者が言い終る前に、アンカイが飛びこんでくる。

「ただいま、帰りました。殿がおられるとは知らず、御無礼いたしました」

「変りないな」

ボオルチュの声に、棘はなかった。むしろやさしい。

「いま帰ってきた、理由を言え」

「はい。私はまだ、学んでいる途中で、先は長いのです。ただ、私の師は燕京にいられなくなったので、一家ごとここへ連れてきてしまったのです。ほかに薬師もひとり」

「ほう、おまえは師とともに、ここへ戻ったというのだな」

「別の師を探すより、その方がいい、と判断しました」

「燕京にいられなくなった理由は？」

「ある日、突然、身に覚えのない借金が湧き出してきて、取り立てに遭ったのです。私は、師を紹介してくれた、大同府の泥胞子殿に連絡をとりました。泥胞子殿は燕京まで来てくださり、借金についていろいろ調べてくださいました」

「そうか、泥胞子殿が」

ボオルチュは、一瞬だけ嬉しそうな表情を浮かべた。

わざわざ泥胞子が燕京へ行ったところを見ると、世俗的なものを解決する能力が、アンカイにはないと判断したのだろう。

「燕京にいると面倒が重なってくるので、離れた方がいい、と泥胞子殿は言われ、燕京を出る算段をつけてくださいました。私は、ボオルチュ様に宛てた泥胞子殿の書簡を持ち、師の一行を案内してきました」

「書簡があるのか。先にそれを出しなさい。おまえの説明より、その方がずっとよくわかるはずだ」

「私も、苦労して帰ってきたのです」

アンカイが、懐(ふところ)から書簡を出した。

テムジンを見たボオルチュに頷くと、音読をはじめた。

医師としては相当な腕だが、人としては抜けたところがある。気の合う薬師も、似ていて、二人とも燕京のようなところにいれば、もっとひどい目に遭う。草原で、自分の力を生かした方がいいと判断した。

内容は、そんなものだった。

役に立つ、と泥胞子は言っているのだった。

それ以上、アンカイの話を聞く必要はない、とボオルチュは判断したようだ。テムジンに眼をむけてくる。頷いた。ボオルチュが、アウラガ府の入口の部屋にいるという一行を、ここへ連れてくるように、従者に命じた。

「ところで、この書簡によると、おまえは漢名を持ったのか、アンカイ」

「はい。師が、その方が呼びやすいと言われたので」

「華了（かりょう）だと」

「おまえの師が、つけた名か」

「はい。華佗（かだ）という、すぐれた医師にちなんで、つけていただいたのです」

「生意気な。おまえはそれだけの腕を持てるようになれ、華了」

ボオルチュは、『史記本紀』を読んだというが、そのいくらか後の、『魏書（ぎしょ）』にも眼を通したのかもしれない。

テムジンは、蕭源基（しょうげんき）から贈られた、『三国志』を読んでいた。戦の描き方は、『史記本紀』より、ずっと現実的だった。

アンカイは、テムジンがいることに改めて気づいたらしく、うつむいて躰を硬くした。

部屋の外に人声がし、一行が入ってきた。十一名だった。

「師の桂成（けいせい）様、奥方、娘さんが三人、それに奥方の御両親、私の兄弟子の二人、薬師の劉健（りゅうけん）殿とその奥方です」

「そうか。アンカイ、いや華了が世話になりましたな、桂成殿」

「華了は、これからですな。基は教えこみましたが、医術の細かいことを、まだ学んでおりません。それより、わしは病人と怪我人が欲しい。病の中にいないと、生きていると思えないのです」

「燕京ほど人は多くありませんが、ここには結構な人数がおります」

「それは、なんとなく見えました。して、医師はどれほど？」

「ひとりもおりません。桂成殿がやってくださるなら、ここではじめての医師ということになります。薬草を扱う者はいるので、劉健殿は、彼らと話をしていただきたい」

劉健が頷いた。桂成が五十歳前後、劉健は三十歳というところか。

しばらく話が続いたが、無言のテムジンは無視されていた。一行が部屋を出る時、アンカイが深く拝礼しただけだ。

「建物を用意しろ、ボオルチュ。金国から来た大工を遣え。桂成の希望を、一応はすべて聞いてやれ。おまえがこだわっている厠（かわや）など、絶対に必要なものになるぞ」

「よろしいのですね、殿」

「これは、運が舞いこんできたようなものだ、ボオルチュ。民のために、大事になりそうな者が、現われた」

「金国にはあまりいないほど、怪我人だらけでありますし」

「これから、もっと増える」

ボオルチュは、テムジンを見て、ちょっと頭を下げた。

三

国境の周辺を巡回するのは、周囲に油断がないことを見せておく、という意味があるとテムゲは考えていた。

兄のカサルがそう言い、それぞれ三百騎で去年から巡回しているのだ。

それは戦の調練になり、いままで知らなかった、領内の細かい地形を頭に入れることにもなる。

しかし、それでも飽きた。思わず境界を越えて暴れてみたくなるが、それは兄から強く禁じられていた。

鹿や猪を獲り、解体してその肉を焼いたりする。食いきれないほどのものが獲れた時は、煙で燻(いぶ)して日保(ひも)ちがするようにする。

いまのところ、干し肉の補給を受けることはあまりないが、冬の間、秣(まぐさ)の補給はよく受けた。領内では、秣を溜(た)めてある場所がいくつもあり、いつでも補給を受けられるのだ。

テムジンがなにを考えているのか、よくわからなかった。性格として、テムゲはテムジンにも臆(おく)することなく質問してきたが、それは見えているものについてだった。

テムジンのほんとうの考えは、どこからどう見ても、わからない。

今年か、遅くとも来年には、草原の趨勢(すうせい)を決する大きな戦が起きるはずだが、テムジンは以前よりゆったりとしていて、一見つまらないと思えるようなものに関心を示し、時間を割いたりする。

カサルやテムゲの巡回も、勝手にやっていろ、という感じである。

軍は、充実していた。兵器だけでなく、士気も高い。ジェルメとクビライ・ノヤンとチラウンが、軍全体を見て、スブタイやジェベやボロクルという将校が数百騎を束ね、それはすぐに実戦に入れる態勢にある。

召集されているのは、常に三千騎で、順に一千騎ずつ入れ替る。兵は、遊牧の手助けに集落へ戻ることができるし、百人隊ごとに動くので、結びつきも強くなる。

テムジン軍に新しく入ってきた者たちは、たとえまとまった百人隊であろうと、それぞれが持つ力に応じて、新しい百人隊として編制される。

実戦をやってみるまで、テムゲにはその意味がよくわからなかった。

アルタン、クチャルという二人の百人隊長を、指揮した。二人は、一度、テムジンの前で暴走したが、それをテムジンはテムゲの下につけたのである。

軍とはなにかではなく、闘うとはなんなのかということについて、二人には教えられた。時には理屈を超える力が出てしまうことも、その力をどこで出せばいいかも、身をもって教えられてきた。

部下だったが、二人は戦の師でもあった。

その二人が、テムジン軍を離れた。

金国と手を組むことが、どうしても耐えられない、と言ったのだ。

テムゲにそう言ってきたので、親しい将軍格だった、チルギダイに相談した。二人とも、小さな指揮はテムゲに受け、大きな指揮はチルギダイに受ける、という基本的な百人隊長の心得を持っていた。

何日も、チルギダイと話しこんでいた。そこでどんな話をしたか、テムゲには報告してきたが、二人の心を動かす言葉をなにも出せないのが、ただ悲しかった。

二人には、直接テムジンに申告させろ、とチルギダイは言った。テムゲは、言われた通りにした。テムジンは、怒りを見せることなどなかった。

二人についていくという部下はおらず、しかし別れる時には、みんな涙を流していた。

夕刻まで駈け、テムゲは野営を命じた。

まず、馬の手入れからである。そして、焚火をいくつか作る。

見張りに立つ者は、あらかじめ決めてあって、なにもないかぎり、交替で三百名に一度は回ってくる。

肉を食い、酪を口に入れる。焚火が、闇を濃くする。

「敵、接近」

小声が、テムゲのところまで伝わってくる。

「戦闘用意。馬はそのままだ」

闇から近づいてくる者は、馬に乗ってはいなかった。

全員が、低い体勢で武器を構える。第一列が槍（やり）、第二列と三列は剣である。

「隙はありませんな、テムゲ殿」

声。ムカリのものだ。テムゲが緊張したのは、近づいてくるのがカサルかもしれない、と思ったからだ。カサルの隊は、棒でだが本気で打ちこんでくることがある。

戦闘態勢を、解除した。

なんでもないように、ムカリが闇の中から姿を現わした。

「そのうち、本物の敵でも、ムカリと思いそうだ」

「そんなことは、もう言っていられない。タイチウトのサムガラという将軍が、一千騎を率いて近くにいるぞ、テムゲ殿」

「近くとは、どれぐらい？」

「勿論、タイチウトの領内だが、声をかければ届くぐらい」

「そんなにか。しかも一千騎」

「どういうことなのか、俺は考えないようにしている。サムガラが、一千騎でそばにいる。それだけのことだ」

「俺は、なぜ気づかなかったのかな、ムカリ。一千騎の軍の動きを見逃して、なんの巡回だと、兄上には言われるな」

「俺も、気づかなかった。ただ、俺はこんなふうだから、ちょっと境界の上に立ってみたりする。やつらは、不意に現われたね。陽が落ちてすぐだ」

「攻めこんできそうな気配は？」

「まったくない」

テムゲは、鼻を動かした。危険かどうかを感じとろうとする。こんな時、理由を考えると怪我をする、とベルグティが教えてくれた。ベルグティは兄だが、いま病を得て、自分の営地にいる。テムゲは、病で苦しむ人を、あまり見たことはなかった。大抵は家帳の中で寝ていて、起きあがって外に出てくることの方が少ない。

テムゲも熱を出したりするが、寝こんだりはせず、三日で普段通りに動きはじめる。

ベルグティは、砂漠で毒蛇に咬(か)まれた傷がもとになったと言われているが、詳しくは知らない。従者がいるにしても、妻帯をしていないベルグティは、家帳でひとりで寝ているだけなのだろうか。

「ムカリ、俺は明朝、ここを離れる。一度、本営へ帰ってみるよ」

「俺は相変らず、草原に紛れて動き回るが、正しい情況は狗眼の者が摑んでくるだろう。俺に見えたと思えるものがあった時は、通信網で本営に伝えるよ、テムゲ殿」

「ムカリは、鳩を連れていると聞いたが、いまもいるのか?」

「鳩は大人しい鳥だが、毎日、歩かせたりしなければならん。いまは、三羽いるだけで、これは全部、本営へ行く」

「鳩によって行先が決まっているのか?」

「ああ。まあ、育った場所、日ごろ暮らしている場所に、どこにいても戻るわけさ。受ける者は、脚に巻いた布切れを、字が読める者のところへ、というより本営のテムジン様の幕内に届ける」

「ムカリは、なにをやっているかわからない、と言う者がいるが、本領が見られるのはいつかな」

「それは戦場だ、テムゲ殿」

部下は離れたところにいるらしく、ムカリは踵を返し闇の中に消えた。

テムゲは、部下に馬の用意を命じた。

明朝、本営へむかうと言ったが、夜中から移動しようと思った。

陽が昇ったころには、本営から五十里のところまで戻ってきていた。

「乗馬」

テムゲは命じた。闇の中での移動は、特に急いでいないかぎりは、兵に馬を曳かせ、自分の脚で駈けさせる。

稀(まれ)にだが、闇に惑わされて、転ぶ馬がいる。転ぶだけならいいが、脚を折ると死なせなければならない。死んだ馬は、泣きながら全員で食うのだ。腹が減っていなくても、そうする。軍によってやり方は違うが、テムゲの軍はそうだった。

本営には、カサルが戻ってきていた。

「おう、おまえも本営にいた方がいい、と思ったのか」

「はい。兄上はいつ?」

「夜明けには戻っていた」

カサルの表情には、どこかいつものような冷静さも明るさもなかった。

「大兄上は？」

「いま、本営にはおられない。養方所が建てられたのは、知っているな」

「はい、母上と姉上の営地の間ぐらいに。俺は行ったことはないのですが」

「行ってこい」

「別に、行かなければならない、用事はありませんよ。第一、俺は医師というものを見たことがありません。呪術師で充分だな」

「見たことがないなら、見てこい。供など連れず、単騎で駈けて充分だ」

カサルがそんな言い方をするのは、めずらしいことだった。

テムゲは、馬だけ新しいものに替えて、養方所があるという方向に駈けた。道がきれいに作られていて、荷車も擦れ違える。

養方所らしきところに着いた。

建物からは、いやな臭い(におい)が漂い出していた。中にいたのは、見知らぬ男たちだ。

「なにか、用事か。いや、誰だ？」

「俺は、テムゲという。養方所の見物に来たのだ」

「見物をするようなところではない。見れば将校のようだが、ここでは階級は関係ないからな」

「うむ、俺の兄は、キャト氏総帥のテムジンなのだがな」

全員の顔に緊張が走り、手を止め、直立した。

「ここは、薬方所なのです。養方所は、ここから半里ほどの、大きな建物です」

建物は、二つあった。なぜか、テムゲは小さい方を選んでしまったのだ。草原に、根の生えたような建物があるのに、なんとなく馴染めなかったのだろう。

テムゲは、養方所の方に歩いていった。

養方所までの小径には、さまざまな草が干されている。それはすべて、薬草なのだろう、とテムゲは思った。

養方所は、柱が何本も床を支えた、高い建物だった。床の下には、道具のようなものや荷車などが置かれているようだ。

養方所から、見慣れた背中が出てきた。テムゲは声をかけようとして、思わず言葉を呑みこんだ。

テムジンの背中が、言葉などを拒絶しているように感じられたのだ。

従者が、馬を曳いて待っていた。テムジンはそれに乗り、馬首を回した。その時、テムゲの顔を一瞬見たような気がしたが、わからなかった。

そのまま、テムジンは五騎の従者と駈け去った。

テムゲは、石で造られた階を昇って、養方所に入った。

「テムゲ殿」

声をかけられた。女だ。ふりむくと、アチが立っていた。アチは、いま南にいるダイルの妻で、ホエルンとボルテの営地に家帳を持っている。

「なぜ、アチ殿がここへ？」

「この養方所ができて、働く者が必要とされたのです。その者たちを、私が束ねています。半分以上が、女ですよ。怪我人や病人の世話は、女の方がむいていますし」

「ここへ来るのも、俺ははじめてで」

「ベルグティ殿ですね」

言われてはじめて、ここにベルグティがいるのだ、と気づいた。

「さきほど、テムジン様が見えられたばかりですよ」

アチに促されるまま、テムゲはついていった。

廊下と呼ぶのか、長い道があり、両側が部屋だった。誰もいない部屋が多いが、五、六人が寝ているところもあった。

アチは、一番奥の部屋に入った。

ひとり、寝ていた。それがベルグティだと、しばらくしてテムゲは気づいた。

痩せている。いつの間に、これほど痩せたのか。眼を閉じていたベルグティが、表情を動かし、眼を開いた。

「兄上」

「久しぶりだな、テムゲ」

テムゲは、なんと言っていいかわからなかった。ベルグティの、痩せた手がのびてきたので、それを両掌で包んだ。

「さっき、兄上が帰られたばかりだ。その前に、カサルも来た」

「俺は、兄上とどれぐらい会っていなかったのだろう」

「一年とちょっと、会っていない」

「そんなに」

「カサルは、時々営地を訪ねてきた。兄上も一度来られたので、おまえもそろそろ来るだろうと考えていたら、ここへ移された」

「営地に、医師は？」

「呪術師がいて、なんとか治そうとしてきたが、痩せる一方だったよ」

「ここの医師は？」

「漢人だよ。俺を見て、夢中で治そうとしている。それが面白いな」

営地に一度も行こうとしなかった自分を、テムゲは責めていた。それも、言葉になって口から出ることはなかった。

「そろそろ、大きな戦ですよ、兄上」

「だな」

「俺も、一軍を指揮すると思います」

「おまえは、立派なものだったさ。疲れを知らないように見えた。俺は、それが羨しかったな」

なにを喋っているのか。もう一度思った。言うべきことは、ほかにあるのではないか。

「ここへ来て、正直、ずいぶん楽になった。俺の病が、これから癒えていく、とは思えないのだがな」

ている。


「兄上、そんなことは、言わないでください」

テムゲは、自分が泣いていることに気づいた。涙はいつまでも止まらず、顎の先から滴り続けている。

結局、テムゲは泣くことしかできず、ベルグティの部屋から出た。

アチが、階のところまで見送りにきた。

「俺はこれから、なにができるのだろうか、アチ殿」

「そんなことを、考える必要はありません。これまでのように、戦とむき合ってください」

「それは、いつだってそうしている。兄上のために」

「ホエルン様が、いろいろお考えになります。ボルテ様もテムルン様も、しばしばお見えになるので、看病のことなどは、女にお任せいただければいいのです」

そう言われても、テムゲはどう返していいかわからず、薬方所の方に繋いだ馬にむかって歩いた。

本営までの馬上でも、テムゲはぼんやりととりとめのないことを考え続けた。

陽が落ちかかっているが、本営の数カ所には篝(かがり)がある。

テムゲは、部下と喋っているカサルの姿を、すぐに見つけた。

「兄上、ベルグティ兄があんなだと、どうして教えてくれなかったのです？」

言うと、カサルは無言でテムゲを見つめてきた。そのカサルの顔が、ちょっと歪(ゆが)んだ。

「おまえは、これまでベルグティのことを、知らなかったのか」

「病である、ということは、知っていましたが」

「うむ、兄弟の中で、おまえのところだけが、ふっと抜けてしまったのか」

「養方所に、ベルグティ兄がいることも、知りませんでした」

「そうか。養方所にいるかどうかは別として、ベルグティの容体については、知っているものだと思いこんでいた。養方所にすぐに行けなどと言いつけて、おまえを驚かしてしまったか」

「ベルグティ兄の病はすぐに治り、また軍指揮に出てくるだろうと、俺はなんの不安もなく、信じていましたよ」

「母上の営地にも、おまえは行かなかったのか」

「はい。俺は、ひどい男ということになるのでしょうか」

「おまえは、軍務に精励していたのだ。俺には、どこか細かいところがあって、母上と語りに行ったりする。それに、妻もしばしば母上のもとに行くから、当たり前のように、ベルグティの話は出ていた」

「大兄上は？」

「それはもう、細かい報告が届いていただろうさ。養方所を作るのも、急がせておられた。それは、ベルグティのことが頭にあったからだろう」

「俺は、大兄上が養方所から出ていかれる時、背中を見ていましたよ。なんとなく、声をかけにくいような背中でした」

「まあ、兄上は無防備に背中を晒しておられたのだろう」

「俺は、どうすればいいのでしょう。アチ殿は、病のことは女に任せて、戦ときちんとむき合え、と言っていました」

「それでいいさ。兄上にも母上にも、このことは言うな」

「俺は言って、謝りたいです」

「嫁がいないから、そんなふうになってしまう、と二人とも言いそうだ」

嫁を押しつけられるかもしれない、と思うと、テムゲはいくらか冷静になった。そして、自分を勝手な人間だ、とも思った。

テムジンの弟なのである。キャト氏の女たちにとっては、ある意味で、憧れの存在と言ってよかった。よく持てた。遊びで相手にする女は、不自由しなかった。

自分は勝手な人間だ、とまた思った。

「おい、テムゲ。嫁を貰ったら貰ったで、結構、不自由なものでもあるからな」

「兄上は、後悔しておられるのですか？」

「してない。しかし、独り身だったら面白かっただろう、と思うこともたまにはある」

カサルがちょっと笑ったので、テムゲも笑い返した。

「巡回のことなどで、兄上に報告する。めしを食いながらだ」

「大兄上と、一緒にめしが食えるのですか」

「俺たちが勝手にやっていた巡回を、兄上はある程度評価されている」

「戦をしたわけではありませんが」

「細かい戦を、俺たちは防いできたのだ。その間に、常備軍の一千騎も、立派に整えることができた、と兄上は俺に言われた。おまえにも、同じことを言われるはずだ」

カサルと二人で任務だと決め、巡回を続けてきた。それは調練も兼ねていて、格別つらいというものではなかった。

「兄上と俺の部下も、言ってみれば常備軍ですよね」

「そう見ておられるかもしれない。すると、常備軍は千六百騎で、兄上が思い描いておられる、二千騎に近づくことになる」

「そうですね。強制したわけではないのに、兄上や俺の部下は、ずっと続けて軍務をしているわけですし」

もうベルグティのことは気にするな、と言われているような気がした。

兄がひとり、養方所で、病と闘っている。それは決して忘れない、とテムゲは思った。

四

草原にひとつだけ突出しているので、それは山のように見えるが、大きさは丘だった。

タイチウト領の北の端にあり、メルキト領とジャンダラン領からはそれほど遠くなく、いわば無難な場所を、タルグダイの妻のラシャーンが選んで、持ちかけてきた。

三者の領分から、同じ距離でなければならない、と男だったらこだわるところだが、そのあたり、女は柔軟なのだ、とジャムカは思った。

同時刻に、丘にむかう。従者は連れず、三名とも単騎である。その提案も、ラシャーンからあった。

左右から、やはり単騎で近づいてくる、二騎がいるのだろう。

ジャムカは、丘だけを見つめ、馬を進めた。

丘の上には、いくらか広い場所があった。

ジャムカが登ると、すでにアインガは着いていて、馬乗のまま待っていた。タルグダイが現われる。三名が、同時に馬を降りた。

「この丘は、三者の丘と名づけませんか?」

「三者の山だな。五里駈けると、どの方向にも丘が多くある」

アインガとタルグダイの会話だった。ジャムカはなにも言わず、秋の気配が漂いはじめている、草原に眼をやっていた。

「三者の山と呼びますか、タルグダイ殿」

「ジャムカ殿がよければ」

ジャムカは、二人にむかって頷いた。それで『三者の山』と呼ばれることが決まった。

「丘の名はともかくとして、本題に入らぬか、アインガ殿」

「本題など、ここに三人が集まっていることで、ほぼ解決している、と思う」

ジャムカが言った。

「つまり、三者の連合は」

「不変」

アインガが言い、ジャムカが答えた。

「それでは、誰を総指揮官にするか、ということだけを決めれば」

タルグダイが言う。それはそうだった。動かしようのない連合があり、誰かが総大将となれば、すべてのかたちは整う。

トオリル・カンとテムジンが連合を組んでいるかぎり、こちらは三者で組むことで対抗するしかない。しかも、相手の兵力を上回り、勝てる可能性が充分に出てくるのだ。

「最初に、発言してもいいでしょうか？」

アインガが言った。

「俺は、大将をタルグダイ殿にやっていただきたい、と思います。歴戦で、年長であられます。これは、若い者からのお願いです。ひたすら、お願いしたい、と俺は思っています」

「アインガ殿は、これまで俺がどれだけ負けてきたか、御存知であろう。最も兵力を出すのは、メルキト軍である。アインガ殿が大将を受けたら、どんな補佐も俺はする」

「絶対に、受けられません。俺は、実戦の指揮の経験がほとんどないのです。そんな男が、指揮などできると思われますか。俺は、タルグダイ殿に、ひたすらお願いします。心より、伏して、お願いします」

「そんなことは」

「若い者からの、お願いです。俺は、これからの戦が、不安なのです。どうか、受けてください」

「そんなに頼まれてもな」

タルグダイが、草の上に腰を降ろした。アインガもきちんと座ったので、ジャムカも腰を降ろした。

大将は誰でも同じだろう、という思いが、ジャムカにはある。三人の軍が、ひと時だけ一緒になり、持てる力を出しきればいいのだ。

「ジャムカ殿」

「俺も、タルグダイ殿で、異存はありません」

「ジャムカ殿まで、そのような」

「タルグダイ殿は年長で、俺の父とも変らない人です。持てる知恵も、それほど深い、と思いますね」

タルグダイを担ぎあげる言葉を、ジャムカはあまり見つけられなかった。それでも、タルグダイが大将でいていい、と思った。その方が、動きやすいとも言える。おかしな命令を出しはしないはずだ。当たり前すぎる命令で、だからアインガもジャムカも、自分の指揮を通すことができる。特に、危機的な情況の時は、そうだ。

「ジャムカ殿に、訊きたい。ジャムカ殿は、俺とむかい合った場合、絶対に勝つという自信があるだろう」

「いま、そんなことを」

「是非、訊きたいのだ。正直に、答えてくれないか」

「いい勝負はできる、という気はします」

「俺は、どこをどう考えても、ジャムカ殿に勝てるとは思わない」

「タルグダイ殿、いまの話に意味があるとは思えないのですが。アインガ殿は、タルグダイ殿に大将になってくれ、と懇願しておられる。俺も、タルグダイ殿で、と考えます。これは、決まったようなものではありませんか」

「違う。違うぞ、ジャムカ殿。大将は、それなりに戦の指揮ができる者がやらなければならない。年齢だとか、ただ長いだけの経歴などで、決めるべきではない。それは、やってはならないことだ、と俺は思う」

「それでは、大将が決まりません」

アインガが言った。ジャムカも頷いた。

「お二人とも、俺の考えを述べてもよいか。すべて、戦のためだけを考えた、意見なのだが」

「言ってください」

アインガが言った。

「大将は、ジャムカ殿。戦の指揮については、草原で一、二の人だ。アインガ殿も、それは認めるであろう」

アインガはなにも言わず、タルグダイを見つめている。

「俺はここで、ジャムカ殿に頼みたい。どれだけ低頭しても、地に這いつくばっても、ジャムカ殿に頼みたい。やっていただきたい。誰がどう考えようと、大将はジャムカ殿だ。ジャムカ殿が大将をやらぬかぎり、この連合は意味がない、とさえ言える。頼む」

タルグダイが、ジャムカにむかって深々と頭を下げた。やめてくれと、ジャムカはタルグダイの両肩に手をかけた。右腕がない肩の方は、痩せて感じられる。

「俺は、メルキト族とも、深い因縁があるのです、タルグダイ殿」

「それは、前の族長のトクトアとです。俺とは深い因縁などありません」

アインガが言った。

「ジャムカ殿がやってくださるなら、俺からもお願いします。俺がお願いしたタルグダイ殿が、こうして強くお願いされているのですから、俺からもお願いします」

示し合わせたわけでなく、二人はうまく手を組んだ恰好になっていた。

同じモンゴル族のタイチウト氏はともかく、メルキト族が自分の指揮を受けるなど、考えられないことだった。しかし新しい族長のアインガは、これまでの因縁にとらわれない、と言っている。

大将になることについての、こだわりもなかった。自分の戦が、できるのかどうか。

特に、テムジンを相手に、どう闘えるのか。

トオリル・カンとテムジンの連合では、かたちとしては、トオリル・カンが大将だろう。しかしテムジンは、自分の戦をしてくる。それについては、自分のことのように、よくわかる。

「やってくれ、ジャムカ殿。老人である俺の頼みを、聞いて欲しいと切望する」

「タルグダイ殿」

「決めてください、ジャムカ殿」

ジャムカは、二人に背をむけ、草原に眼をやった。しばらく、黙っていた。風が草原を揺らしているように見える。

「わかった。俺がやろう」

「そうか」

タルグダイが言った。アインガは、二度、頭を下げた。

ジャムカは小刀を出し、左の掌を切った。二人とも、同じようにした。血盟である。血と血を混じり合わせるように、掌を重ねた。

「これで、血の連合はなった。お二人とも、命令を不快と感じられることもあるかもしれない。しかし、命令は命令として、受け取っていただきたい」

「当然のことだ、ジャムカ殿」

「俺は、戦ではすべて命令である、と考えていました。若輩が判断できることなど、多分、ないのでしょうね」

「アインガ殿、今回の戦は、かつてない大軍になる。俺の指揮が伝わらない時は、御自分で判断して動いていただくしかないのだ」

「そうですか」

「戦線がどんなふうになるのか、やってみなければわからん」

二人が、頷いた。

「早速、最初の命令を伝える。十日後までに、全軍召集」

「全軍。はじめから、決戦を挑まれますか」

「違う、アインガ殿。俺は、敵の動きを見たいのだ。無論、味方がどれほどの速さで集まれるかも」

「わかった。集結場所にもよりますがな、タイチウトは十日で全軍が揃う」

「メルキト族は、二万までしか集められません。あと四日あれば、北の氏族も集まってくると思うのですが」

「十日以後に集まってくるのを、第二軍として、後詰のような位置に配置して欲しい」

「わかりました」

メルキト族の領地は広大で、召集を伝えるだけでも、数日はかかる。火や狼煙（のろし）をすべて遣ってもだ。十四日で全軍が揃うなら、アインガの指揮は、相当強力なものがある、と考えていいだろう。

「ナイマン王国は、われらに合わせて動くのだろうか」

タルグダイが言った。

ナイマン王国のタヤン・カンは、連合に引き入れようと思えば、盟主の地位を差し出すしかない。そして、自分勝手な戦をするだろう。

「先頃、ケレイト王国のトオリル・カンが、わが領地に侵入してきました。俺は、ケレイト軍の小さな動きまで、慎重に見ていました。俺が、動かなければならないと感じるところまでは、ついに侵攻してきませんでした」

「代りに、タヤン・カンが動いたのだな」

「タヤン・カンの動きは、トオリル・カンの首を狙い澄ましていたものだ、と俺は思いましたよ、ジャムカ殿。トオリル・カンも、アルワン・ネクの軍を国境のそばに置いて、強力な応戦の構えでした。しかし国境では激しいぶつかり合いにならず、どうもケレイトの領内で、なにか起きたようなのです」

「俺も、二千騎ほどが、夜陰に紛れてケレイト領に侵入した、という情報は摑んでいる。その二千騎が、姿を消した。どこへ消えたか、いまだはっきりしないのだが」

「それについては、俺は少し摑んでいます。数百騎、およそ四百ぐらいが、討ち果されています。千六百は武装を解除され、アルワン・ネクの軍に取りこまれたのです」

「そうか、ジャカ・ガンボが闘い、そのまま俘虜として取りこんだと思ったところに、穴があったのか。アルワン・ネクが取りこむとはな」

「ナイマンとケレイトは、ほんとうに肚の読み合いなのですね。お互いによく相手を知っていて、謀略をかけ合った歴史も長いのでしょう」

「ナイマンは、常に西遼とともにあった。自らの考えだけで謀略をなしたことは、あまりないのではないのか」

ナイマン王国については、タルグダイはほとんど喋ろうとしなかった。ナイマン王国は、タイチウト氏にとっては、遠い国なのだ。これまで、西遼との違いさえ、はっきりわかっていなかったかもしれない。

「では、十日後、黒林(カラトン)の東十里、ボグドハン山の北麓で」

「わかりました。キャト氏とケレイト王国を、二つに割る位置ですね」

「われらは」

「ジャンダランの地を、お通りください、タルグダイ殿」

「黒林を選ばれた理由を訊きたい、ジャムカ殿」

「ケレイト王国は、タタル戦で軍を東へ出しましたが、ナイマン王国のタヤン・カンの動きは、ひどく気になったでしょう。進軍は、背後を見ながらという感じで、かなり時を要しています」

「タタル戦の時ほど、東へは動かぬと」

「そういうことです。メルキト領へのケレイト軍の侵攻は、明らかにタヤン・カンの動きを探るものだった、と俺は思っています」

「俺も、そう思いました」

「アインガ殿は、よく耐えられた。国境に一万もの後詰を置きながら、結局は十里以上の侵攻はせず、闘うこともなく撤退しました」

「ジャムカ殿、俺は後詰の一万騎が出てきた時は、ふるえていましたよ」

「ジャムカ殿、黒林に集結し、そのまま戦になるということは？」

タルグダイが、当然の疑問を口にした。

「テムジンとは、やることになるかもしれません。トオリル・カンは、これでもかというところまで準備を重ねないかぎり、動かないだろうと思います」

「うむ、俺もそんな気はしている。この間、メルキト領へ侵攻した時も、腰を据えて戦をするという感じではなかったし、トオリル・カンの動きの見きわめは、大事になってくるような気がする」

「テムジンとトオリル・カンの、両方の準備が整い、ひとつの軍のように動きはじめた時が、つまり戦機なのだと思います、タルグダイ殿」

「戦機を見るのも含めて、すべてジャムカ殿に預けたのだ。俺は領地へ帰り、全軍で黒林へむかう」

「俺も、領地へ帰ります。豊海(バイカル)の近辺の兵を集めるのに、時がかかりますが、遅れてくる者たちは、後詰といたします。十日後、本隊は黒林へ」

アインガが笑った。

二人が駈け去るのを、ジャムカは丘の上から見送った。

二日駈けたところに、麾下の四百が野営していた。

「大将になってしまったよ、ホーロイ」

「まあ、そんな気はしていました。とにかく連合が成ったのなら、あとは戦があるだけです」

「そうだな」

「問題は、戦が終ってからですよ。殿がキャト氏とケレイトの一部を手に入れるとして、手強いのはメルキト族ですね。ケレイト王国の領地の一部まで手にすると、アインガ殿は、五万近い兵を擁されるかも」

「戦のあと、俺が組む相手は、タルグダイ殿か」

戦に勝ったら、である。草原の中央に、ジャムカは躍り出る。

負けた時のことなど、考えたくもなかった。ホーロイもそうなのだろう。

陽が落ち、焚火が四つ作られた。麾下の兵たちは、陽気に笑いながら、武具の手入れなどをしはじめた。

反金国連合が、成立した。やってみれば、難しいことではなかった。連合が成立した以上、コンギラト族の中から、加わってくる氏族は増えるだろう。砂漠の方々にいるタタル族の者たちも、新しく拠って立つ場を求め、集まってくるに違いない。

ジャムカは、焚火からちょっと離れたところで、剣をはずし、黒貂の帽子を布に替え、寝そべっていた。

誰かが、干し肉を持ってきたようだ。

「寝たまま聞いていただけますか、殿」

一臓の声。ジャムカは、眼だけ開いた。

「まさか、六臓党で、会見の場に近づくなどということは、やっていまいな」

「やっていません。十里以内に、近づく者がいないかどうか、見ていただけです」

「そして?」

「タルグダイの妻のラシャーンが、十里の距離のところまで来ました。それ以上は、入ろうとしませんでしたが」

十里以内に誰も入れず、三人で話し合う。それが約定だった。ラシャーンも、それを守った。

「ほかにも、誰かいたから、報告に来たのだな」

「狗眼の、ヤクという長が」

「なぜ、会合のことを知った?」

「わかりません。三人のうちの誰かが尾行(つけ)られたのか、それとも別の方法で知ったのか」

「狗眼は、危険な男というわけか」

「あの男の、父親の方はよく知っていたのですが、父親にはない大胆さがあります」

「十里以内に入られたのか。三人の命が狙われたのか」

「両方とも、狗眼はやらないと思います。あくまで、三者の会合があったことを、テムジンに伝えるため、だったと思います」

「つまり、連合について、テムジンはすぐに知ることになる、というわけだな」

「はい」

「別にいいさ」

「私も、そう思います。しかし、殿に報告するしかなく、お邪魔をしているわけです」

ジャムカは、上体を起こした。

「少し、干し肉を食っていかないか」

「殿、そんな」

「あまり好きではなかったおまえたちの仕事が、嫌いではない、という程度にはなってきたのだ。だから、一臓についても、知りたいと思うようになった」

ほんとうにそうかどうかは、自分でもよくわかっていなかった。

反金国連合の大将を、引き受けた。戦のことだけ考えていたいが、そうではないことも起きるかもしれない。

革の皿に載った干し肉に、ジャムカは自分で小刀を入れた。

五

本営が、冬の営地のそばに移されることはなかった。それが、ジャムカとの話し合いで決められたのかどうか、ラシャーンは知らない。

秋のはじめの全軍召集では、想定以上の、一万二千騎が集まった。メルキト族との連合が、草原の耳目を驚かせたのだろう。

ジャムカも一万三千近くを集め、メルキト族の三万と合わせると、実に五万を超える兵力になった。

総指揮は、ジャムカである。それはラシャーンにとっては不満であり、同時にほっとすることでもあった。

三者の会合で、タルグダイがジャムカに大将を引き受けるよう、懇願したのだという。

どういうやり取りだったのかは、わからない。タルグダイは、一応の説明をしただけだった。

それからすぐに、ジャムカは全軍を召集し、黒林（カラトン）に陣を敷いた。

トオリル・カンとテムジンの連合と干戈（かんか）を交えるのに、適当な地だとラシャーンは思った。しかし、敵が準備を整える暇がないほど、ジャムカの指揮は見事で速かったのだ。

テムジンは、兵を召集するのは早く、しかも一万を超えていた。その中の八千には、なにか強力なものをラシャーンは感じた。できれば触れたくないと思うような、堅固なものである。残りの二千余は、タルグダイのもとに集まった兵に似ている、と感じた。

同じ軍の中に、違う色があり、それが混じり合うことがないのは、不思議なものを眺めるような気分だった。

トオリル・カンとテムジンが並んで出動して、陣を敷かなければ、開戦は難しいことだ、とラシャーンは思った。

軍を二つに分けるのは危険で、ジャムカもそんな真似はしなかった。一度だけテムジンと絡み合いかけたが、テムジンの動きは速く、そしてジャムカの意表を衝くものだったようだ。

半日で、ジャムカは絡みを解き、陣を固めた。

ジャムカは、何度もトオリル・カンを挑発した。片方を攻めると、もう片方に背後を取られる、という情況が続いたのだ。

結局、トオリル・カンは鼬のように巣穴に潜りこみ、動かなかった。

草原では評判を落としただろうが、一兵も失わなかったのとどう較べるか、難しいところだ、とラシャーンは思った。

黒林での滞陣は二十日に及び、その間に、ジャムカは軍を二度、三度と動かした。水際立った指揮で、総大将としてのジャムカを、草原全体に印象づけた。

総大将になって即座に、緊急召集をかけたこと、黒林での軍の動き、そういうことのすべてが、いま思うと来たるべき戦のための準備だったのだ、と考えられる。

ジャムカは、果敢で、しかも周到な大将だと言える。

タルグダイが、ジャムカに惚れこんだ。五万余騎の大軍を、鮮やかに動かすのを目のあたりにしたからだ。そして、軍が動くさまが、タルグダイに快感を与えた。

冬になっても、一万数千騎のうちの四千騎は手もとに残し、しばしばジャムカ軍と合流して動いている。

ラシャーンは、タルグダイのそばに、常にいるということはできなかった。営地でやるべきことが、多くあったのだ。

タルグダイ家の家令は、ウネと言った。実直で、タルグダイに対して忠誠心が強く、しかし、あまり目立たない初老の男だった。

自分が留守の間になすべきことを、ひとつひとつ、ウネに伝えた。ウネは、ラシャーンがしばらく軍営に行って戻らない、と考えたようだ。

「私が留守をするのは、ほぼひと月です。これから雪が降り、草原のほとんどは眠りはじめる。考えるのは、その眠りを醒させないことでいい」

「奥方様の隊商が戻ってきたら、どういたしますか？」

「砂金の半分は、国庫に。残りの半分を三つの隊に分けて持たせ、再び商いの旅に出しなさい」

「お帰りを待たずに、よろしいのですね」

「雪が積もるまでに、私が言ったものは、買い入れておきなさい」

ひと月、出かけるという知らせを、タルグダイに伝えた。めずらしいことではない。雪の間に、東での商いの話を進めるのだろう、と考えるはずだ。

思いついたことをすべて片づけると、ラシャーンは引き馬を一頭曳いて、冬の営地を出た。

営地の近くにある、椎骨（ヤス）の家帳。もう一度寄ろう、という気は起きなかった。

いつも椎骨の占いを気にするタルグダイが、黒林から戻ると、まったく関心を示さなくなった。

そしてラシャーンの方が、なぜか椎骨のことが気になり、耐えられないほどになった。

いつもは、タルグダイがなにを占わせたかを気にした。椎骨はそれがわかっていたのか、なんでもない会話の中で、タルグダイが占わせた事柄について語った。

しかし、先日、椎骨を訪ねたのは、自分の心に衝き動かされてだった。

そして、自分自身を占ってくれ、とラシャーンは言ったのだ。

椎骨は、じっとラシャーンを見つめ、十三の羊の踵（かかと）の骨を用意した。そんな数での占いを、ラシャーンははじめて見た。

革の板に撒かれた骨は、ひとつもこぼれることはなく、椎骨はずいぶんと長い間、それを見つめていた。

奥方様は、大事なものを失われるかもしれません。椎骨はそう言い、うずくまった。

ラシャーンにとって大事なものは、タルグダイしかなかった。失うというのは、タルグダイが死ぬ、ということだった。

たかが占いだ、とラシャーンは思えなかった。

日を改めて、ラシャーンは椎骨を訪ねた。

自分が、今後、どうすればいいか、ということを、占わせたのである。

椎骨は、五つの骨しか遣わなかった。

出てきた言葉は、北西、森、山、という三つだった。草原も砂漠も出てこない。

なにかに、導かれる。ラシャーンは、そう信じることにした。タルグダイに対する自分の思いが強ければ強いほど、なにかが導き、どこかでなにかを見せる。

ラシャーンは、その思いだけを抱いて、営地を出た。二十日、北西に進めば、豊海（バイカル）のどこかに達するはずだ。そこまで行ってもなにも見えなかったら、戻るしかなかった。それから先には水があるだけで、森も山もないのだ。

枯草の色。草原を包んでいるのはそれだが、数日前に降った雪が、ところどころにまだ残っている。

遊牧の民は南へ行っているので、羊群などどこにも見えない。

出発して三日目に雪が降り、それは景色を白く変え、五日目にはタイチウト氏の領分を抜けた。太陽の位置で、方角を測った。なにも考えず、ただ北西に進んだ。野営をしたが、雪で雪洞を作れるので、小さな焚火が暖かいほどだった。

もっと北を、もっと貧弱な装備で、旅をしたこともある。それすらも、ラシャーンはちょっと思い出しただけだ。

タルグダイのことだけを、頭に浮かべた。そうやって眠り、朝を迎える。

雪が、いくらか深くなった。前方に森があったが、それは二日で抜けた。岩の多い雪原が続き、鹿の群を一度見かけた。

長い、谷に入った。やがて、緩やかな傾斜があり、森に入った。

急な傾斜なども多く、馬を降りて歩き、そういう場所も北西に進んだ。

二日進んだ時、人が通っている、とはっきりわかる場所に出た。径（みち）と言えるほどではないが、樹々に痕跡が残っている。

森の、深いところへ、それは続いていた。導かれているのだ、とラシャーンは思った。馬を降りて進む場所が、多くなった。

ラシャーンは、足を止めた。なにか強い気配に襲われたのだ。

獣なのか。山の精霊なのか。

ラシャーンは、心気を澄ませた。それから、一歩、一歩ゆっくりと進んだ。

また、強い気配が全身を打ってきた。隠そうとしていない。むしろ、こちらにわからせようという気配だ。獣は、そんなことをしない。人だ。

「旅の者です」

ラシャーンは、声を出した。狼が一頭、離れたところに姿を現わし、消えた。

「ここは、旅の者が通ってもならない場所なのですか？」

返答はない。

ラシャーンは、また進んだ。

「止まれ」

男の声。しばらくして、前方の岩の上に、男の姿が現われた。立った姿に、隙はない。左手に、矢をつがえた弓を持っていた。

「ここは、旅の者が来る場所ではない」

老人なのか。声は落ち着いていた。

「それでも、旅をして、ここへ来てしまったのです」

「どこへ行く旅なのだ」

「行先はありません。ただひたすら、北西にむかって来ました」

「とんでもない手練(てだ)れだな、女なのに」

「その矢で、私を射ないでくださいね」

「なにを言う。矢を放ったところで、たやすく切り落とされるな。腰の剣はなかなかなもので、馬は二頭とも、思わず見直してしまうほどの駿馬(しゅんめ)だ。何者だ？」

「北西への、旅人です」

「ふむ」

男の姿が、消えた。

次に現われたのは、そばの大木の幹のかげからだった。

「ここから、北西へ行くがよい。止めはしないぞ」

「旅は、ここで終りです」

「なぜ？」

「北西に来て、あなたと会ったからです。北西に旅をして、なにかと会うことだけを考えていたのです」

男は、相当の手練れだった。まともに立合って、勝てるかどうか、きわどいところだろう。山中にいるから、猟師なのか。

「いそうもない女がいるものだ。俺は、ちょっと驚いた」

「猟をしているのですか？」

「している。黒貂を追っているのだが」

「私はここへ来て、あなたと会ってしまったのです。少し、話をさせていただけませんか。なぜあなたと会ったのか、考えたいのです」

「害意がないのは、よくわかるが」

「この近所に、営地をお持ちですね」

「ほかの人間に、踏みこまれたくない」

「しかし、旅人が来てしまったのです。受け入れるしかないでしょう」

「強引なことを言う」

「北西に、ひたすら北西に進んで、あなたに会ったのです。多少強引になったところで、許されるような気がします」

「あまり人に訊くことは好きではないが、ひとつだけ教えてくれ。なぜ、北西なのだ」

「呪術師の宣託です」

「なるほどな。面白い。俺がいるところへ、案内してやろう」

男は、背をむけると歩きはじめた。

ラシャーンは、ついていった。占いには、こんな結果が待っていた。北西、森、山。すべて揃ったところに、この男がいた。

つまり、椎骨の占い通り、ここではなにかが開けるかもしれないのだ。自分の運が、開ける。考えたくもない不運は、タルグダイが死ぬことだが、自分の運が開けると、タルグダイは生きるのか。

前方を、導くように狼が歩いていた。姿を現わした狼なのだろうが、まるで狗（いぬ）のようだ、とラシャーンは思った。

四刻ほど歩いて、広い場所に出た。

人の暮らしの匂いが、濃厚になった。

見たところ、移動はせず、洞穴とその入口に作られた小屋で、生活しているようだ。

「ここにも、まったく人が来ない、というわけではない。そこの石が、客人用だ」

竈（かまど）のそばだった。白くなった炭があるが、燃え尽きてはいないようだ。

「客人として、扱っていただけるのですね」

「ダルドも、警戒していないしな」

「狼と、狩をされているのですか？」

「こいつは、虎や熊が相手の時は、逃げる。群を組むには、頼りないやつさ」

男が、細い薪（たきぎ）を竈の中に入れた。しばらくすると、炎があがった。

焼物の鍋が、竈にかけられた。こういう鍋を、金国で見たことがある。

「もうだいぶ前ですが、いとおしいという言葉を知らず、ある人に不憫（ふびん）がられました。多分、不憫がられた、と思っています」

「その人は？」

「死にました。見事な死、だったそうです」

「いとおしいか。占いに導かれて旅をしたのも、そのためかね？」

「言えません。占いに導かれた、というほかは、なにも言えないのです」

「占いでは、なんだ、俺の首などが役に立ったりするのか？」

「まさか。北西、森、山。呪術師が言ったのは、それだけです」

「そして、俺に会ったか。名は？」

「言えません」

「勝手なものだな」

「私は、まだここでなにを得られるのか、わかっていないのです」

「俺にはもっと、なにもかもわからんよ。ここで、静かに暮らしている。この静けさが、たまに乱されるのも、悪くはない、と思っていたところだが」

「虎が通りかかった、とでも思ってください」

ラシャーンは立ちあがり、馬から荷と鞍を降ろした。雪で馬体を拭い、それからいつも持っている布で拭いた。二頭ともそうしてやり、塩を舐めさせ、持ってきた秣をひと摑み与えた。

「見事な手入れだな」

「草原で生きる、遊牧の民ならば」

「鍋が、温まってきた。これを食わぬか」

「でも」

「ごく普通にしているしかないだろう。この鍋の中身は、この場所ではごく普通のものだ。碗に木の匙を遣う。それも、ここのやり方さ」

いい匂いがしていた。持っているのは酪と干し肉だけだ。男が、洞穴の中から碗を二つ持ってきた。焼物が、好きらしい。遊牧の民は、移動で毀れるかもしれない焼物は、ほとんど遣わない。

碗を差し出された。獣肉の匂い。それを香料がやわらげている。そして、驚いたことに、米が入っていた。

いい味だった。束の間、タルグダイのことを忘れてしまいそうになった。

夜になり、自分が持ってきた毛皮をかけて、ラシャーンは眠った。

眼醒めても、なにをやればいいか、ラシャーンにはわからなかった。

ここは、暮らしやすく工夫してある場所だった。そして、見れば見るほど、男はただ者ではないのだ。

その日も夜になり、眠り、朝に眼醒めた。

「まさかとは思っていたのだが、モンゴル族タイチウト氏の長、タルグダイ殿の奥方ではないのか？」

「私は」

不意を衝かれ、ラシャーンは狼狽(ろうばい)した。

「俺は、メルキト族の前の族長で、トクトアという者だ」

なにかが、ラシャーンの心に触れてきた。それは刺すようなものでも打つようなものでもなく、包みこむようなものだった。

なにがどう帰結しようとしているのかも考えず、ラシャーンはタルグダイのことを語りはじめていた。

語り終えると、どうにもならない疲労に似たものに襲われ、両手を雪についた。

気づくと、トクトアの笑い声が聞えてきた。

「この冬が終るとすぐに、間違いなく草原を二分する戦がはじまる。どちらが勝つとも言えんな。

ジャムカとテムジン。この断金の友が、闘うのだ。とうとう、闘う。たやすく終りはしないぞ」

「どちらが勝とうが、私にはどうでもいいのです。タルグダイを、死なせたくありません」

「占いが北西と指し、そこに俺がいた。これは縁があったのだ、ラシャーン殿。負けて追われた時は、ここへ逃げてくればいい」

「しかし、山中の森となると」

「メルキトが敵なのだ。テムジンは、決して森に入ろうとはしない」

確かに、そうだった。メルキト軍の森林戦については、ラシャーンも聞いて知っている。全身の毛が立ってしまうような、酷薄な戦をするのだ。

「負けた時、ここはアインガ殿の逃げ場所になるのではありませんか?」

「負けたら、アインガは来ない」

そうだろう、とラシャーンは思った。

勝つか負けるかは、まだわからない。ただ、負けた時は、ここへ来ればいい。そう考えると、太い綱で縛られていた躰が、解き放たれたような、奇妙な気分に包まれた。

「タイチウト氏で、なぜトドエン・ギルテ殿が死に、タルグダイ殿が生き残っているか、俺はよく考えたものだった。なんとなく、その理由がわかったような気がするよ」

「占いには、なにかあるのだと、私はいま思っています」

「いいな。ほんとうにいいな。あなたは、祈りの人だよ、ラシャーン殿。情愛の人でもある。いとおしいという言葉を知らなくて不憫がってくれたのは、玄翁(げんおう)だな。玄翁は、タルグダイ殿に何度か雇われた。あれも、あなたか」

「私は、ひたすらお願いしただけです」

「さまざまなものが、交錯し、ぶつかり合い、なぜかその光芒（こうぼう）がここへ届いた。生きているのは不思議だ、と俺はいまふるえながら思っているよ」

「米を手に入れたら、届けます」

「ほう」

「お好きなのは、よくわかりました」

トクトアが笑った。

髪も髭も白いものが多いが、なぜか青年のようだ、とラシャーンは感じた。

死して生きよ

一

ボグドハン山の東側は、キャット氏テムジンの領分である。

黒林(カラトン)は、西の山麓と言ってよかった。

ジャムカは、緒戦の戦場をどこにするか、考えに考えてきた。黒林に連合の軍が布陣すれば、それはすぐ眼と鼻の先に、敵が侵攻してきた、とテムジンには映るはずだ。

去年、黒林に連合の軍を集めた。もしテムジンと闘うなら、黒林あたりだろうと、ずっと以前からジャムカは考えていた。だから、黒林に軍を集めたのは、ただの思いつきではない。

ジャムカとテムジンが闘う。距離としても頃合いだった。連合した大軍となれば、どうなのか。

黒林は、テムジン領のそばというだけでなく、ジャムカ領の南端とほど近い。ケレイト王国も、指呼の間である。テムジンとトオリル・カンに挟撃されるとしたら、黒林あたりであろう。

そこに、軍を入れる。去年は、いきなりだった。トオリル・カンはどう挑発しようと動かなかったが、テムジンはいつでもやる、という構えだった。

何度か、全軍を動かした。

テムジンは、単独ではその動きに乗ってこなかった。

黒林への集結と布陣を、タルグダイやアインガは、ようやく成った連合を誇示しておくためだ、と考えたようだ。それならば、最もいい場所と言える。

しかし戦をやるのには、どうなのか。タルグダイもアインガも、まさかほんとうに黒林でぶつかる、とは考えていないだろう。テムジンも、考えていないのかどうか。

雪が、解けた。

ジャムカは、三者の山にタルグダイとアインガを呼んだ。

はじめてここで会った時は、三人とも単騎だった。いまは、それぞれの麾下を百騎とか二百騎とか連れている。

草原では、草が芽吹きはじめていた。

まだ羊群が食む前だから、緑が眼に眩しかった。あとひと月もすると、草の丈は伸びて、それが風に靡くさまは、草原全体が揺れているのではないか、と思えるほどになる。

「そろそろ、機が熟したのか、ジャムカ殿」

「俺はそう感じていますよ、タルグダイ殿」

「ジャムカ殿が感じ取られる機が、わが軍全体の機でしょう」

アインガが、嬉しそうに笑った。

メルキト軍もタイチウト軍も、実際に指揮してみると、想像以上に動きはよかった。それは、アインガとタルグダイが、それぞれ率直にジャムカの指揮下に入ったからだろう。

二人とも驚くほど、全軍はいい動きをした。

タルグダイにはそれが新鮮だったらしく、冬の間、しばしば数百騎を率いてジャムカの軍営に来た。ともに調練をしようというのである。合わせると三千騎以上のタイチウト軍の兵を、ジャムカは調練の指揮下に置いた。それは、ジャムカの軍と、充分に連係が取れるようになっている。

「いつ、どこでというようなことを、ここで決めてしまいたい」

ジャムカは、二人にむかって言った。

「ジャムカ殿の存念を聞かせていただきたい。大将なのだからな」

タルグダイが言い、アインガが頷いた。

ジャムカは、芽吹いたばかりの草原に、しばらく眼をやっていた。

「準備が整い次第、すぐにはじめたい。緒戦は黒林で、と思っている」

「黒林」

アインガが呟いた。タルグダイは、じっとジャムカを見つめている。

「まず、黒林を戦場とするなら、テムジン領へもケレイト王国領へも、速やかな進攻が可能になる。たやすくそれをやらせるほど、敵も甘くないだろうが」

「意表を衝くことになりますね。昨年のわれわれの集結は、ただ草原に対する示威と思われているでしょうから」

アインガは、考え考え喋っていた。

「この戦が、どれほど時をかけなければならないか、いまのところわからない。一戦で結着をつけようという考えには、危険なところがある。同時に、一戦にすべてを賭けるという心構えも必要だ」

「わかるような気がします」

「その場その場で、なにを感じ、なにを決めるか、ということになる」

「戦の最中に、俺は先のことまで考えられるかどうか、わかりません」

「なんと言うのだろう。言葉で、なかなか説明し難いが、ふっと見えてくるものがある。それは、誰にでもある。そしてそれぞれが、違うものを見る」

「ジャムカ殿に見えたものを、すべてと思えということですね」

「決めたらだ」

「タルグダイ殿は」

なにも言わず黙っているので、ジャムカは言った。

「去年、タイチウト軍は、テムジン領を北へ迂回し、ジャムカ殿、アインガ殿の領地を通行して、黒林に到った」

「今回は、南へ迂回していただきたいのです、タルグダイ殿」

「南へ？」

「黒林に達するには、ケレイト王国領を通ることになります。南へ迂回することで、まずテムジンに陽動をかける。ケレイト王国領に入れば、ケレイト軍の背後を衝くことになります」

「なるほど。理屈はわかる。しかし、タイチウト軍は、連合の軍と合流するのが、難しくなることもあり得る」

「多分、難しいでしょう。黒林の戦況によっては、タイチウト軍は孤立します」

「ジャムカ殿」

「俺とアインガ殿が、徹底的にやられる。そうなると、孤立です」

「そうはならない、と言っているのだな」

「わかりません。戦ですから。ただ黒林で、テムジン、トオリル・カンの軍と押し合っている時、背後を衝く軍がいれば、勝敗を大きく左右します」

「黒林が接しているトウラ河とヘルレン河は、わずか八十里ほどを隔てるだけで、同じ方向に流れ、やがて反対の方向にむく。分水嶺を越えれば、ボグドハン山の南百里ほどのところに出ることになるが」

「分水嶺を越えるのを、タルグダイ殿の戦と考えていただきたいのです」

「俺が分水嶺を越えさえすれば、挟撃のかたちができる、というわけだな」

「まさしく。しかし、タルグダイ殿の危険は大きい、と思います」

「誰の危険が大きい、ということはないだろう」

「そうですね。俺とアインガ殿は一緒で、タルグダイ殿はひとりだ、ということですね」

「それだけのことだ」

タルグダイが、笑った。この男は、こんな笑い方を、いつからするようになったのだろう。ジャムカが笑い返すと、アインガも笑ったようだった。

散会した。

戻ればすぐに全軍召集し、十五日以内に出動と決めた。

ジャムカは、最後に三者の山を出発し、それほど急ぐこともなく本営へ戻った。

「全軍召集だ、ホーロイ。五日後に、進発する」

ホーロイは、部下を集めて相撲をとっているところだった。

ジャムカは、ホーロイが六名の兵を次々に投げ飛ばすのを眺めていた。

「合図を出します」

近づいてきて、ホーロイが言う。息ひとつ、乱れていなかった。

雪が解ければ全軍召集になることは、かなり前から伝えてある。それは、タルグダイもアインガも同じはずだ。

ジャムカは、幕舎に家令のドラーンを呼んだ。

「戦になる。おまえがやるべきことは、兵站の確保だ。黒林に布陣するが、兵站は継続して続けられるようにしておけ」

「それは、去年から殿に言われていることなので、一万騎に一年、補給できるようにしてあります。秣もです」

「おまえは、頼りになる家令だよ」

「やめてください。結局、引き馬は一万頭だけです。それも、くたびれた馬がいます」

「いないよりましだ」

軍馬としての調教は、できていない。それは、自分が怠慢だった、ということだろう。黒林までなら、馬の速さをそれほど考えなくても、大きな問題は出てこない。五千騎ぐらいまでは、テムジンに充分に対抗できる馬の質なのだ。

テムジンのことを考え、トオリル・カンを後回しにしていることは、自分でも気づいている。実戦になれば、テムジンの方が手強いに決まっていた。

「とにかく、去年からできることは全部やってきた。俺は、これ以上あまり考えないようにする」

「後方は、私がなんとかいたしますが」

ドラーンは、フフーとマルガーシを、どう扱えばいいのか、と言いたいようだった。

「俺は、フフーの営地へ行ってくる」

フフーは、戦のたびに、北へ避難していた。

はじめは、避難などするものかという態度だったが、一度強引に避難させてからは、なんであろうと、戦では避難するようになってしまったのだ。

フフーの極端な性格を、ジャムカは持て余し気味だった。ドラーンも、振り回されることが多いのかもしれない。

避難する時は、百人隊をひとつ伴う。ジャムカはせいぜい二十騎でいいと思っていたが、フフーはマルガーシの安全を言って、譲ろうとしなかった。

「奥方様に、どれだけ強く言っていいのかどうか、殿にあらかじめ教えておいて欲しいのですが」

「そんなもの」

ジャムカは、いくらか鼻白んで、ドラーンから顔をそらした。

「百人隊の指揮権は、おまえにある。余計なことは、考えるな」

「わかりました。百人隊にも、殿から一度だけ言っていただければ、と思います」

いざとなると、フフーがわがままを押し通そうとするのだろう、とジャムカは思った。ドラーンにとって、それはジャムカが考えている以上の圧迫なのかもしれない。

「ドラーン、俺は妻と子の安全は守って貰いたいが、快適まで守ることはない」

「しかし、殿」

「後方の動きに、支障がないのが一番だ。それは、忘れるな」

ドラーンは、頷き、拝礼して幕舎を出ていった。

入れ替るように、ホーロイとサーラルがやってきた。

「別働隊を編制する、と副官殿から聞きましたが」

「そうだ、ホーロイ。いま、目的はない。しかし、一千程度の別働隊は、どういう遣い方もできて、戦では役に立つ」

「ほんとうは、目的をお持ちでしょう、殿。たとえばテムジンの首を狙うとか」

「ゲデスが、そう言ったのか」

「副官殿は、こちらが訊こうとしても、肝心なことは喋ってくれません。全部、殿に訊けと言うだけで」

「とにかく、別働隊だ、ホーロイ。戦の基本だぞ」

「基本かなあ？」

言ったのは、サーラルの方だ。ホーロイが、サーラルの脇を肘で小突いた。ゲデスは、二人に言おうにも、言えない。ジャムカは、別働隊の編制を命じただけだからだ。

黙ってやるのが、ゲデスのいいところだった。

「俺らは、喋り過ぎですね、殿」

「そうでもないさ。おまえたちの喋り方は、俺をほっとさせるぞ、ホーロイ」

「副官殿のところで、別働隊の選別の手助けをした方がよさそうですね」

「兵たちの細かいところまで知っているのは、おまえたち二人だからな」

どんな別働隊にしたいのか、という探りをホーロイが入れてくる。そこそこの力量、とジャムカは言った。きわめて精強な百人隊は、本隊に置いておきたかった。

二人が出て行っても、本営にはやらなければならないことが、まだいくつか残っていた。

出陣する時は、戦以外にやることはない、という状態にしておくべきだった。これまでそれができたことはないが、全軍出動ということがあまりなく、戦も不意にやらなければならなくなったりしたからだ。

これからはじまる戦は、去年から、いやもっと前から、決まっていたものだ。

翌朝、ジャムカは百人隊をひとつ連れて、フフーの営地へむかった。そこは当然、ジャムカの営地でもあるが、このところ訪ねるという感じになっている。

四刻ほど駈ければ、営地だった。

マルガーシが、兵十騎ほどに守られ、馬の稽古をしていた。それはどこから見ても稽古で、兵の乗り方でも遊牧の民の乗り方でもなかった。

「あっ、父上」

マルガーシが言うのを無視し、十人隊長を呼んだ。

「おまえたちの、隊長は？」

「丘のむこうで、剣の調練をしています」

「ここへ呼べ。至急だ」

十人隊長の顔がかすかに強張り、二騎を疾駆させた。

「戦が、はじまる。おまえも、連れていってやろうか」

「ほんとうですか？」

「誰も、守ってはくれない。戦では、みんな自分の身を守る。おまえもだ、マルガーシ」

「私が学んでいるのは、大将としての戦です、父上」

「大将だと」

「そうです。私は父上の息子ですから、生まれながらに、大将なのです」

「母上に、そう言われたのか？」

「それと、私についている百人隊長たちにも。彼らは、父上の大将としての闘いぶりを、見ています」

丘を越えて、一騎が疾駆してきた。少し遅れて、二騎が追ってくる。伝令に出た二騎である。

ジャムカは、馬を降りた。

疾駆してきた一騎は、跳ぶようにして馬を降り、ジャムカの前で直立した。

「お呼びですか、殿」

「おまえは、俺の営地の守備をする百人隊を、何度指揮した？」

「四度目です」

「それは、多い方か？」

「三度という隊長が、四名いました。いまは、三名です」

得意そうに言った百人隊長の名を、ジャムカは思い出そうとした。よく見る顔だ、とは思う。名も当然知っているはずだが、思い出せなかった。

「奥方様にも、気に入っていただいています」

フフーの言いなりなのだろう。名前を思い出そうとすることを、ジャムカはやめた。

「マルガーシも、剣の調練に加えよ」

「それは、奥方様から禁じられています」

ここまで、眼が届かなかった。

届かない間に、いろいろなことが起きたのだろう。ジャムカは、唇を噛んだ。誰を責めることもできない。責めるなら、自分ひとりなのだ。

「マルガーシは、剣の修練だ。いいな、これは俺が命じたことだ」

百人隊長に強く言い、ジャムカはフフーの家帳にむかった。

フフーは、三人の下女を並べて、縫物をさせていた。ここへ来ると、ジャムカも具足を解かれ、布の服を着せられる。布は風を通し、外にいると、裸になったような感じがすることもある。

布の服は、好きではなかった。マルガーシが嬉々として着ているのを見ると、腹が立ってくる。

「マルガーシは、一緒ではないのですか？」

「あいつは、剣の修練に行かせた」

「そうですか。大将が剣の修練というのは、私から見ると無駄に思えます。四名の、腕も心も利きたる者が、技そのものは教えているのですから」

打ちこませる。三度に一度は、打たせてやる。そんなことが修練になるのか。大将であろうとなんであろうと、戦場では乱戦の中にも立たなければならない。

「剣も、戦の指揮も、そろそろ俺自身が教えこもうと思っている。マルガーシも、すぐに大人になるからな」

「打って怪我をさせることに、意味はありませんわ。技を持っていれば、自分のことは守れると、私は思っております」

「おまえは、戦に出たことはない。自分を自分の手で守ったこともない」

「それは、女ですもの」

「マルガーシは、男だ。それも、何万という民の命を預からなければならない、大将として生まれてきた男なのだ」

フフーがなにか言い返しそうだったので、ジャムカは横をむいた。

「大きな戦がはじまる。これまで草原にはなかった規模の戦だ。おまえたちを、営地に留めておくことはできん」

「トオリル・カンの首を、奪ってください。マルガーシを人質に寄越せと言った男です。生きていることさえ、私には許せません」

「戦だ。当然、テムジンやトオリル・カンの首は狙うが、俺の方が首を奪られることもあり得る」

「トオリル・カンの首さえ奪れば、テムジンはいないも同じでしょう」

「もういい。戦をするのは俺だ」

ジャムカは、フフーを見つめた。昔、きれいだと思ったところがどこだったか、見つめてもわからなかった。眼差しが、瞳が、眉や口もとが、笑顔が好きだった。なくなっているのではなく、同じフフーがいるのだが、ジャムカの心は躍らなかった。

それでも、フフーはマルガーシを産んでくれた女なのだ。

「おまえたちを、傷つけることはできん。百人隊をひとつつけて、守らせる。その百人隊の指揮は、ドラーンが執る」

「すべては、私が命じます。ドラーンにも」

「ドラーンは、後方全体の指揮をするのだ。おまえを守る百人隊も、その指揮下に入らなければならん」

なにか言いそうになるフフーを、ジャムカは手で制した。

「戦だ。戦は、戦場の兵だけがやるわけではない。後方も、また戦なのだ」

フフーに背をむけ、家帳を出た。

マルガーシの姿は見えなかった。丘のむこうで、調練に加わっているのだろう。

「馬」

ジャムカは、従者に命じた。

二

先頭に、スブタイを置いた。

玄翁(げんおう)の最後の弟子だったが、それを思い出すことはもうあまりなかった。

判断力に片寄りのない、指揮官だった。

誰を買うというようなところが、テムジンにはなかった。その場その場で、最も適当だと思える指揮官を遣うのである。

テムジンは、麾下を率いて、中軍の少し後方を進んだ。

ジャムカが、最初のぶつかり合いの場所に、なぜ黒林（カラトン）を選んだのか。それを考え続けていた。離れた場所ならば、必ずしもそこでぶつかるとはかぎらない。しかし黒林は、トオリル・カンの位置ともテムジンの位置とも近すぎた。

昨年、ジャムカは黒林に全軍を集結させ、動き回ったが、トオリル・カンとテムジンの、どちらも攻めようとしなかった。片方を攻めれば、もう片方に背後を取られると考えたわけではなく、全軍を草原に見せつけたのだ。

ジャムカがはじめて集めた軍でもあったから、動きを確かめたいという思いもあったのかもしれない。

テムジンは、全軍で九千だった。

数万の示威に靡く者が多かったのか、ジャムカの方に参集する兵は増えている。

ジャムカ軍は黒林に展開を終え、アインガの軍が、続々と到着しているという。

それに対し、テムジンが黒林に急行しているだけで、トオリル・カンはまだ出動していない。

それがトオリル・カンのいつものやり方なので、テムジンは気にしていなかった。

テムジンが潰されれば、トオリル・カンは孤立である。それは、トオリル・カンが最も避けたいことのはずだ。

スブタイが、ジャムカ軍の前衛とむかい合った。ジャムカは、堅い構えをとって動かないという。

中軍の五千を、スブタイの二千の後方に展開させた。ぶつかり合いになれば、スブタイの軍は二つに割れ、中軍がぶつかるというかたちである。

テムジンは麾下百騎だけを率いて、中軍の後方にある小高い場所に立った。

後軍となる二千騎が、一千騎ずつジェルメとクビライ・ノヤンの指揮で後方を動き回っている。

戦のかたちは、できつつあった。いまのところ、ジャムカが守る側に立っている、と感じられる。しかし、動きはじめるとどうなるかは、その時の判断だった。

「どこから、動きはじめると思う？」

テムジンは、そばにいるテムゲにむかって言った。

「ジャムカ軍の後方から」

「だな。あそこは、いまにも動きはじめそうな気を放っている。しかしな、テムゲ、動きそうに見えるところが、動くことはあまりない」

「それは、罠を仕組んでいる、ということですか？」

「違う。すぐに動くという軍は、気配を発するどころか、息を止めているぞ。いるかいないかわからないようになって動きはじめる。特に、力が拮抗(きっこう)している時、お互いを知り尽している時は」

「メルキト軍が、すでに一万以上到着しているようですが」

トオリル・カンの軍がまだだと、テムゲは苛立っているのだろう。

テムジンは、タルグダイのタイチウト軍の動きを調べさせていた。

位置的には、タイチウト軍が黒林に来るのは、非常に困難である。去年は、テムジンの領分をかすめ、ジャムカとアインガの領分を通って黒林へ来た。いまは、テムジンの領分を通過するのは、絶対に避けたいと考えるだろう。それができるのは一度だけで、すでに去年やってしまっているのだ。

兵力を割くことはできなかったが、タイチウト軍が領分内を通行すれば、それなりの損害を受ける仕掛けは作ってきた。

「ぶつかるとしたら、眼前のジャムカ軍だ。メルキト軍は、トオリル・カンに備える」

「タイチウトは、どうするのでしょう。北か南に、大きく迂回して、ここへ来るのでしょうか」

「タルグダイは、そんなことは考えない。しかし、ジャムカなら考える」

「兄上が、ジャムカ殿と盟友であり続けられなかったのは、われらにとって痛恨です。トオリル・カンなどと、組まなければならなくなりましたから」

「それ以上は言うな、テムゲ」

「はい」

「この戦では、おまえは俺の麾下のひとりだぞ」

「わかっています、兄上」

「おまえの百人隊二つを、麾下に合流させろ。俺が、まとめて指揮をする」

「しっかりと、兄上の手足になります」

次々に、伝令がやってきた。タイチウト軍のタルグダイが、どういう動きをしているか報告してくるものが混じっている。

「南を迂回してくるのだな」

「黒林でジャムカやアインガとむき合っている、その側面か背後を衝かれる、ということになりませんか、兄上」

「かたちとしては、そうなるな」

そして敵のすべてを、引き出すことにもなる。

去年のジャムカの全軍動員は、かたちだけという見方もできる。今回の動員が、いまこの草原にいる自分の敵だ、とテムジンは思うことができた。

そしてそれは、去年集結した兵の数より、ずっと多いのだといま判断できる。遊牧の民は、規模の大きな軍の方に靡くのだ。

「兄上、カサル兄が、苛立っているように思えるのですが」

中軍五千騎の指揮が、カサルだった。カサルの指揮官としての能力は、相当なものに育ってきている、とテムジンは思っていた。苦労することも少なくなかったはずだが、それについてはテムジンは知らない。

「カサル兄は、闘いたいのでしょうね」

「そのあたりが、カサルの単純なところだ」

いまこう言っておけば、テムゲは必ずそれをカサルに喋る。黙っていられないというのが、テムゲの長所であり、口の軽さが短所にもなっていた。

テムゲとカサルの関係という点から見れば、ずっと続いていたものが、これからも続くということだ。テムジンの直轄の部下よりも、二人は密接であるべきだった。

戦が厳しくなって、兄弟の絆が深くなる、とテムジンは考えていなかった。しかしこれからの人生で、兄弟の絆は捨て難いものだ、とも思えるのだ。

中軍は、カサルが三十の百人隊、チラウンが二十の百人隊を率い、全体をカサルが指揮することになっている。

前衛は、ボロクルとジェベが五隊ずつ、スブタイが十隊という割り当てだった。

百人隊長は、鍛えに鍛えてある。しかし軍だけでなく、百名の兵を出している集落での、遊牧民の暮らしも、わずかだがある。

テムジンは、なんとか二千騎の常備部隊を作ろうとしてきた。しかし、いまだ一千騎しかおらず、百人隊ごとに各軍に分散されている。ある合図によって、常備軍は速やかにテムジンの指揮下に集まる。

つまり、軍編制がある部分では二重になっていて、それについてはジャムカにも読めていないはずだった。

ジャムカが、麾下を四百騎に増やした。そんな情報を、テムジンは以前から摑んでいた。摑んでいないこともまた、あるのかもしれない。

「テムゲ、いずれ遠くない日に、おまえはカサルの代りをしなければならなくなる。その覚悟をして、全軍の戦から眼を離さないようにするのだ」

「全軍の戦、中軍の動き、それは頭に刻みこむようにします」

ジャムカが、どんなふうに軍を展開させているかも、情報が入ってきた。

五千騎ずつが二隊で、指揮官はホーロイとサーラルだった。

ホーロイについては、かなりよく知っているが、サーラルという指揮官は、あまりジャムカ軍の表面には出てこなかった、という気がする。したがって、戦ぶりについて、あまり知らない。ジャムカが一軍を任せているのだから、相当なものだと思える。突破力だけでなく、ジャムカ軍は腰が強くなっていると感じるが、それはサーラルという男の力かもしれない。

五千騎が二隊並んだ中央に、ジャムカの旗がある。麾下は四百騎だというが、千数百、少なくとも千六、七百騎はいるように見えた。

それでも、ジャムカ軍は少ない、とテムジンは感じていた。野放図に兵力を増やすのではなく、かなりの選別をしたのかもしれない。

テムジンは、いまの領分なら、一万数千を集めることができるが、実際は九千である。ジャムカは、領分だけを見れば五千ほどだろうが、一万数千を集めている。

草原の兵力とはそういうもので、どこにも属さず、しかし戦で力をのばそうと考える者が、方々から湧くように現われてくるのだ。

「ジャムカが、はじめるのでしょうか。それとも、こちらから」

「トオリル・カンが到着しないのに、こちらからというわけにはいかん」

トオリル・カンは、三万数千を集めたのだという。そして、一部がようやく進発した。

「ほんとに、トオリル・カンを待つんですか、兄上」

「急ぐさ、あの爺さん。総攻撃を受けたら、俺は自裁して、キャト軍はすべて降伏する、という使者を出した。信じるに足ると、あの爺さんは思うだろう。実際、兵を死なせまいとしたら、その方法しかない」

「それで、返事は来たのですか？」

「軍の一部が進発した、というかたちでな」

「なるほど」

「そろそろ、全軍に進発して貰いたいものだ。そのための手は、いろいろ打ってある」

「しかし、味方がさまざまな手立てを講じなければならないというのも、とんでもない連合相手ですね」

「戦がはじまったら、力を合わせやすい相手でもあるのだぞ」

はじまるまでに、まだ二、三日はかかる、とテムジンは考えていた。テムジンがトオリル・カンを待たなければならないように、ジャムカは迂回した進軍路を来る、タルグダイのタイチウト軍を待たなければならない。

テムジンは、小高い丘を降りた。途中で、テムゲの二つの百人隊が合流してくる。

それから丸一日、睨(にら)み合ったままの状態が続いた。

メルキト軍がほぼ展開を完了し、ケレイト王国では、ようやくトオリル・カンが腰をあげ、全軍進発となった。

翌日、ジャムカが動いた。

瀬踏みをするという動きではなく、いきなりホーロイの軍が前進し、スブタイの二千騎を押しのけるようにして、カサルの五千騎とぶつかった。

スブタイは、後続のサーラルの五千騎に備えたが、一千騎ずつに分かれたので、対応しきれずにいた。

テムジンは、三百騎を率いて、後方のジャムカを牽制(けんせい)した。

なぜここで動くのか、しばらくだがテムジンには考える余裕があった。

トオリル・カンが到着する前の、わずかな空隙を衝いてきた。タルグダイもまだ到着していないが、トオリル・カンよりは一日早く、到着すると読んでいた。

なぜ、ジャムカはタルグダイを待たなかったのか。

アインガは、動いていない。全軍で二万八千に達するメルキト軍が動けば、テムジンは数刻も支えることができない。つまりは、敗走するしかないのだ。

ただ、この草原を逃げ切る自信が、テムジンにはあった。テムジンが留まるとしたら、ジャムカの軍だけでぶつかっている間で、せいぜい一日というところだろう。その一日で、結着をつけてしまおう、とジャムカは考えたようだ。

絶妙な機を、ジャムカは摑んだかもしれない。

「ジャムカの軍に突っこみます」

テムジンの脇を駈け抜けたのは、クビライ・ノヤンだった。

ジャムカは、麾下の四百に加えて、一千余騎である。クビライ・ノヤンの一千騎を、正面から受けようという構えだった。

「テムゲ、二百騎で、ジャムカ軍の側面を駈けろ。無理にぶつかるな。おまえの後方を、俺が駈けている」

「兄上、やめてください」

「ジャムカも、自分で動いてくる」

「わかりました。俺に、前だけを見ていろ、とは言わないでくださいね。俺は兄上だけを見ています」

テムゲが雄叫(おたけ)びをあげ、駈けはじめた。

テムジンは、束の間、ジャムカの玄旗(げんき)の行方を追った。

動いている。テムジンを誘うように、玄旗は動いている。俺を誘うのか。ジャムカの返答は聞えない。言葉を交わすような間柄ではなくなっているのだ。

戦場で、対峙(たいじ)しているのに、よく言葉を交わした。誰に聞えることがなくても、喋っていた。言葉のひとつひとつが、悲しかった。

誘いに乗るように、ジャムカを追った。テムゲがテムジンにつかず離れず駈けている。

ジジャムカがいきなり疾駆をはじめ、テムジンもそれを追った。土煙が視界をぼやけさせる。ジャムカの四百騎が、不意に千数百騎と入れ替った。と思った時は、テムジンは包囲されていた。構わず、ジャムカの方へ進み続ける。クビライ・ノヤンの軍が、千数百の軍を蹴散らし、ジャムカの四百騎にむかった。それに、サーラルの一千騎の軍が二つ、ぶつかろうとする。ジェルメの軍が、いきなりジャムカに突っこんだ。ジャムカの首だけを奪ろうという動きを、ジェルメは隠さずに見せていた。

さすがにジャムカは反転して疾駆し、ひとしきりジェルメに追われ、二千騎の味方の中に飛びこんだ。

そんなことのくり返しだった。全軍をお互いに動かしているが、どこか腰が入らず、調練のように感じることさえあった。それでも、ぶつかり合いは激烈なものだった。

夕刻、分けた時、こちらの犠牲は六騎出ていた。むこうも同じようなものだろう。

両軍は、最初の対峙の時の距離より、さらに五里以上離れてむき合っている。

「兄上、ジャムカ軍は、本気でしたよ。手を抜いたところなど、ひとつもなかった。ホーロイは、一度、俺の軍を二つに割りかかったほどでしたし」

「しかし、と言いたいのか、カサル」

「命ぎりぎりまで、軍を絞りあげようとはしませんでした。決して手緩(てぬる)いということではなかったのですが」

「言っている意味はわかるぞ、カサル」

ほかの指揮官たちも、テムジンのもとに集まってきた。

ケレイト軍の先発隊が到着した、という報告がなされた。

「アルワン・ネク将軍が率いる一万騎で、よほど急いだのでしょう。兵馬は疲れきっておりました」

　チラウンが、報告してくる。

「三刻後、アルワン・ネク将軍は、殿に会いに来られます」

「わかった」

　トオリル・カンが到着した時は、テムジンの方から行ってくれ、という意味も含まれた挨拶なのだろう。

「今日の戦で、どちらかが勝とうとしたら、相当大きな犠牲が出る。そんな感じのぶつかり合いでしたよ」

　スブタイが、石酪を口に入れながら言った。

「殿は、ここで勝とうという気はなかったな。俺はそう感じた。ジャムカがどうだったのか、よく読めなかったが」

「ジャムカにも、勝つ気はなかったと俺は感じています、クビライ・ノヤン殿」

「勝つ気のない、精強な軍が二つか」

　なんのための戦だったのか、それぞれに喋りはじめた。どれも正しく、どこか違う。戦には目的があるが、それが全軍の戦となると、勝つための戦ということなのだ。

　アルワン・ネクが、挨拶に来た。

「遅参、申し訳ありません」

　アルワン・ネクは、冷静というより、峻厳(しゅんげん)な軍人だとテムジンは感じていた。ジャカ・ガンボのような明るさがない。

「急いでいただいたようですな」

「テムジン殿は、ジャムカとすでにぶつかられたのですね」

「ケレイト軍が到着する前に、あわよくば俺の首を奪ろうとしたのではないかと」

それは、あり得なかった。テムジンも、ジャムカの首だけを狙ったりはしない。

「私の遅参で、テムジン殿にひと戦させたのかもしれません。これより、トオリル・カンが到着するまで、私の軍はテムジン殿の指揮下に入ります」

「いいのか、そうしても」

「それが、連合というものだ、と考えているのですが」

「わかった。なにかあれば、伝令を出す。今夜は、兵馬を休ませられるがよい」

「そういたします」

アルワン・ネクは、拝礼して帰っていった。

「下にいる将軍は、しっかりしているのだがな」

カサルが、呟くように言った。

テムジンは散会を命じ、火から少し離れたところで、また戦について考えた。

どこかにいやな感じがある。ジャムカ軍は相変らず精強だったが、ジャムカの戦のやり方ではなかった、という気もする。

ジャムカはなにを狙って、全軍を動かしたのか。それが、どうしても見えない。

タイチウト軍一万二千騎の到着は、明後日になりそうだった。明日、分水嶺に達し、明後日にそれを越えて、ボグドハン山の南麓に展開するのだ。

トオリル・カンの到着も同じころで、敵味方のすべてが揃うことになる。

ひと口ずつの干し肉が、配られはじめている。軍には、まだそれだけの余裕があるのだ。テムジンのもとにも、従者がひとり運んできた。

「おまえか」

狗眼(くがん)のヤクだった。そばに来るまで、まったくそうとわからなかった。

「おかしな動きがない、という時が、なにかあると考えた方がいい。これは、私が自分の経験から言うことなのですが」

「おかしなことはなにもないのに、俺は今日の戦のことが、気持にひっかかってどうにもならない気分だよ」

「それもなにかあるからだ、と私は思うのですがね」

「おまえが気になることを、俺に全部言ってみろ、ヤク」

「ジャムカの妻子の避難が、意外に近いところです。ドラーンという家令が、商いで砂金を得ようとしています。アルタンとクチャルが、それぞれに百人隊三つの指揮をしています」

「ジャムカのところだけか」

「メルキト族は、アインガを頂点に、一糸の乱れもありません。近くで殿とジャムカが闘っていても、まったく構えを崩しませんでした。我関せずという態度もおかしく、ジャムカにそう言われていた、としか思えません」

　ジャムカが、自分との単独の勝負を望んでいるとは、考えられない。総大将がなにかを、よく知っているはずだ。

「タイチウト軍は、のんびり進軍しているというわけではなくても、移動の距離は長すぎますね。それに一万二千騎だったのが、進発する時には、一万三千騎に増えていました」

　なにか、肌がむず痒いような気がする。どこが痒いのか、わかるようでわからない。

　タイチウト軍が、一千騎増えていた。

　ジャムカの軍。五千騎が二つ。その間に、ジャムカ麾下の四百騎と、一千数百騎。去年の集結の時は、一万二千騎を、大きく超えていなかったか。

　むず痒さが、消えている。代りに、全身の毛が立ったようになっていた。

　ジャムカの軍から千騎減り、タイチウト軍が千騎増えている。ただの戦をやるために、そうしているはずもない。

　タイチウト軍に紛れこんだ、ジャムカの別働隊だ。

「俺の痛いところを、よく知っている」

「そういうことですか」

「ヤク、どういう方法が、最も早くアウラガに着けると思う」

「正攻法でしょう。引き馬二頭で駈けに駈けるしか」

「おい」

テムジンは、従者を呼んだ。ジェルメの陣まで、自分の脚で駈けた。

三

部下が魚を釣ってきて、塩をふって焼いたのだ、とカチウンが誘いに来た。ホルを連れて、近くの集落まで歩いたりする以外に、カチウンはほとんどアウラガ府の奥の部屋から動かない。それでも、たまにはこういうことをやるらしい。

「いいな。別に私は肉に飽きている、というわけではないが」

「私は、幼いころは、よく麦も食べていたのですよ。だからいまも、時々麦を口にします。鉄音(ズルフ)で、漢人たちが中心になって、麦を栽培しているのは、ありがたい話です」

「殿は、なんでも口にされる。昔、大同府にいたころは、蛇なども平気で口にされた。いやいやだが、私も食ったものさ」

カチウンをどう扱えばいいか、ボオルチュは時々迷う。法を学ぼうという時、ボオルチュに頼りきりで、書なども、ボオルチュが蕭源基(しょうげんき)を通して手に入れてやった。

ホエルンが決めたかたちとしては、テムジンの弟で、テムルンの兄になる。だからボオルチュにとっては、義兄だった。

しかし、大抵の時は、部下として扱っていた。その方が、カチウンも喜んでいる気配がある。

「ホル、走るな」

駈け出しそうなホルが、カチウンを見あげている。テムジンがこの犬をカチウンに与えた時は、腕の中で抱いていられるほど小さかった。あっという間に、成犬になった。

「ホルは、魚が好きなのですよ。焼いているそばへ行って、涎を垂らすのですから」

「しかし、賢いいい犬になったではないか」

「時々、主人の悲しみを読みすぎたりするのですが」

カチウンの悲しみはなんなのだ、とボオルチュはちょっと考えた。訊いても、言わないだろう。

「みんな戦なのですね、ボオルチュ殿」

「私たちは、日々が戦だ。私は、そう思って生きている」

「私も、時々はそう思えたりします」

「若いころは、殿について戦場へ行く連中を、羨しいと感じたりしたものだ、カチウン」

「しかし、ボオルチュ殿だからなあ。殿にとっては、ボオルチュ殿は、ほかの人間とまるで違うでしょう」

そんなことを言われるのが、実は嬉しかったが、ボオルチュは聞えないふりをした。

四人ばかりが、石で囲った火のまわりにいた。木の枝に刺した七、八尾の魚が、炎から遠ざけて立てられている。

四人とも、ボオルチュを見て緊張していた。アウラガ府で仕事をしている者たちで、しばしば、ボオルチュは厳しいことを言う。

「糸は、なにを遣った？」

「私が、古い布を持っていて、それをほぐして一本ずつ糸を取り、何十本か繋ぎ合わせて長い糸にしました。魚の骨を陽に干したものに結びつけ、地を掘って出てきた虫をつけました。いつ切れるか心配だったのですが、九匹目がかかったところで、切れてしまいました」

「そうか。よく釣れたものだが、もっといいやり方はあるのだぞ。餌は、草原に草が芽を出したら、羽虫などでいい。鉤(はり)は骨でいいが、糸は馬の尻尾にするのだ。いくらでもあるし、丈夫で細い」

「はじめて、知りました」

「ボオルチュ殿、どこでそんなことを」

「カチウン、私は殿と旅をし、さまざまなことを学んだのだ」

「殿と、魚を釣ったのですか?」

全員の顔が輝いた。ボオルチュは、ゆっくり頷いた。

魚は、いくら食っても、口の中に脂が拡がったりはしない。それがいいと言う者もいるのだろう。ボオルチュは、どちらでもよく、口が脂だらけになる方が、いくらか好きかもしれない。魚は、たまにはいいのだ。

早馬が、アウラガ府の建物にむかって突っ走っていった。ボオルチュは、魚を少し残して、立ちあがった。

「ボオルチュ様」

気づくと、男が二人そばに立っていた。

「敵襲です。一千騎。ジャムカ軍の別働隊です」

二人は、狗眼の者たちだった。

ジャムカ軍の別働隊ということを、ボオルチュは信じた。一千騎の攻撃を、どうやれば凌げるのか。

「いま、どこにいる？」

「コデエ・アラルの二十里ほど南を駈けています。光の通信で、われらはそれを知りました。それ以上のことは、まだわからないのです」

「近辺にいる、すべての兵を集めよ。ホエルン様、ボルテ様の営地を守る兵も。まだ少しだけ時の余裕はある。私はアウラガ府の部屋にいるので、情報のすべてはそこへ集めよ」

カチウンが、駈け出す。ホルが、哮えながらついていく。

ボオルチュは、歩いて建物へむかい、自分の部屋に行った。

血相を変えた部下たちが、駈け回っている。

「この近辺の兵を、すべて集めよ。わかっているな、一刻以内でやるのだ」

アウラガが襲われ破壊されるのは、どういうことなのか、ボオルチュは考え続けていた。

すぐに兵力に影響する、というようなことはない。しかし、軍から大事なものが失われていく。キャト氏全体が、草原の中でなにかを見失ったような、あてどない状態にもなる。交易も、しばらくは死んだようなものだ。

外が、騒々しくなっている。

「ボオルチュ殿、指揮はお願いできますね」

具足をつけたカチウンが、声をふるわせた。こんなものを、どこかに隠し持っていたのだ、とボオルチュは思った。

「おまえは戦などしなくていい。ホエルン様とボルテ様が、きちんと避難できるように手配せよ。アウラガ近辺の女子供の数は多い。それを守るのも、おまえの仕事だ」

次々に、報告が入ってくる。兵は、三百騎はいるようだ。

外に出た。

「周囲十名ずつで、隊を作れ。作ったら、速やかに隊長を決めろ」

まだ、集まってくる者がいる。三百を超えそうだが、しかし一千と較べると悲しいほど少ない。しかも、兵ではあっても、実戦部隊ではないのだ。

原野に出てぶつかれば、ひとたまりもない、という気がする。しかし、ここに籠(こも)って闘えるのか。アウラガでの戦を、ボオルチュは想定したことがなかった。

ここを潰そうと考えたジャムカは、先に眼をむけているということか。ここの大事さは、いまだけでなく、むしろ将来の方に重さがあるのだ。

「狗眼では、考え得るかぎりのことを、いたしました。光や煙、中継所の鏡、そんなもののすべてを遣って、本軍に情報を送っています」

それでも、二日以上かかる。テムジンが軍の一部を引き返させるとして、ジャムカはそれを黙って見ているのか。

戦となれば、一刻で片付く。こちらが潰れる、というかたちでだ。アウラガ府のすべてが、毀され燃やされるというかたちでだ。

そんなことは許せないと叫んでも、なにも通じはしない。とにかく守るために、ただ闘うしかない。

四騎が、近づいてきた。その四騎の動きは、集まっている兵のどれと較べても異質で、異様な気配さえふり撒いていた。

アウラガ府の広場が、しんとした。四騎の蹄の音だけが、ボオルチュの耳に届いてきた。

顔が見え、ボオルチュは息を呑んだ。

「ベルグティ殿」

養方所で寝ているはずの、ベルグティに違いなかった。

「天は、俺のことを忘れたわけではなかった。ここの指揮は、俺でいいな、ボオルチュ殿」

「躰は？」

「死ぬまでは、大丈夫だ。俺が死んだら、別の指揮官を立ててくれ」

「わかった。わかったよ、ベルグティ殿。ただ、死んだりしないでくれ」

ベルグティは一騎で、集まった兵たちの前に出た。

「つらい戦になる。みんな、ここで一度死ね。死んでから、闘うのだ。一度死んでいれば、もう死にはしない。いいか、このアウラガは、われらが命、われらそのものなのだ」

広場が、再びしんとした。それから方々で声があがり、やがてひとつになった。

「われらは、キャト氏テムジンの軍だ」

また、声があがり、鯨波に近くなった。

「勝った時に、鯨波をあげよう。それまで、鯨波を禁じる」

ベルグティの手が、すべてを制するように挙げられた。

「それぞれに、仕事を与える。とにかく、それをこなせ。ほかのことは、どうでもいい。言われたことだけをやれ。心配しなくても、敵は来る。どこまで近づいているかもわかる。敵の姿を見るまで、与えられた仕事だ」

ベルグティは、集まった兵を三つに分け、隊長と副長を決めた。顔を見て、適当に決めただけだ。

三隊が、一斉に動きはじめた。

アウラガ府の建物は、周囲に三十ほどの建物や家帳を持っている。そしてそれを囲うように、人の肩ほどの高さの塀が作ってあるのだ。

塀の外にある生産のための建物と、政庁を区分けするために、ボオルチュが考えたことだった。

その塀の上に、丸太が組まれていく。弓矢や槍が運ばれてくる。

狗眼の者が、敵の位置を報告してきた。ヘルレン河、コデエ・アラルの五里下流を、渡渉しているところだった。

「近いな」

言ったボオルチュに、ベルグティはちょっと眼をくれた。

「馬をまともに乗りこなせると言う者を、百名集めた。ここは砦(とりで)で、内側からの守りが大事だ。矢で、槍で闘う。その間、百騎は外で駈け回る。幸いなことに、馬は三百頭いる。充分に休ませ、元気な馬で、敵を攪乱(かくらん)するように駈け回る。俺と従者の四騎が、敵とぶつかりながら駈ける。その後方を駈ければ、それほど敵とぶつからなくても済む。とにかく、本軍からの救援が来るまで、時を稼ぐということを、第一に考えたい」

「ベルグティ殿、敵が火矢を放ってくるかもしれん。建物の方は煉瓦(れんが)と石と木だから、家帳よりは燃えにくい」

「俺は、ボオルチュ殿に頼もうと思っていた」

「そうか。消火の指揮は、私が執っていいのだな。水を運ぶだけなら、避難していない女たちも力になる」

「母上や姉上については？」

「それは、カチウンがやる」

「そうか」

「気になるのか」

「カチウンがやるのなら、それでいい。気になることを、できるだけ減らす。戦をやる時には、それが肝要さ」

「私は、このアウラガを失いたくない。殿のためにも、失ってはならない」

「ここがどれほど大事か、俺は養方所に寝ていて、ほんとうに見えたと思う」

「ここを失えば、四年五年と、殿の時は戻ってしまう」

「泣くなよ、ボオルチュ殿。また、テムゲに泣き虫と言われるからな」

「アウラガがもし燃えたとしても、私の涙で消してやるつもりだ」

「そうだ。お互いに、ここで踏ん張ろう」

「具足や馬を、いつも用意していたのか、ベルグティ殿」

「従者の三名は、コデエ・アラルで馬を鍛えていて、毎日、交替で養方所に報告に来ていた。きのうからは、四騎での騎馬の動きを話し合うために、全員養方所にいたのだ。敵襲と聞いて、天に扶(たす)けられている、と俺は思った」

「それにしても、ジャムカは殿にとって大事なものがなにか、よく心得ている。誰も、予想だにしていなかったことだが」

話している間にも、次々に報告が入り、それについて、ベルグティはわかりやすく指示を出している。

ボオルチュが命じたことも、次々に進んでいるようだ。十数名の少年たちが丸太を抱えてきて、塀の上に柵を組んでいる兵たちに渡している。

武器工房から、矢の束を抱えて女たちがやってくる。具足もつけない男が、槍を持ってやってくる。鍛冶場などには、兵でなくとも腕に覚えのある男たちがいる。

「七鎖丘(ななさきゆう)の東の櫓(やぐら)から、通信が入った。ジャムカ軍一千騎、あと十里の距離に迫っている。俺は行くぞ、ボオルチュ殿」

言ったベルグティに、ボオルチュはただ頷き返した。

四騎が、アウラガ府を出ていく。痩せてはいるが、ベルグティが病のようには見えない。外にいる百騎ほどの騎馬隊と合流すると、南へ駈けていった。

ベルグティが出ていくと、そう命じられていたのか、正面の出入口が丸太で塞がれた。人ひとりが通れる隙間も、全部塞がれていく。女や子供は、外に出された。

「耐え抜こう」

ボオルチュは、自然に声を出していた。

待っていた。戦というものは、気づいたらふっとはじまってしまうものだ、とボオルチュは遠いことのように考えた。

「声を出せ」

誰かが大声で言った。応じる声が、方々で湧きあがったが、ボオルチュは丘の稜線に現われた、騎馬隊の姿を見ていた。

一千騎。あれが、ここを襲ってくるのか。守り抜けるのか。一瞬で、この砦は毀れてしまうのではないのか。

「来るぞ。まだ、放つな。引きつける」

誰かが、命じていた。矢を放つ機を、読もうとしているのだろう。そんな、落ち着いた人間もいるのだ。

「放てっ」

空を、音が覆った。むこうからも、射てきている。

「敵の矢を、回収しろ。弓を遣っている兵のところに運べ」

数十名が、駈け回っている。矢の束が、弓を射続けている兵のもとに運ばれる。

「槍だ。槍を構えろ」

百本ほどの槍が、外にむかって突き出される。騎馬隊が、押し寄せてきた。突破はされず、槍が効果をあげているのがわかった。

不意に、敵が乱れた。ベルグティ。先頭にいる。敵に突っこみ、数騎を斬り落としながら駈ける。百騎ほどの集団が、敵中を駈け抜け、また戻ってくる。馬は疾駆で、敵中を駈け回った。一千騎が、束の間、乱れる。それから、三百騎ほどがベルグティを囲もうとした。

ベルグティの騎馬隊の馬は、まだ元気で、取り囲まれる前に、擦り抜けて駈け去った。

火矢が飛んできた。

「水だ。いいか、慌てずに水をかけろ。すぐには燃え拡がったりはしない。落ち着くのだ」

落ち着くのは自分だ、声に出して、言っていた。

それから、駈けた。火矢が突き立った家帳を指さし、大声をあげる。全部の家帳を見ると、また戻った。

敵が射るのは、十本のうちの一本が火矢のようだ。これならば、防げる。なんとか、火を消すことができる。

矢が、止まった。

またベルグティの隊が突っこんでいる。馬は元気だった。圧倒されたように、敵が割れた。敵の中から飛び出さず、ベルグティは百騎を大蛇のように長くして駈け回った。ひとしきり駈け続け、去っていく。

さらに二度、同じことがくり返された。ベルグティの隊の馬は、いつも元気だった。敵の馬は、明らかに疲れてきている。

陽が落ち、敵は後退していった。

「矢を集めろ。水を溜めろ。犠牲の数を、報告しろ」

ボオルチュは、叫んだ。

全体で、どれほどの損害が出ているのか。兵が十八名。鉤縄で引き倒された柵は、そこここだった。

「火を燃やせ。明るくして、柵を組み直せ。敵の損害の方が、ずっと多いぞ」

篝を燃やす余裕はなく、焦げた丸太などを燃やした。どこに隠れていたのか、女たちが出てきて、外の丸太を隙間から押しこんでくる。

とりあえず、一度は守り切ったのだ、とボオルチュは思った。一度できたことなら、二度、三度でもできるはずだ。

遠くで、馬蹄の響きがあがった。敵の兵馬を疲れさせる目的で、ベルグティが夜襲をくり返しているのかもしれない。元気のいい馬は、いるはずなのだ。

夜半に、カチウンが戻ってきた。ちょうど組み直している柵のところから、カチウンは砦の中に入ってきた。

「母上の御命令です。あちらは、いいそうです。避難の仕方は、私よりずっと心得ているからと」

なにか言おうとしたボオルチュを制するように、カチウンが言った。

「私にも、槍ぐらい突き出せます」

ボオルチュは、頷いた。いまは、全員で闘う時なのだ。

四

ただの魚の話、ということになった。そうした者がいたのだ。

兄は、魚一尾のために弟を殺し、出奔した。

兄のテムジンと、弟のベクテルは、歳の違わない兄弟だった。母が、違ったのだ。ベルグティは、ベクテルと同じ母を持っていた。そして、カサルと同じ歳だった。

魚ではないのは、みんな知っていただろう。

イェスゲイが死んだ後、ホエルンを中心としたイェスゲイ家の結束は固かった。そこに手を突っこんできたのが、タイチウト氏の有力な長のひとりだった、トドエン・ギルテだ。

テムジンの異母兄弟を、イェスゲイの遺児としてキャト氏の頂点に立たせる、というものだった。

トドエン・ギルテの申し入れに、兄が乗るとは信じられなかったが、乗っていた。さまざまなところで、テムジンに後れをとってしまう。それが、ベクテルの心を歪ませたのかもしれない。

ベクテルが殺された時、ベルグティは離れた場所にいた。だから、殺すところは見ていない。テムジンが斬り倒し、カサルが矢を射こんで止めを刺したのだという。

テムジンは、ひとりでベクテルを殺したことになり、南へ逃げた。

その時から、ベルグティの周囲に、トドエン・ギルテの使者が現われるようになった。カサルが、常にそばにいた。カサルがいなかったら、ベクテルと同様に、トドエン・ギルテに取りこまれてしまったのだろうか。そして、カサルに殺されたのだろうか。

カサルとは、いい兄弟として成長した、と思う。懸命に、母のホエルンを支えた。ホエルンは、自分が産んだ子と同じように、ベルグティを扱った。

ひたすら、兄のテムジンを待った。その思いの中で、カサルと鍛え合う日々を送った。あれが自分の青春だった、とベルグティは思う。思い返しても、悪くはないものだった。

兄が、戻ってきた。小さな、小さすぎる力しか持っていなかったが、ベルグティにとっては、とてつもなく大きかった。

カサルとともに戦に出たのは、兄が戻ってかなり経ってからだった。まだ幼すぎると言われてきた。

やがて戦に出ていて、百人隊を率い、そこで力をつけると、時には一軍を預けられるようになった。徐々にだが、兄は大きくなり続けてきたのだ。

七十四頭の、充分に休んだ馬が連れてこられ、鞍を載せ替えられていた。馬が元気がよかったから、敵の中を駈け回っても、二十六騎の犠牲で済んでいた。

兵たちには、夜明けまで二刻の休息を許している。眠っている者はいなかった。うずくまってじっとしていたり、小さな傷に布を巻いたり、涙を流したりしている者が目立った。みんな塩を舐め、水を飲み、石酪を口に入れている。

養方所で三名の従者と話をしていたら、敵襲の報が入った。その知らせは、養方所では、避難せよという言葉を残して通り過ぎていった。

ベルグティは、従者に具足と馬の用意を命じた。従者も、止めようとはしなかった。

全軍出動で、アウラガ近辺にいるのは、戦闘部隊ではなかった。ボオルチュが、指揮をしようとするだろう。それで、ボオルチュは死にかねない。

集まった兵は、三百数十騎。実戦の経験がある者は、みんな武器を執れない、馬に乗れない、という負傷をしている者たちだった。

敵は、一千騎である。闘い方を選ぶなどということが、ほとんどできなかった。なんとか、まともに馬を乗りこなせる兵を、百名選んだ。元気な馬が、三百頭以上いたのが、救いだった。

カサルでも、こういう闘いをするだろうか。

常に、一緒だった。ジェルメが一家の営地に現われた時、二人とも武術の稽古をつけられるのに、適当な年齢だった。何度も、死ぎりぎりまで追いこまれた。ジェルメを殺さないかぎり、二人とも死ぬのだ、と思った。

あのころを思い出すと、涙が滲(にじ)んでくる。

養方所の寝台に横たわっている時、くり返し思い浮かべるのも、あの時のことだった。カサルと二人で、死のうと思った。あれ以後は、いつでもカサルと死ねる、と思って戦に出たものだった。

病になった時は、ただ、見知らぬ場所に迷いこんだ、としか思わなかった。すぐにその場所は抜け、笑いながら迷路についてカサルに話すことを、想像した。しかし、躰は日に日に衰えていくだけだった。

抗(あらが)い難い魔物にむき合っていると思ったのは、営地で、躰がまったく動かなくなった時だ。仰むけに寝て、手と首が動かせただけだ。呪術師が何名も、祈禱(きとう)をした。そんなものは、なんの役にも立たないのだ、と寝たままベルグティは思った。

母やテムルンやボルテがやってきて、さまざまな薬草を飲まされた。兄も来て、北の洞穴の中の苔(こけ)から作る、褐色の丸薬をくれた。

どれが効いたのかわからないが、躰が動かせるようになった。しかし、元には戻らなかった。戦に行くどころか、ちょっとした調練にも耐えられなかった。

アウラガに養方所ができた時、自分を連れていってくれたのは、カサルだった。輿車(こしぐるま)などではなく、馬で行きたい、とベルグティは言った。ベルグティを見つめ、カサルは小さく頷いた。

養方所には漢人の医師と薬師がいて、その二人に、兄もベルグティを委ねようと思ったのだ。そしてあるところまで、ベルグティは回復した。

束の間だが、一日に一度、剣を振ることができた。しかしすぐに、また動けなくなる。そのくり返しだった。

敵襲の知らせが届いた時、寝たまま従者と喋っていた。躰に、一本、芯が徹(とお)ったような感覚があった。戦に出たりしたら、自分は死ぬだろう、と思った。そうやって、死にたかった。

このまま死ぬのかもしれない、と寝ている時、しばしば思ったものだった。死が、味気ないものとしか感じられなかった。

戦に出られると思った時、心が澄み渡った。これまで生きてきて、はじめて経験することだった。これは、カサルも経験していない、と考えることができた。病を得てから、カサルが体験した実戦を、ベルグティはまったく知らなかったのだ。

カサルに、自分の戦を見せられる。ベルグティは、そう思った。躰の隅々まで、しっかりと気力が巡った。

練度の低い兵だが、よく闘えた。馬が元気なので、夜襲をかけることもできた。敵の兵力を落とすほどではなくても、長駆してきた敵を、さらに疲れさせることはできたはずだ。

そしていま、夜が明けようとしている。

敵は、きのうと同じ闘い方はしてこないだろう。そこそこ、骨はある軍だった。

どういう闘いをしてこようと、ひたすらアウラガを守るしかないのだ。そのための、闘い方をするしかない。

救援の軍はすでに進発しているので、時を稼ぐというのも大事なことだった。

「敵が、動きはじめたようです」

従者が寄ってきて言った。

斥候（せっこう）を出す余裕はなく、狗眼の者に代りを依頼してあった。百人隊が、九つで動きはじめた、という知らせだった。

空が、いくらか明るくなりはじめている。

「乗馬」

ベルグティは命じた。

あと一日。その間だけアウラガを守り抜けば、明日は救援の軍が到着するはずだ。

百人隊が、包囲するように拡がって近づいている、という報告が入った。

見えた。敵は、砦を攻めることはしばし待とうとしている。砦の外で、うるさく駈け回る騎馬隊を、まず殲滅（せんめつ）させる作戦のようだ。

ならば、逃げて逃げまくる。敵の馬も元気を回復しているはずだが、一頭だけだ。こちらはひとりあたり、三頭いるのだ。

途中で、その差は出るだろう。

見えてきた。百人隊が九つ。包囲の輪を縮めてくるのは、さすがに壮観で、兵たちがのまれたようになるのがわかった。

ベルグティは、一番近い百人隊にむかって、従者と四騎で駈けた。本隊の七十騎には、待機を命じてある。

近づいてきた四騎に、百人隊はいくらか戸惑ったように、一拍遅れて対応の構えをとった。ほんのわずかの、毛ひとすじが通るような隙。ベルグティは、なにも考えず突っこみ、五騎を斬り落とした。従者も、それぞれ一騎を斬り落とす。

それからゆっくり馬首を回し、自陣へ戻った。自陣から、声があがった。のまれたところから、兵は戻ってきていた。

「よし、駈けるぞ。しばらくは剣を合わせるな。駈けることだけを考え、自分で自分の命を守れ」

ベルグティは、馬腹を蹴った。敵に背をむけるのではなく、正面から突っこんだ。

その動きは、一瞬敵の意表を衝き、駈け抜けるべき道筋を見きわめる、わずかな余裕をベルグティに与えた。

三つの百人隊を縫うようにして、疾駆した。四つ目と、ぶつかった。正面の二騎を、ベルグティは鐙(あぶみ)に立って斬り落とした。突き抜ける。突き抜けた先にも百人隊がいるので、横へ移動した。百人隊がひとつ、絡みついてくる。それと併走するように、疾駆する。敵の馬も、いまのところは元気がいい。

同じ方向に駈けながら、ぶつかり、弾き合う。戦場から一隊だけ離れるのを嫌ったのか、途中で止まり、引き返した。

砦は、攻められていない。二面作戦の兵力の余裕を、敵は充分に持っているが、とにかく騎馬隊を潰そうとしてきている。

ベルグティは、端にいる百人隊をかすめるようにして、疾駆した。

そのまま停まらず、木立の中に入った。馬を替える。木立を出るまで、馬を曳き、それから乗った。

六十数騎に減っている。三騎いた従者の、一騎の姿はなかった。

同じように、駈け回った。敵は、ベルグティひとりに、的を絞って攻めかかりはじめている。望むところだった。ぶつかる敵は、斬り落とした。肩と腿に剣を受けたが、動きは妨げられていない。

馬が疲れるまで疾駆を続け、ぶつかり、かわし、突っこんだ。馬が疲れてきたので、疾駆したまま戦場から離れ、元気な馬に替えた。

もう、兵は五十騎もいなかった。いや、まだ五十騎もいる、と考えるべきだ。

「俺が死んだら、おまえたちが順番に指揮を執れ。とにかく、砦を攻めさせない。それだけを考えろ。最後の一兵までだ。しかし、その前に、救援が来るはずだ」

従者二人にむかって言った。

「殿、信じられないような戦を、されています。お元気な時と、お変りない指揮です」

「いろんな薬を飲まされた。しかしな、ひとつわかったことがある。戦が、最上の薬だったのだ」

それでも、躰のどこかが、壊れている。外からは見えない内側が、少しずつ壊れている。それは、斬られた傷よりも、よほど重いものだと感じられた。

「行くぞ」

駈ける。兵はみな、血で赤く染まっていた。

よく、ここまでもった。それは、本気で思った。はじめに集めた時は、失望というより諦めに近いものがあったのだ。

前方から突っこんでくる百人隊を避け、右方向へ駈けた。そこにいた百人隊とぶつかり、弾き合うように分かれた。

ベルグティは、馬上で大きく息をついた。躰の中で、なにかが壊れている。破れている。

「駈けるぞ」

三十数騎に減っている。いまのぶつかり合いで、それほどの兵を失ったのか。

三十数騎で百騎にぶつかれば、思う以上に犠牲は多くなる。しかし、どうすればいいのか。砦の外が潰滅（かいめつ）してしまえば、砦を落とすのは、それほど難しくない。

ボオルチュが心血を注ぎ、それに兄は自らの将来をかけている。それが破壊される。

許せるのか。許せないなら、なにができるのか。

敵。迫ってきた。後方からも。すでに、逃げる余裕はない。何騎、倒せるのか。何騎倒して、死ねるのか。

前方。百騎。それが不意に膨れあがり、二百騎になり、五十騎になった。

ベルグティは、それを見た自分の眼が、信じられなかった。百騎に、五十騎が不意に襲いかかり、五十騎ほどを倒し、残りの五十騎を追い払った。部下たちは、それすらも見きわめていないだろう。

　後方の敵が動こうとした。後方からもまた、見えていなかったのだろう。鉦が打たれ、敵は退がった。そしてひとつにまとまった。八百騎近くはいた。

「おい、いいか。俺はテムジン軍の雷光隊、ムカリだ。俺が来た以上、おまえたちは退いた方がいいからな」

　大音声だった。戦場は、一瞬、静まり返った。声は砦にも届いたようで、声があがっている。

　ムカリは、ベルグティに近づいてきた。

「ベルグティ殿、俺は抜け駈けの救援です。つまり雷光隊だけです。救援軍の本隊も出動していますが、まだいくらか時がかかるようです。俺は、駈けながら、狗眼の者たちから、そんな報告を受けています」

「そうか、まだ時がかかるのか」

「俺は、タイチウト軍が一千増えていると聞いて、いやな気がしたのです。ただ、なんの確証もありませんでした。遊軍として、命令を受けずに動いているのでなければ、できませんでした」

「助けられたよ、ムカリ」

「ジャムカ軍は、少しだけ俺をこわがっているかもしれません。しかし、さっきみたいな闘い方は一度きりで、もうできません。救援が五十騎だということは、すぐに気づくはずです」

「わかった。もうひと踏ん張りだろう。お互いに、敵中を駈け回ろうか。俺の隊だけだと無理があったが、二隊いれば、敵を乱すことぐらいできそうだ。そうやって、いくらかでも時を稼ごう」

「ベルグティ殿が、駈けてください。馬は元気なのですから。駈けるだけで、敵とはぶつからないようにしてください。ベルグティ殿を追う敵を、俺が襲います」

「ぶつかる時は、ぶつかってしまう」

「それでも、ぶつからないでください。いま生き延びている者たちは、なにをやっても殿の役に立ちますよ。そんなやつらを、むざむざ死なせないようにしましょう」

「そうだな。そう努める」

ひとつにまとまった敵が、少しずつ接近してきた。救援の軍は、五十騎の雷光隊だけだ、と見きわめたのだろう。

「ボオルチュ殿には、こちらが見えていると思います。こちらの兵を収容する出入口ぐらい、開けられますよ」

「ムカリ、死ぬなよ」

ムカリが笑った。次の瞬間、ベルグティとムカリは、反対の方向に駈けた。

「知らなかったんですか、ベルグティ殿。俺は、不死身なのですよ」

ベルグティは、ただ駈け回った。

追ってくる。しかし、追いつかれはしない。

背後に、息遣いさえ感じそうな近さにいる敵が、襲いかかってくることはない。ムカリの隊が、横から崩してしまうのだ。

時として、ぶつからざるを得ない。その時は、正面を避けて、いなす動きをする。

それでも、三騎、四騎と失った。四刻ほど駈け回って馬を替えたが、ベルグティは焦りはじめていた。このままでは、全滅するしかないのかもしれない。

ムカリの隊は、ほとんど兵を失っていないように見えた。実戦部隊の中でも、最も精強な隊のひとつだろう。ベルグティが率いている兵は、実戦部隊ですらないのだ。

「こっちへ」

ムカリが、導くように駈けた。

砦へむかっていた。自分を呼ぶ声。丸太を組んだ櫓の上。ボオルチュ。

「ベルグティ殿。救援の軍が、あと二刻で到着します。指揮はジェルメ殿。ベルグティ殿は、もう砦に入ってください」

「あと二刻、俺は闘える」

「ベルグティ殿は、そうでしょう。部下はもう、死域(しいき)に入っています。このまま駈けさせると、死ぬまで駈け続けます」

ベルグティは、部下を見直した。すでに、十七、八騎だ。そして、表情のない眼をしていた。

砦の柵の一カ所が、開けられた。

「砦に入れ。よく闘ってくれた」

部下が砦に入り、従者が二騎残った。

「おまえたちもだ」

「なにを言われます、殿。ここで生き延びたら、軍の中で笑いものですよ」

ムカリの隊が、敵を二つに割って駈けるのが見えた。ベルグティの隊がいないので、思うように動けるようだ。

「俺らは、雷光隊の邪魔にはなりません。行きましょうか、殿。たった三騎ですが、ベルグティ軍です」

「わかった」

敵にむかった。待て、待ってくれ、と叫んでいるボオルチュの声が聞えた。

ベルグティはふり返り、ボオルチュに一度笑ってみせた。ボオルチュが、息を呑むのがわかった。

ベルグティは、馬腹を蹴った。躰の中で、なにかが壊れ続けている。

病の床で、そのまま死んでいくはずだった。それが、闘っているのだ。戦場に立ち、剣を構えている。なんという、幸福なのだ。

敵に突っこむ。

カサルとともに、生きた。それから、兄とともに生きた。兄は非凡だったから、普通では考えられない経験を、たえずさせてくれた。そうやって生き、病みはしたものの、いまそうやって死のうとしている。

面白かった、とベルグティは思った。敵を斬り落としながら、いまも面白い、と思った。

なにかが、大きく壊れた。躰から、命のすべてが流れ出していく、と感じた。

面白かった、と呟こうとした。

五

丘に登ると、兵が充満した黒林（カラトン）の原野が見えた。

それを見るために、ジャカ・ガンボは三度、丘に登った。見ると言っても、とても両軍の陣構えなど見ることはできず、ただ無数の兵馬を眺めるだけだ。

これだけの軍が戦をはじめたら、どういうことになるのか。数万と数万が、ほんとうに全力でぶつかり合うことができるのか。

ケレイト軍が、全軍戦場に到着したのは、三日前だった。一日に一度、ジャカ・ガンボは丘に登っていることになる。

草原の覇権を決定づける戦だ、という強い自覚があるのか、三万五千の全軍をトオリル・カンは自ら指揮していた。テムジン軍を合わせると、四万四千に達していた。

直接の指揮と言っても、アルワン・ネクの本隊三万騎、ジャカ・ガンボの禁軍千五百騎は変らず、三千五百騎を直接指揮下に置いているかたちだ。

これだけの軍を、どうやって指揮すればいいか、ジャカ・ガンボにはわからなかった。禁軍千五百の指揮がいいところだと思っていたが、三千五百騎は禁軍に加えられ、禁軍五千騎となった。ついさっき、それを申し渡された。

ジャカ・ガンボは五千騎の指揮だが、実際にはトオリル・カン自身で指揮するつもりらしい。

ジャカ・ガンボは、それでいいと思いこもうとした。トオリル・カンは、戦についての経験は豊富で、勝ち負けの機微もわかっている。

時として驕慢に見えるが、それだけではなかった。トオリル・カンの性格を考えると、わけがわからず、結論も出せない。

いつも、トオリル・カンの一面だけを見て、ジャカ・ガンボは生きてきた。その一面でさえ、色濃くなったり褪せたり、ほんとうのものは見えはしないのだ。いや、ほんとうのものは、どこにもないのかもしれない。

ただ、ジャカ・ガンボには、はっきりと自覚できてきた。

トオリル・カンを、嫌いなのだ。好きではない、という程度のものでなく、はっきりした感情としてそれはあった。

怯え続けて、生きてきた。有力な兄弟は、みんな処断された。忠実な弟でも、いつ疑われるかわからなかった。戦にだけ関心がある弟。そう装ってきたのか、ほんとうの姿なのか、自分でもよくわからなくなっている。

対峙している敵は、メルキト軍が二万八千、ジャムカの軍が一万二千だった。

後方から、タイチウト軍が進軍してきていて、その一万二千騎を加えると、敵は大軍だった。

しかし、これだけの軍になると、兵力がそのまま勝敗に繋がるとも思えない。テムジンとの連合が強固なのと較べて、ジャムカを頭とする三者連合は、ほんとうにひとつにまとまっているのか。

　ジャカ・ガンボは、単騎で丘を降り、十騎の従者と合流して、陣へ帰った。

　トオリル・カンのもとには、顔を出さなければならない。戦闘がまだはじまっていないので、それが義務のようなものだ。

　できればアルワン・ネクとともに顔を出したかったが、トオリル・カンはそれをおかしなことと考えるかもしれない。

　いつ開戦なのか、読めなかった。

　動きらしい動きがあるのは、テムジンとジャムカで、一触即発という感じはないものの、小競り合いは続いているようだった。

　トオリル・カンのもとに行った。

　禁軍とともにいるので、アルワン・ネクほど遠い距離を行く必要はない。

　トオリル・カンは、天幕だけ張った本陣で、腕を組んでじっとしていた。きのうも、同じ恰好だった、とジャカ・ガンボは思った。

「どこかで、アインガの足を掬いたい」

　眼を閉じたまま、トオリル・カンが言う。

「難しいと思います、陛下」

「ほう、どこが」

「二万八千の大軍の中にいて、しかも指揮はジャムカです。自らの意志では動きません」

「そんなことは、わかっている。アインガが、わしと接近している、とジャムカに思わせればいいのだ」

「言われている意味はわかりますが、どうやればいいのか、方法は思いつきもしません」

「おまえなら、そうかもしれんな」

足を引っ張るより、どうやって勝つか考えるのが先だろう、とジャカ・ガンボは思ったが、口には出さない。トオリル・カンのやり方は、ただアインガの足を引っ張る、というだけのものではないはずだ。

「鳩は、持ってきているか？」

「はい。禁軍に八羽」

「ならばそれを、忍びに持たせて、八羽同時に放て。足に、赤い布を巻いてだ」

赤は、ケレイト王国の色だった。

「わかりました。そうします。しかし、鳩はこちらに帰るわけではありません。宮帳の近くの鳩小屋へ戻るのです」

「わかっている。それでよいのだ。わしは、鳩の通信など、もともと信用しておらん」

「では、ただちに実行します」

「鳩が飛んだ一刻後、前進し、開戦とする。セングムの百人隊が、まず進む。アルワン・ネクの軍の五千が先鋒だが、セングムは先頭に立たせよ」

「俺が、そばについていたい、と思うのですが」

「おまえは、わしの命令に従え。開戦後は、大きく動かなければならなくなる」

「そうですか」

「はやく、鳩を飛ばせ」

「前から、そう考えておられたのですか？」

「いや、おまえの顔を見て、思いついた。開戦の合図にちょうどよい。ジャムカが、束の間、意味を考えなければならないことでもある」

「メルキト軍に、物資を運びこむ隊がいるようです。忍びは、それに紛れこみ、できるかぎり軍の中央近くから、鳩を放させます」

「出動した以上、押しに押すぞ。タイチウトのタルグダイが追いつく前に、ある程度、敵の陣形を崩すのだ」

「テムジンにも」

「本隊が動くのだ。テムジンも動くに決まっておろう」

言われればそうだが、出撃とぐらいは知らせるべきではないのか。

鳩を飛ばせと言いながら、そのまま押しに押すというのも、ジャカ・ガンボには考えられないことだった。

いつも本陣のそばにいる、忍びの頭に鳩のことを伝えた。

「陛下、一刻で飛ばせると申しております」

敵との距離は五里。さらに後方へ回って鳩を飛ばすのに、一刻あれば充分だという忍びの言い方も、ジャカ・ガンボにはわからなかった。

どうやったのかわからないが、実際に一刻で鳩が飛んだ。八羽が飛び立ち、五羽が射落とされたという。

前進の命令が出た。

ケレイト軍の赤い旗が、方々で掲げられた。

トオリル・カンの合図で、禁軍五千も動きはじめる。

正面からぶつかる、というかたちだった。いまはそれでいいのだ、とジャカ・ガンボは思った。実戦がはじまれば、自分の屈託などきれいに消えてしまう。

戦だけが、自分の望みだと、トオリル・カンに言い続けてきた。実際、戦場に立つと、どこか解放されたものだった。

ただトオリル・カンから解放されたかった、というだけだったのではないか。ほんとうに戦が好きだったのかどうか、自分でも首を傾げたくなる時がある。

全軍が、前進している。もう先鋒は敵とぶつかっているころだが、衝突の気配はまだ伝わってこない。

伝令が来て、トオリル・カンに呼ばれた。

「三千騎を率いよ、ジャカ・ガンボ。そして、メルキト軍を二つに割れ。アインガは、動じない男だぞ」

もうわずかで、ジャムカとぶつかる。ジャムカと闘うべき位置だ。

「メルキト軍を、二つに割ります」

もう戦場だった。命令は、単純に命令で、絶対に従わなければならないものだ。

千人隊を三つ、トオリル・カンから離した。

アルワン・ネクの本隊は、すでにメルキト軍と激しくぶつかり合っていた。

押しているかどうか、微妙なところだった。アインガは軍をいくつかに分け、小さくかたまっている。アルワン・ネクは、それがいきなり開くことを、警戒しているようだ。

いきなりでなければ、開いたところで大した脅威ではない。

ジャカ・ガンボはメルキト軍の側面に回り、一千騎ずつで突っこみ、敵中でひとつにまとまった。それだけで、メルキト軍はかなり乱れている。さらに三千騎で駈け回ろうとすると、三百騎ほどが前方を塞いできた。

緑色の、トクトアの旗。いや、いまはアインガの旗だ。

アインガが、わずか三百騎で、三千騎の自分と対しようとしている。

ジャカ・ガンボは、とっさに馬腹を蹴りつけていた。アインガは、動かない。首。奪れるはずだ。無防備に近いではないか。

しかし、横から衝撃が来た。五百騎ほどだが、すぐに次の五百騎が来た。左からだけだったのが、右にも来た。アインガに届く前に、包囲される。

ジャカ・ガンボは、三千騎をひとつにまとめ、右にいた敵を突破して、駈けた。

次々に、千人隊が絡みついてきては、離れていく。そのたびに、五十騎ずつぐらいは減った。

どこまで駈けても、メルキト軍がいる、という感じがする。

ただ、メルキト軍全体は、ケレイト軍の本隊にむかっている。

ほかの戦場がどうなっているのかわからなかったが、どちらかが大きく押されているということはない。

ジャカ・ガンボは、部下を二つに分けた。

千五百騎を、下に置く。これが、いつも指揮している禁軍である。残りの半分は、草原のどこかから、参集してきた兵である。やはり脆弱(ぜいじゃく)なところがあり、すでに千三百騎ほどに減っていた。禁軍千五百騎は、ほとんど減っていないように見える。

千三百騎を、先に駈けさせた。その隊は、敵に一度ぶつかるだけでいい。ぶつかった瞬間に、後方の禁軍が、側面から襲いかかる。それで崩すことができた。

午(ひる)を過ぎたころ、ケレイト軍の動きが止まった。押されているのではなく、止まったのだ。そこに、ジャカ・ガンボは異変を感じた。

「本陣へ戻るぞ。疾駆する。絡んでくる敵がいても、気にするな」

駈けた。馬が潰れるのは、少し先だろう。疾駆する騎馬隊を、敵は通すという構えでいた。あまり激しく、攻撃はしてこない。

突き抜けた。前方にいるのは、ケレイト軍だ。ただ、アルワン・ネクの姿がない。そしてケレイト軍の構えは、完全に受けとしか思えなかった。受けの構えに突っこむと、犠牲は多くなる。

敵はそれを警戒し、距離をとっているようだ。

ジャカ・ガンボを認めると、防御の構えが、騎馬隊が通過できるだけ空けられた。

ジャカ・ガンボは、後方にむかって疾駆を続けた。

アルワン・ネクの姿があった。トオリル・カンが、馬を降り、地に座りこむのが見えた。それでも、トオリル・カンは無気味に笑っていた。

「ジャムカだ、ジャカ・ガンボ」

アルワン・ネクが言う。

「たった四百騎で、本陣を衝いてきた。千騎ほどが討たれたが、ジャムカの剣は陛下に届かなかった」

「テムジンは？」

「タイチウトのタルグダイが到着して、後方から戦場に躍りこんできた。テムジン殿がそれを受けなければ、陛下は挟撃の中に立たれたと思う」

ジャムカとタルグダイの間に、申し合わせがあったのだろう。三者の連合は、野合などではなく、ずっと堅いものがあるのかもしれない。

「戻ってきたのか、ジャカ・ガンボ」

トオリル・カンが、地に座りこんだまま言った。

「遅くなりました」

「なんの。南へ下がる。おまえを敵中に残していかなければならぬかもしれぬ、と考えていたところだ」

「南へ、ですか、陛下？」

「まだ戦は続いている。テムジンに、全軍南へ下がる、と伝令を出せ」

　アルワン・ネクが、素速く動いた。

　いま南へ下がることが正しいのかどうか、ジャカ・ガンボには判断できなかった。

　アルワン・ネクは、それが正しいと思っているようだ。次々に部下に発している命令で、そうだとわかる。

「俺はもう、陛下のそばを離れませんよ」

「まったくだ。二千騎の半分が討たれれば、わしは自分の首の守りようがなかった。アルワン・ネクが駈けつけてこなければ、死んでいたな」

　喋りながら、トオリル・カンはやはり笑っていた。

「陛下、いつでも南へ移動できます」

「おまえに、殿軍（でんぐん）をやって貰わなければならん、アルワン・ネク」

「これは撤退ではなく、移動です。したがって、殿軍などはおりません」

「そうか。この移動は、おまえに任せよう、アルワン・ネク。ジャカ・ガンボ、いつもの禁軍で、わしを守れ」

　まだ座ったままなので、ジャカ・ガンボはそばに行ってトオリル・カンを立たせた。

「腰が、抜けたのだな」

「陛下、休まれていただけです」

「それにしても、ジャムカは小気味よかった。あの兵力で、こちらの一千騎を討ち、残していった屍体は五つだ」

トオリル・カンは、まだ笑っている。

ジャムカにとっては、乾坤一擲の勝負だったのだろうか。だとしたら、トオリル・カンは生きているので、ジャムカの試みは失敗である。

しかしジャムカは、もっと気軽に、機会と隙があったので動いた、というだけのことのような気がした。

「タイチウト軍のタルグダイは、わしを先頭で襲おうとした。テムジンが横槍を入れてこなければ、こっちの方も危なかったな」

馬に乗せても、トオリル・カンは笑っていた。

軍全体は、南へ進んでいる。

どこも乱れていないので、敗走という感じも、撤収という感じすらもない。

夕刻になり、陽が落ちても、軍は進み続けた。夜の間の移動は、兵や馬の体力を、昼間ほど奪わない。しかも、もう砂漠になっているので、斥候さえ出していれば、伏兵の危険もない。

夜明けに、川に到着した。

兵馬が水を飲むには、充分な水量があった。周辺には、草も木立もある。馬は、水を飲ませ、塩と秣を与えただけで、鞍は降ろさなかった。

陽が高くなった。

「はじまります」

アルワン・ネクが来て言った。

「八刻が、限界であろう。ジャムカが、やはり先頭か？」

「いえ、タルグダイです。それにアインガが続き、ジャムカは離れたところにいます」

トオリル・カンが、眼を閉じた。

戦は、はじまっている。それも、南にむかって動き出した時から、はじまっていたのだ。細かい敵の配置も、アルワン・ネクは把握しているのだろう。

「俺も」

「陛下のそばにいてくれ。ジャカ・ガンボがいるとなると、ジャムカも気軽に奇襲などはかけられない」

どういう闘い方をするのかも、ジャカ・ガンボは聞いていなかった。

移動中、トオリル・カンとアルワン・ネクは、馬を寄せてしばしば喋っていた。そこで、ジャカ・ガンボの役割は、トオリル・カンの警固ということに限定された気配がある。

アルワン・ネクにひと言、なにか言ってやりたかったが、ただの愚痴になりそうだった。

従者五騎ほどで、テムジンがやってきた。

「俺の眼の前は、アインガですね」

「大軍であることに、それほど意味はないぞ、テムジン。しかし、アルワン・ネクとよく打ち合わせておけ」

「御意」

それからテムジンは、ひとしきりアルワン・ネクと喋っていた。

「よう」

帰り際に、ジャカ・ガンボに話しかけてくる。

「散開できるだけ、小部隊で散開する。トオリル・カンも、非凡な戦を思いつく。おまえが、トオリル・カンを守り抜けるかどうかが、勝負になるのだが」

禁軍千五百騎である。ジャカ・ガンボは、はじめて自らの任務を知った。改めて言われなくても、もともとある任務だ。

「犠牲は、出ているか、テムジン?」

「弟が、死んだよ。ここの戦場ではないのだが」

「ベルグティ?」

「そうだ。俺を、これからの俺を生かすものを、ジャムカ軍の攻撃から守り抜いて死んだ」

テムジンとジャムカの闘いは、ここだけではないのだろう。

「俺は、陛下を守り抜くぞ、テムジン」

テムジンが笑い、馬に乗った。

それから行われた戦は、ジャカ・ガンボに耐えることだけを強いた。時折、そばの丘に百騎ほどの敵が見えたが、すぐに姿を消した。

五百騎ほどが襲ってきた時は、両側から挟み、トオリル・カンの前で、全員処断した。タイチウト軍の兵で、闘うほどのこともなかったので、ジャカ・ガンボは処断と言い続けた。

砂漠の戦がどうなっているのか、その趨勢を自分で見たわけではない。トオリル・カンへの注進をそばで聞いていて、知るだけだった。ただ、そうしている方が、全体の戦況は正しく把握していられる、という気もする。

砂漠で、拡がりに拡がった戦をすると、タイチウト軍に弱味が出るようだ。百人隊になった時、決断が遅い。馬の差を、まともに出してしまう。

そんなことがわかったのは、砂漠の戦が三日目に入ったころだ。

戦死は、両軍それぞれ、三千単位で出しているようだ。

四日目に、両軍は退き、距離をとった。ほぼ十里である。

そこで、それぞれに陣を組み、野営ができる状態をとった。

ジャカ・ガンボは、ぎりぎりの情況になれば、トオリル・カンが、その歴戦の知識を総動員して、あなどり難い戦をするのだ、ということを知った。

草原がこれからどうなるのか、金国も西遼も、戦に加わってこなかったすべての部族も、じっと見つめているのだろう。

十里の距離を置いた対峙が、いつまで続くのかはわからない。

覇者は

一

大軍が対峙し続けているのも構わず、遊牧の民は夏の牧草地に移動し、それもほぼ終了した。対峙は、ひと月半に及んでいる。対峙を解こうとした方が、追撃を受けるというようなことではなく、お互いの意地のようなものがかかっているのだ、とテムジンは思った。

ジャムカの別働隊が、アウラガを襲った。それについては、深い悔悟しかない。アウラガが潰滅すれば、五年後退したとテムジンは思っていた。守兵と呼べるほどのものは、置いてこなかった。草原の戦で勝負がつく、としか考えていなかったのだ。

ボオルチュが、周辺にいた兵をまとめたようだ。どこか負傷していて、戦に出られない者が多かったはずだ。

そこへ出てきたのが、ベルグティだった。

病で養方所にいて、快癒することはないだろうというのが、医師の桂成の見立てだった。それが見立て違いだと、テムジンは思わなかった。営地から養方所へ移すと、多少元気にはなった。しかし、瞳の色が薄くなったような感じで、伝わってくる強い命もなかった。

しかしベルグティは、養方所を出て、アウラガにいる兵をまとめたのだ。

常に、馬と具足が用意してあったというのが、テムジンの胸を圧し潰した。

ベルグティは、巧妙に闘っていた。しかしわずかな兵力で、潰えるしかないという時に、なぜかムカリの雷光隊が現われた。

ムカリは、勘に従って、遊軍の自由さを利用してアウラガへ駈けたのだ。

ベルグティが死んだのは、テムジンが急行させたジェルメの救援軍が到着する、二刻前だったという。

仮の砦とした柵の中に部下を入れると、従者と三騎で敵へ突っこんだ。駈ける前に、ふりむいてボオルチュを見、笑ったのだという。死ぬために駈けたのだ、とテムジンにはわかった。砦の中に入っても、ベルグティはそのまま死んだだろう。

駈ける時、すでに死んでいた。死んでも駈け、闘えるということが、テムジンにはなんとなくわかる。

守兵を二百騎残して戻ってきたジェルメは、報告しながら涙を流していた。カサルもテムゲも泣いたが、テムジンは泣きたいとは思わなかった。

ベルグティは、生きた。生きて、生ききって、これ以上はない、という死に場所を得たのだ。養方所の寝台で死んだとしたら、テムジンはその無念さを思って、泣いたという気がする。

馬を駈けさせていた一千騎が、戻ってきた。

一日に、三千頭の馬は、駈けさせる。引き馬となるものは、コデエ・アラルのハドの牧から来ている者たちが、裸のまま数刻駈けさせる。そうやって、馬の力が落ちないように努める。

「殿、ヌオ隊長が自ら作ったという強弓（ごうきゅう）が、補給の物資の中にありました」

クビライ・ノヤンが、ほかよりいくらか大きい弓を持ってきて言った。

「俺に送ってきたんですよ、多分。矢も、重たいのが三十矢、ひと束になって」

「試したのか」

「距離もですが、矢そのものの威力が、ほかと較べものになりません。楯（たて）の一枚ぐらいは、突き破ってしまいますね」

「このところ、おまえの強弓を見ていないな」

「あんな、砂漠の戦じゃ、弓矢の出番はありませんから」

ひと月半前、砂漠で闘った。それも百人隊が、ほとんど無数と感じてしまうほど、砂漠に散って、遭遇戦のようなことをやったのだ。砂丘をひとつ越えると、百人隊と遭遇する。敵だと闘い、味方だと離れる。百人隊が四つ五つ絡み、複雑な情況になることが多かった。

戦場が極端に広くなり、運まかせのような動きになった。

テムジンは、アウラガの工房で作らせた笛を、百人隊長に持たせた。それで、テムジン軍が野放図に拡がってしまうのを、避けたのだ。

ケレイト軍は、そういう戦の調練をしてきたのか、うまく動いていた。

砂漠で、そんな戦をはじめたのは、トオリル・カンだった。ジャムカもアインガもタルグダイも、それに乗ってきた。

結局、どちらが優勢なのかもわからないまま、再び草原に出て、ここで膠着しているのだ。

「大きく、ぶつかると思うぞ。なにか一石投じられたら、全体が動く。両軍とも、そんな状態さ」

「殿が、投じるわけではないのですね」

「俺は、待ってるよ」

「せめて十矢ぐらい放って、敵も味方も驚かせてやりたいものですよ」

「弓矢か」

草原の戦は、ほとんど騎馬が闘うので、弓矢も馬上で遣うことが多かった。クビライ・ノヤンは、騎射の名手でもある。

「この戦、どんなふうに見ておられます、殿は？」

「うむ。ジャムカもアインガもタルグダイも、戸惑うことが多いのだと思う。トオリル・カンのやり方は、定石を無視し、ほとんどわがままのように思えるだろうからな。あの三人は、揃ってすべてについて真面目なところがある」

「トオリル・カンは、気紛(きまぐ)れに戦法を急変させるのですか？」

「気紛れに見えるだけだろう。トオリル・カンの頭の中では、きちんと整っているのかもしれない」

「まるで、他人事のようですね」

「俺まで真面目になると、うちの兵たちは困るぞ。ケレイト軍は、こんなトオリル・カンに慣れているだろうから」

「トオリル・カンの闘い方は、それなりに深いものですか？」

「経験に、裏打ちされている。特に、負けた経験だろうな」

「はやく、はじまって欲しいです。兵は遊牧地に帰りたがっている者が、結構な数、いますから」

　陣には、天幕がひとつ張ってあり、テムジンの旗が立てられている。それぐらいしないと、この大軍の中では、テムジンの本陣がどこなのかも、わからなくなる。

　テムゲが、テムジンの麾下百も加えた三百で、駈けている。自分の脚で駈けるとしたら半日で、引き馬も入れたら九百に達する馬を駈けさせるには、丸一日かかる。馬の方は、コデエ・アラルからきている、ハドの部下たちに任せているのだろう。

　テムジンは、陣の中を歩き回った。従者を二人連れているだけなので、テムジンと気づく者は少ない。気づかれても手で制して、直立しようとするのは押し止めた。

　腕の傷の布を、巻き直そうとしている兵がいた。傷口は塞がっているようだが、動かしても開かないように、きつく縛りたいようだ。

テムジンは近づき、しゃがみこんで巻くのを手伝ってやった。はじめから、緩まないように、しっかりと巻いた。

「すまねえな。砂漠でやられた。俺は腕だが、相手は死んだぜ」

左腕で相手の剣を受け、右手で突いたのだろう、とテムジンは思った。

肩を一度叩き、立ちあがって従者の方へ行った。

兵たちは、思い思いのことをしている。それはテムジン軍だけでなく、ほかも同じなのだろう。具足の修理をしながらも、心の半分は戦へむかっている。寝そべって空を眺めている兵も、剣は抱きしめている。

カサルとテムゲが、並んで寝そべっているのが見えた。丘の、わずかな斜面である。芽吹き、伸びかけた草が、二人を包んでいる。

「兄上」

近づくと、カサルが上体を起こした。テムゲも、慌てて起きあがった。

テムジンは、二人に並んで腰を降ろした。

「戦の話も、飽きたという顔だな」

「人生について、語っていたのです」

テムゲが言う。

「ほう」

「ベルグティ兄の人生が、幸福だったかどうか」

「それで、どういうことになった？」

「カサル兄は、幸福だったと言うのです。語り草になるような戦死をして、楽になったのだと。俺は、ベルグティ兄はもっと生きたかった、と思っています」

「難しいが、おまえの考えは、いつも率直だな。そのあたりは、おまえのいいところだ」

「ベルグティは、養方所の寝台で息を引き取るなどという死にざまでなく、戦場で死んだのだ、テムゲ。俺は、ジェルメ殿の話をみんなで聞いた時、兄上だけが泣かなかったのを見た。生きされてよかったな、と兄上は思われたのさ」

「二人とも、ベルグティの話はもういい」

「戦の話をすると、なにか全身の肌が、おかしな状態になるのです、カサル兄も。鳥肌が立つというのですかね」

「俺もだよ」

「兄上も。また戦が、近づいている、ということでしょうか」

「みんなが、そんな状態になる。すると、些細(ささい)なことが起きても、それが些細なことで済まなくなる。そんなふうに戦が起きることも、あるという気がする」

　情報の探り合いなど、活発に行われていた。しかし、細かいところの動きは、表層を撫でるだけのようなものだった。

　大軍が二つ、腰を据えて対峙してしまっている。膠着を破るのは、多分、情報などではないだろう。

小さな事件が起きた。

脱走した五名の兵士を、ケレイト軍が三十騎で追っていた。追いついた時、敵の斥候隊二十騎とも遭遇した。脱走兵が敵に頼るように動き、三十騎は脱走兵とともに、敵の二十騎のうちの十七騎も討ち果したという。

それで、敵の百騎での追跡があり、三十騎のうちの二十六騎が討たれた。

「ここだな。こんなところだ。全軍、出動準備」

テムジンは命じた。起きることは、なんでもよかった。互いに、剣を抜いた。それだけでなく、斬り合った。

容器に溢(あふ)れかけていた水に、さらに一杯の水が足されたようなものだった。水は、こぼれたのだ。誰かが容器を蹴飛ばし、水はすべてぶちまけられる。

容器を蹴飛ばしたのは、ジャムカだった。

ケレイト軍の二百騎を、四百騎で蹴散らし、前衛を半里ほど押しまくって去った。その時、アインガは動きはじめていた。タルグダイも、引きずられて動くはずだ。

トオリル・カンからは、相変らずなんの通達もなかったが、テムジンは先鋒を前進させた。

まだ、正面からぶつかり合ってはいない。しかし、草原が動きはじめたのだ。

「まず、矢を合わせることになるんですかね、兄上」

そばにいたテムゲが言う。

「決めつけるなよ。相手はジャムカだ。意表を衝く動きも、しかねない」

丘を、ひとつ越えた。越える時、草原全体を覆い尽している、軍の姿が見えた。

「横へ回ってきます、ジャムカの四百騎が」

「わかっている。気にするな、テムゲ。クビライ・ノヤンに伝令。前へ出よ」

ケレイト軍は、テムジンの前を行くぐらい、速い前進をしていた。先鋒の中に、アルワン・ネクがいるのか。ジャカ・ガンボは、やはりトオリル・カンを守っているのか。

クビライ・ノヤンが、新しい弓を持ってやってきた。

「正面の、ジャムカの軍。前衛の中に、矢を射こめ。十数矢。そこを、隙間にしたい」

「突っこむのは、先鋒ですか？」

「わからん。とにかく、おまえの仕事は、一カ所を破ってしまうことだ」

「見ていてくださいよ、殿。ヌオ隊長の弓は、弦からしてまるで違うものです。一矢で三騎、少なくとも二騎は落としますから」

横に回ったジャムカは、攻撃の機会を探っているように思えた。それも、テムジンの三百騎とやりたがっている。

しかし、ジャムカは総大将なのだ。戦線の一部を担う部将ではない。

隙があれば、ジャムカはトオリル・カンの首を、迷わず狙ってくる。しかしいま、トオリル・カンのそばにはジャカ・ガンボがいて、隙はないはずだった。

「殿、行きます」

クビライ・ノヤンが言い、先頭の方へ駈けていった。まだ、矢が届く距離ではない。あと半里。

それで、矢合わせには手頃な距離になる。

ジャムカ軍が、矢を射はじめた。届くか届かないか、というところだ。先鋒のスブタイは、前進を停めた。

クビライ・ノヤンは馬を降り、歩いて十歩ほど前へ出た。

弓が、引き絞られるのがわかった。弦の音。まるで別のもののような音だ。

ジャムカ軍の前衛にいた兵が、三騎馬から落ちた。また弦の音。矢の唸りも、はっきり聞えた。三騎が落ちる。次には、二騎。クビライ・ノヤンの矢は、二人を串刺しにするように、突き抜けるのだ。さらに誰かいれば、三人目に刺さる。

しばらく、クビライ・ノヤンの弓が、戦場を圧していた。

クビライ・ノヤンが踵を返し、馬に戻ってきた。十矢しか、放っていない。

しかし、草原から湧き出したように五十騎が現われ、前衛の破れたところに突っこんでいった。横に、ジャムカの姿はない。どこへ行ったか、気にしてはいなかった。さらに後方にむかった、という感じがあるだけだ。

先頭のボロクルが、五百騎、次のジェベも五百騎、そしてスブタイの一千騎。その二千が、テムジン軍の前衛だった。前衛が、ムカリの雷光隊に続いて、敵に突っこんだ。いきなり乱戦で、矢を射る暇はない。

カサルが指揮する中軍の五千騎は、すぐには突っこまなかった。

ジャムカ軍は確かに乱れかけているが、ほんとうには乱れていない。なにかを、いやジャムカを待っている。

味方の中から、いきなりジャムカの四百騎が飛び出してきた。それに合わせるようにタルグダイが五千騎ほどでケレイト軍に突っこみ、ジャムカ軍は駈け回るテムジン軍を無視して、タルグダイがいた場所に移動し、ジャムカと合流した。

カサルの中軍が、ジャムカ軍の側面を襲うように動いた。テムジンは三百騎で、ジャムカ軍に続こうとするタイチウト軍を遮った。

テムジンの旗を見て、軍が二つに割れる。それを、ジェルメとクビライ・ノヤンの軍が突き崩す。

タイチウト軍はしかし、以前ほど脆弱ではなかった。突き崩されれば散り、引き合うようにまた集まる。それができるようになっていた。

ジャムカが、トオリル・カンの禁軍をかすめて駈け去った。戦場に入りこんでいる狗眼(くがん)の者が、そう報告してきた。

ジャムカは、ひたすらトオリル・カンの首を狙っている。そう思わせているだけだ、とテムジンは思った。

ジャカ・ガンボがいる以上、たやすくはトオリル・カンに近づけない。トオリル・カンがいるので、ジャカ・ガンボもジャムカを追うことはできない。そのわずかな隙間を狙って、ジャムカは駈け抜けた。そうすることで、全軍の闘いがはじまったことを、両軍に知らせた。

アインガが、アルワン・ネクと押し合っていた。ところどころで、騎馬隊が渦のように回っている。相当厳しい闘いになっていることは、両軍が放つ闘気でよくわかった。

ジャムカがテムジンとやり合おうという気配は、いまのところない。タルグダイとともに、トオリル・カンの旗にむかっている。そう見えた。

いきなり、左右から強い攻撃を受けた。

テムジンは三百騎を三つに分け、それでも距離が開かないようにして、じわじわと攻撃をかけてきた二つの百人隊を攻めあげた。

「おまえらか」

アルタンとクチャルで、ジャムカ軍でも百人隊を預けられているようだ。

「なかなか、やるではないか」

アルタンとクチャルは、馬を停めた。

「いまのは、テムジン様とテムゲ殿への、御挨拶です。俺たちは二人とも、こうして軍の指揮をしております」

「確かに受けたぞ。いい挨拶だった」

テムゲが、大音声で言った。

「テムゲ殿」

クチャルが、少し前へ出てきた。

「俺もアルタンも、そこそこ手強い軍を指揮している、と自負しております。油断されませんように」

「アルタンにしろクチャルにしろ、いい挨拶をしてくるではないか」

「俺は」

言って、クチャルが涙を流しはじめた。

「泣くな、二人とも。俺も泣きたくなる。ここは、戦場だ。俺たちは、敵味方だ。もう、行け。兄上は、いつまでも泣いている男を待ってはくださらないぞ」

二人が頷き、馬上からテムジンに拝礼した。テムゲの方には、じっと眼をむけただけだ。

二人が率いる百人隊が、駈け去っていく。

前衛がぶつかり合っているだけで、まだ全軍で押し合う、という情況にはなっていない。しかし、もう止まらない。夜が来て戦闘がやみ、陽が昇るとまたはじまる。結着がつくまで、それが続くのだ。

気づくと、ムカリがそばにいた。

「いい働きだったではないか、ムカリ」

「いいように、ジャムカにおびき寄せられた。そんな気もします」

「それでいいさ。ジャムカは、多分、おまえを待っていた。おまえを見て所在を確かめ、安心したかったのだ」

「俺は、また草の中に潜ります。雷光隊は、いまだ一兵も欠けておりません」

それは驚くべきことだ、と言えた。アウラガの救援を単独でやっていても、兵を失わなかったのだ。

ジェルメとクビライ・ノヤンが、そばへ来た。

「気をつけましょう、殿。ジャムカが、そろそろ戻ってくるころです」

「帰りがけに、ついでに俺の首を狙うか。ジャムカらしい」

「トオリル・カンが、動くと思います」

ジェルメが言った。

「それが機だな。全軍でぶつかる機が、それだ。そしてジャムカは、その機を引き寄せようと動いていた」

「はじまりますよ。そして長く続きます」

クビライ・ノヤンは、まだ弓と重い矢を持っていた。

二

クビライ・ノヤンは、最も後方の軍を指揮していた。しかしいつ前に出てくるか、予測できないところがある。

カサルの中軍とぶつかりながら、ホーロイはクビライ・ノヤンの位置も見失わないようにした。乱戦の中でもクビライ・ノヤンが弓矢を遣うとしたら、それはジャムカが標的として視界に入った時だろう。

すさまじい強弓だが、狙いもまったくはずれていない、という気がする。

クビライ・ノヤンは左利きだったはずだが、そのための弓を特別に作ったのかもしれない。微妙なところで、左利き用のものは違うのである。

左箭(させん)という呼び名があることも、思い出した。かつてテムジン軍は、連合していたというより、同盟軍だったのだ。

草原の中で、最も敵対しないであろう二人が、ジャムカとテムジンだった。金国や西遼が草原を放っておいてくれたら、二人は朋友のままで、殺し合うことはなかっただろう。

「ホーロイ将軍に伝令。ジャカ・ガンボの軍に、トオリル・カンあり」

右にいて、ケレイト軍の一部とぶつかっていたサーラルからだった。

トオリル・カンの位置と動きを確認し、それに対処するのが、勝利への一歩である、とサーラルとの合意はできていた。当然、ジャムカ自身もトオリル・カンの首は狙う。

総大将がそんな真似はすべきではない、と言ったところではじまらないのだ。

ジャムカは、闘いたいように闘う。ただ、総大将という意識を常に持ちはじめているのが、ホーロイにはわかる。連合しているタイチウト氏のタルグダイの動きを、それとなく扶(たす)けている。

タルグダイは、これまでのタイチウト軍とは思えない、果敢な用兵をしていた。すでに数度、ケレイト軍の中に突っこんでいる。

ホーロイは、千人隊を五つまわしながら、正面の敵とやり合っていた。テムジンの弟の、カサルの軍である。

相当に強力な軍だった。特に、カサル自身が最前列で指揮する時は、横への動きをたえず考えている、とホーロイは感じた。

つまりぶつかりながら、一部の部隊をタイチウト軍の側面に突っこませる機会も、狙っている。それをやられると、突っこまれたタルグダイが孤立し、ジャムカが救援しようとする。ジャムカが隙だらけということになるのだ。

「サーラル将軍に、伝令。先に前進してくれ」

いまケレイト軍の一部とぶつかっているが、タルグダイを追って、テムジン軍の前衛二千が動いている。その二千騎も、きわめて精強で、動きもよかった。

前進すれば、テムジン軍前衛とも、ぶつからなければならない。サーラルは、かなり苦しい局面に立つ。

サーラルの動きが、カサル軍に対する牽制になる。カサル軍が大きく動けなければ、その後方にいるジェルメとクビライ・ノヤンの軍も、かなり動きを封じられる。

戦線全体を見渡す余裕が、ホーロイにはなかった。タイチウト軍の動きを、かろうじて見てとれるぐらいだ。

ケレイト軍の主力であるアルワン・ネクの軍とは、アインガが正面から押し合っているのだろう。そばの戦線に影響してこないほど、両軍は拮抗している。

不意に、痛みが全身を駈け回った。針で刺されたような痛みだった。

「なにが、起きている」

ホーロイが怒声をあげたので、周囲の兵はどうしていいかわからない、という表情をした。

「雷光隊が、ぶつかり合いのほんのわずかな隙に乗じて、軍に入りこんだようです」

報告する兵がいて、ホーロイやジャムカやサーラルだけがわかる、小さな黒い布を肩につけていた。六臓党（ろくぞうとう）の者だ、という印だった。ケレイト軍の中にも、入りこんでいるはずだった。

テムジン軍には、同じような忍びの組織がいるので、入りこむのが困難なのだという話は、ジャムカから聞いていた。

「五十騎か」

「一臓（いちぞう）は、いまケレイト軍の中におります。お気をつけて、としか言い様がありません」

「わかった。なにかあったら、また頼む」

雷光隊だけで、大軍の中に入ってくれれば、殲滅である。次の連係になにがあるか、ホーロイは束の間考えた。

「テムジンだ。テムジンが、三百騎を率いて突っこんでくるぞ」

大声をあげた。自分の声に、怯えが入っていないのかどうか。そんなことは、気にするだけ馬鹿げている。

「テムジンの後方から、ジェルメとクビライ・ノヤンの二千騎も来るぞ」

そこまで考えると、テムジン軍の動きとしてぴったり来る。

受けてやる。ホーロイは、そう決めた。かわすのでもいなすのでもなく、正面から受けてやる。

正面から、カサル軍五千。雷光隊の動きに合わせて、テムジン軍の二千三百。

これはホーロイの、窮地だった。ただ、自分が窮地であればあるほど、ジャムカやサーラルが動く余地は生まれる。

三百騎で、テムジンが突っこんできた。ほんとうに突っこんできたのだ、とホーロイは思った。

「正面から、受けるな。流すのだ。次に来る二千騎が、難敵だからな」

とてつもない難敵だ、とホーロイは思った。敵に回したくはない、とよく思ったジェルメとクビライ・ノヤンが率いている軍なのだ。

「千人隊ごとに、小さくかたまれ。わずかな敵の動きに、惑わされるな」

命令は、伝令を通して、しっかりと通っていた。

ホーロイは、千人隊をひとつ率いて、前へ出た。雷光隊がどこにいるのか、把握しておきたかったが、もうわからなくなっていた。

気にするべきではない。気にした瞬間に、すでにつけ入られていると言える。

ホーロイは、馬首を回した。一千騎は、それに動きをぴたりと合わせた。突っこんできたテムジンは、そのままホーロイの軍を突っ切ったようだ。

ジェルメとクビライ・ノヤンが突っこんでくる。背後を襲われるというかたちになるが、構わずホーロイは駈けた。

四千騎は、そのまま敵の方へ馬首をむけている。駈けるホーロイを追ってくれれば、四千騎の中に飛びこんでくることになる。しかしジェルメもクビライ・ノヤンも、寸前で反転していた。

突き抜けたテムジンが、どこへ行くのか。テムジンを追うために、ホーロイは馬首を回したのだ。

自軍を突っ切った時、テムジンがこちらをむいているのを、ホーロイは見た。むいているだけでなく、駈けている。

テムジンの、首を奪る機。むこうからやってきたのではないのか。

ホーロイは、馬腹を蹴っていた。駈けた。なにかを見落としている。そう思った時、雷光隊が側面に突っこんでいた。一千騎は、二百騎と八百騎に分断された。

テムジンとぶつかる。二騎。落としたのは、それぐらいだろう。こちらは、五十騎近くを落とされた。憤怒に駆られ、ホーロイは雄叫びをあげて、もう一度、テムジンとぶつかろうとした。

テムジンの、離れていく背が見えただけだ。

騙し合いのようなぶつかり合いが、まだ続いていた。ホーロイが分断された隊をひとつにして自軍に戻った時、ジェルメとクビライ・ノヤンが突っこんでくるところだった。反転したはずだ、という思いを押しのけ、ホーロイは全軍をひとつにまとめた。

「あの二千騎を、押し包め。雷光隊が現われても、放っておけ」

ホーロイは正面から駈け、両翼を拡げて包囲にかかった。二軍は、突き抜ける構えを見せた。

ホーロイは密集の合図を出し、横にむかって駈けた。クビライ・ノヤンの軍の後方に、カサルの軍がちらりと見えたのだ。丘のむこうだが、現われたら、五千騎がこちらへむかってくる。包囲されるのは、こちらの方だった。

しかし、丘を越えてきたカサル軍は、一千騎にすぎなかった。

ホーロイは舌打ちをし、全軍を停めた。二千騎だけを、反転させる。

三千騎を率いて、ホーロイはジャムカの戦線の方へむかった。サーラル軍は、すでにかなり前に出て、ケレイト軍とぶつかっている。

自分の眼でやれ。ホーロイは、そう呟いた。テムジン軍の眼で、動いてはいないか。

すべての干渉を無視し、三千騎でサーラル軍の後方を回り、ケレイト軍に突っこんだ。

ジャカ・ガンボの軍がいて、ホーロイを見ると後退していった。トオリル・カンがどこか、ホーロイは探した。

遠くに、赤い旗が見える。

その旗にだけ眼をむけて、ホーロイは前進した。ジャカ・ガンボが遮ってくる。まともにぶつかり、前進ができなくなった。

後退することで、ジャカ・ガンボを引きつけようとする。しかし、ジャカ・ガンボも退がっていた。

陽が落ちようとしている。

五里の距離を置いて、対峙した。

ジャムカは、全軍の中央にいて、戦場だった場所が闇に包まれるのを、じっと見ていた。全軍の総大将なので、ホーロイはそばに行こうとする自分を抑えた。

篝(かがり)が、方々で焚かれた。

敵陣の篝もよく見え、ひと際大きな明りが、トオリル・カンの本陣だろうと思えた。

サーラルがやってきたので、二人で並んで草の上に腰を降ろした。

「厳しい戦でしたね、ホーロイ殿」

「俺たちが厳しいと感じたのと同じだけ、敵も厳しかったのだ、と思おう」

「敵を押せば、北へ進むことになり、三十里でヘルレン河です。そのあたりは、コイテンと呼ばれる地です」

砂漠の戦は、百人隊が無数にいて、敵と遭遇するたびに、ぶつかり合いだった。一日に、二、三十度、ぶつかり合った感じがある。

戦場は東へ移動し、再びここで、草原の闘いがはじまった。その時から、全軍の展開になったのである。

「この押し合いが、ずっと続くと思われますか？」

「どうだろうなあ。こんな大軍の戦、はじめてだしな。俺は、戦線の全部を見るなどということは、とてもできないと思った」

「俺も、眼の前の敵だけしか見えませんでした」

「細かいやり取りは、方々であるのだろうが、全体としては五分の押し合いだろう。明日も明後日も、これを続けるしかないような気がする」

「ホーロイ殿、うちの軍は、将校はよく育っているのですが、いまひとつ、兵の質を摑みきれないのですよ。参集してきた兵が多いからでしょうか」

「ジャンダラン氏の領分は、小さなものだ。それなのにこれだけの兵が集まるというのは、驚くべきことだと俺は思う」

「殿の、声望ですね」

集まってきた百人隊の中には、質のよくないものも混じっていた。

草原各地から集まってきた百人隊を、どう扱うか、ジャムカとはずいぶん話し合った。実戦を見なければわからないところもあり、決定的な局面では中央に置けない、という考えでは一致していた。

草原の軍は、みんなそれぞれに精強だった。懦弱(だじゃく)な軍はない、と言ってもいい。懦弱であれば生きていけないのが、草原だった。

「俺は、いまひとつ勝敗の機微がわからないところがあります」

「そんなこと、誰にもわからないと思う。なぜ勝てたのか、と考えたことが何度かある」

「殿は、いつも勝つ気で戦をされているのでしょうか?」

「なぜ、そんなことを訊く?」

「総大将の気持も、わからないことのひとつです」

「負けた時、どうするか。殿は、総大将になってからは、それを考えられることが多くなったのかもしれない」

「わかる気も、します」

「人には、それぞれに持っている運というやつがある」

「なんですか、急に」

「どこかで、それが戦の勝敗を大きく左右するような気もするのだ」

「運が。殿とテムジンの運は、どちらが強いか、というようなことですか？」

「もっと小さな、ちょっとした運のよさ、悪さのようなもの」

「たとえば、俺みたいな下の者の運も入るのですか？」

「多分」

「俺は、よくも悪くもありません。はじめから、それはあまり考えなかったような気がします。負けた時も勝った時も、運のせいにしたくありませんから」

「まあ、それが正しい。もうひとつ言えば、闘う時は、自分は運がいい、と信じていることだな。信じるだけでいいのさ。運が悪けりゃ、死んでしまうだけだから」

百人隊長たちが、自分の隊がどうなっているか、千人隊長に上げる。千人隊長はそれをまとめて、ホーロイとサーラルのところへ持ってくる。

百人隊のままで闘うか、ほかと一緒にするかというようなことは、千人隊長の意見にほぼ従って決める。

「ああ、思い出すなあ」

「なにを？」

「クビライ・ノヤンの、あの矢です」

「殿にあの矢がむけられたとしたら、ぞっとするよな」

「そういう情況を作らないようにというより、機会があれば、クビライ・ノヤンを討ちとってしまいたいですよ」

「なかなかの手練れだ」

「ですよね」

百人隊がいくつか、哨戒に当たっているようだ。メルキト族とモンゴル族タイチウト氏の百人隊もいるが、この二つはまるで違っていて、遠くからでも見ればわかった。

「テムジン軍の指揮官は、手練れが多いような気がします」

カサルとテムゲという二人の弟が、どれほどのものかと思っていたが、相当によくやるとホーロイは考えていた。

それに、ベルグテイという弟が、病をおして出陣し、ジャムカ軍の別働隊と徹底的にやり合った。別働隊は、結局、アウラガを燃やすことはできず、駈けつけた救援の軍に散々撃ち破られた。

一千騎いたのが、ジャムカのもとに逃げてきたのは八十騎だったという。

「テムジンが、うちの殿と較べて恵まれているものがある。有能な弟がいるということだ」

「トオリル・カンのように、弟をほとんど殺してしまっているやつもいますが」

「ないものを欲しがっても、仕方がないか」

ホーロイは、近づいてくる千人隊長を見ていた。

「九百二十に減っています。九百人隊とした方がいい、と思います」

一番新しい千人隊長だった。やることは早いが、数が合っていれば安心する、というところがある。

「そうしろ。揃ったら、百人隊長を、俺のところへ連れてこい」

サーラルも、千人隊長の報告を受けていた。

じっくりと話もするので、周辺の慌しさが消えたのは、三刻後ぐらいだった。

「総計で、三百五十も失ったのですね」

サーラルは、犠牲が多すぎるという口調だったが、多いのか少ないのか、ホーロイにはよく判断できなかった。

「殿の麾下には、どれほどの犠牲が出たのでしょうか？」

「大して、出ていない」

麾下の四百騎のほかは、この戦のために集まってきた者たちだった。ジャムカは、その兵たちを、麾下の楯に遣うような用兵をしたはずだ。

明日は、どういう戦になるのか。それを二人で話すことに、意味はなかった。どういう戦になるかは、大将の闘い方で決まる。

サーラルも、明日の戦については喋ろうとしない。

「殿は、どこにおられるのでしょうね」

タルグダイとアインガとの三人で、今日の戦について、ふり返っているのかもしれない。もうしばらくしたら、三人は自分たちの軍に帰るはずだ。

「戦をしていて、俺は思うのですが」

サーラルが、尻の下の草を二、三本抜いた。

「自分が、臆病(おくびょう)きわまりない、と思うのです。日ごろは、臆病な兵を叱咤(しった)してばかりなのに、自分を叱咤してくれる人は、どこにもいないのだと思ってしまいます」

サーラルは、決して臆病ではなかった。戦で、自覚できる臆病さなど、ありはしないのだ。ひたすら果敢であろうとしながら、そうなりきれない瞬間、自分を臆病だとか卑怯だとか思ってしまう。ホーロイにも経験があるし、いまももしかするといくらかあるかもしれない。

「飲もうか。酒がないので水」

ホーロイの言葉に、サーラルはちょっと首を振った。

「いま、本気で酒が飲みたい、と思ってしまいましたよ」

「俺も、おまえと酒を飲みたい、と思ったのだよ」

「酒が、頭に浮かびました」

「言ってから、俺も飲みたくなった」

「戦が終ったら、ですね」

サーラルが、笑い声をあげた。

哨戒の隊が、声をあげているのが聞える。

一日の闘いが終って、最初に休ませたのは馬だった。引き馬を連れて闘う、というような戦ではない。馬も兵も、力を絞り出して、ひたすら敵にむかうだけなのだ。

闇の中を、兵が近づいてきた。気配がわかるような歩き方をしているが、六臓党の者だった。

サーラルも、気づいたようだ。

「お二人に、殿から伝言です。明日は遊びのようなものだから、適当にやれ、と」

それだけ言い、兵は踵を返した。

「なんだ、いまのは」

「おいサーラル、明日は反吐が出るほど厳しい戦になる。二人とも、死ぬな、という殿の伝言だ」

「わかるのですか？」

「わかる。いやになるぐらい、よくわかる」

「干し肉が回ってきます。それを食ったら、寝ましょうか」

サーラルが言ったので、ホーロイは笑い返した。

三

アインガは、敵の攻勢に耐えていた。

きのうから、同じ展開であり、それ以上変えようもなく、ぶつからざるを得なかった。

敵将はアルワン・ネクで、兵力はほぼ拮抗している。

息を止めるようにして、ぶつかる。相手も、ぶつかってくる。水の中ではないか、と思う。苦しいのだ。どうにもならないのだ。それでも、退がれない。

こうやって立ち尽したまま、死んでもいいと思いはじめる。しかし、その時に水面に顔が出るのだ。

自分を取り戻す。すると、相手も同じように停止している。そこからさらに押すことはできず、互いに退がり、また同じようにぶつかる。

アインガは、アルワン・ネクだけを見ていた。どれほどの大軍であろうと、アルワン・ネクひとりとぶつかっている、としか思えなかった。

水へ入り、息が続くかぎり立ち、水面に顔を出す。アルワン・ネクも、同じだ。違うはずがない。

アインガは、アルワン・ネクに自分を見ていた。自分とぶつかっている、と思い続けた。アルワン・ネクも、同じだろうか。

退がって、気息（きそく）を整え、また前進の合図を出す。ほとんどひと呼吸も違（たが）わず、むこうも出てくる。全軍の押し合いが、どういうものかも、考えない。

ただ愚直に押し、同じように押し返してくる。

おまえは、俺か。

アインガは、語りかける。なにか、答が返ってきているような気がする。そう思いこみたいだけか。

両軍とも、兵は声もあげない。馬も、いくらか首を振るだけだ。前列の兵は、剣を打ち合う。打つというより、剣で押し合いをしているようなものだ。

アインガは、前列にいた。ぶつかる寸前に、アルワン・ネクの姿を捜す。アルワン・ネクも捜しているだろう。

押し合いに耐えきれなくなった兵が、ひとり、二人と、馬から落ちていく。落ちるいくらか前には、死んでいるのだ。

不意に、違う気配が伝わってきて、アインガは兵を退いた。アルワン・ネクも、退いていた。タルグダイが、ジャカ・ガンボとぶつかり、乱戦になっていた。いままで、なんの異物もなかった二人の戦場に、余所者が入ってきた、とアインガは感じた。

いつか夕刻になっていて、その時はじめて、アインガはアルワン・ネクの姿を確認した。きらびやかな大将ではないが、そこだけ光が当たったように、明るかった。そして、アルワン・ネクも、アインガを見ていた。

隣の乱戦が、どうでもよくなった。

アインガは、剣を振り、前方を指し、馬腹を蹴った。

アルワン・ネクしか見えない。お互いに、一直線に近づいた。剣。打ち合うことなどできず、押し合った。重い。耐えられないほどではない。それでも重い。やはり、水の中だった。

ジャムカの退き鉦が、アインガの耳に届いた。トオリル・カンも、退き鉦を打たせているようだ。

押し合う剣にかかった力が、微妙に揺れる。そんな気がした。それから、二人とも水面に出た。アルワン・ネクの眼は、なにを言っているのか。ちょっと悲しいと思えるような、眼をしている。少しずつ距離をとり、それから同時に、馬首を回した。

定められた位置まで退がり、そこで夜営の準備をした。

馬の手入れをする。よく駈けてくれた。岩みたいなやつが相手で、苦しい思いをさせているよな。あれが、アルワン・ネクだ。あいつの首を奪ると、この戦は大きく勝ちに傾くぞ。しかし、難しいよな。

馬体に触れている時は、たえず語りかけている。幼い時から、そうしてきた。一日の戦が終った時も、そうする。

明日も、頼むぞ。アルワン・ネクは、動かない。闘いのやり方を、変えようともしない。だから、俺も動けないし変えられない。耐えてくれよな。

アルワン・ネクとは、我慢較べをしている。夜営をはじめると、それがよく見えてくる。ここで我慢較べをしているので、半数の兵は動かない。残りの半数で、乱戦をしているということだ。

手入れが終ると、馬匹(ばひつ)の者に馬を渡した。

それから腰を降ろし、塩を舐め、水を飲んだ。

はじめて、草の匂いを、鼻が感じた。

きのうの夜は、これがわからず、哨戒の隊を二度、検分した。

ここは草原なのだ。草の匂いに満ちている。それは遊牧の民が、大きな喜びとしてきた匂いだ。

幼いころ、家人の年寄に、何度も草を食えと言われた。口に入れると、草によって味が違う。こんなことを知ってどうするのだ、と思いながら、草が芽吹く時、それを食わないと安心できなかった。

アインガは、草に横たわり、一本だけ羊のように口を寄せて食った。

「これが、遊牧民に力を与えた。この草の味が」

呟いていた。馬乳酒と酪。それも、力を与えてくれた。

焚火が作られ、大鍋で湯が沸かされる。そこで、次々に干し肉をもどしていくのだ。アインガのところに運ばれてくるのは、最後の干し肉の一片だった。

時には、ひと口もないことがある。それはそれで、頭領が耐えなければならないことだと、年寄たちに教えられてきた。

いまは、一氏族の長ではない。メルキト族の族長なのだ。耐えなければならないことはずっと多いし、考え続けなければならないこともある。

部下の千人隊長が、犠牲などの報告に来た。千人隊長だけでも二十数名いるが、二名は死んでいた。

この押し合いの二日間で、三百以上の兵が死んでいた。耐えきれず、死んだ者ばかりだ。華々しく、血を振り撒いて死んだわけではない。

「殿、ジャムカ殿が見えられました」

「なんだと」

ジャムカは、三者連合の総師である。用事があれば、ただ呼べばいいのだ。

それが自分で来たというのは、いつまでも愚直に押し合いを続けている自分を、詰問するためなのか。

考える前に、ジャムカがひとりで現われた。

ひとりであるということに驚き、アインガは言葉を失った。

「心配するな、アインガ殿。供は十騎連れてきている」

「そうですか。安心しました」

「つらい戦だな、アインガ殿」

「もっと駈け回りたい、と思ってはいるのですが」

「思うだけにしておけよ。あの戦を二日も続けられるというのは、二人とも並ではない」

もうひとりはアルワン・ネクで、この総帥は敵を認めることもできるのだ。

「どこかで、弾けようとは思っているのですが」

「だから、思うだけにしておけよ、アインガ殿。あの押し合いだと、先に弾けた方が、崩れは大きいと思う。アルワン・ネクは、それがよくわかって耐えているのだ」

「歴戦ですね」

「アインガ殿は、その歴戦の武将と渡り合って、一歩も退がっていない。この押し合いは、戦場全体に、戦の厳しさを伝えている。同じ戦場に立っていれば、わかるものだよ。乱戦で、ここの戦場に入ろうとした者が、見えない壁に撥(は)ね返されたように、戻ってくる。敵も味方もな。それだけ、誰も入ることができない気が、戦場を包んでいるのだ」

「ジャムカ殿、俺にもっと違う闘い方をしろと言いに来られたのですか？」

「いや、明日も同じ闘いをして貰いたい。アルワン・ネクが、タルグダイ殿とジャカ・ガンボの戦に介入してきたら、どうすればいいか、俺にはわからんよ」

「アルワン・ネクと俺で、戦場をずいぶん狭く絞りこめるということですか」

「まあ、二人が通じ合っていたら、これはほんとうに困るのだが」

「俺が、通じ合うと？」

「まさか。そんなことを言う者は、捕えて罰することにしよう」

「ジャムカ殿。俺が、アルワン・ネクと通じ合うわけがないことは、ジャムカ殿が一番よくおわかりのはずです」

「通じ合って貰いたい」

「えっ」

「冗談を言っているわけではない。トオリル・カンは、猜疑（さいぎ）で身を守ってきたような老人だ。トオリル・カンに、二人が通じ合っているかもしれない、という疑いを持たせる。つまり真似事でいいのだ」

「なにゆえです、ジャムカ殿」

「二日、ここで闘った。決定的に勝てるという局面は、来なかった。俺も、なりふり構っていられないのだ。戦と同時に、謀略に近いこともやりたい」

「トオリル・カンが、なにかやってきているのでしょうか？」

「俺とテムジンが手を組むという偽情報を、タルグダイ殿に流した」

「そんな」

「あり得ないことだが、タルグダイ殿が、どう受け取るか、俺にはいまひとつ読めない。こんなことには、馴れていないしな。せいぜい思いついた仕返しが、アインガ殿が、アルワン・ネクと結ぶつもりだ、という噂を流すことだよ」

「ジャムカ殿、そんなものは、無視していればいいのではありませんか」

「そう思う。しかし戦が長くなれば、兵たちの心を、蝕んでいくのではあるまいか、という気分になる」

「タルグダイ殿は？」

「いま会って、話をしてきたさ。笑っていたな。どうでもいい、と言っていた」

「俺も、そう思うのですが」

「あと数日、この戦は続く、と俺は見ている。どうでもいいと言って無視するか、こちらからも、どうでもいいことを返すかだ」

「ジャムカ殿は、どうでもいいものでも、返したいと思っておられるのですね」

「黒林に全軍を召集して戦をはじめてから、俺はどこか真面目すぎたよ。トオリル・カンの方が、遊んでいるような気がする」

「同じことで遊んだら、怪我をしかねません」

「俺が言っているのは、延々と続いた砂漠の戦のことさ。あんなもの、戦か。百人隊が殺し合うってだけのことだろう。俺は、必死だった。しかしトオリル・カンは、笑いながら砂漠を眺めていた、という気がする。そんな男だ」

「それが、余裕ってわけじゃありませんよね」

「違う。性格だと思う。あの男は、殺し合いを愉しめるのだ」

「わかるような気がします。砂漠の戦は、砂の上を這い回る兵にとっては、地獄でしたよね。しかし、俺は守られて陣にいて、眺めていると言えば、眺めているだけでした。愉しんで眺められるやつが相手だとしたら、あの戦が続いた意味がわかります」

アインガは、ちょっと首を振った。ジャムカが、二度三度と、拳を地に叩きつけた。

「響きます。俺の性根に、響きますよ」

「少々のことで、揺れるような性根ではない。特に、この二日の戦で、俺にはそれがよく見えた」

ほめられたのかもしれない、とアインガは思ったが、礼を言う気も起きなかった。

「時々、トクトア殿なら、この戦をどう闘うのか、と考えることがあります」

「俺は、トクトアという人のことは、もう考えないようにしている。すでに、遠く離れた人だ、という思いしかない」

「何度も、殺し合いをしてもですか」

「お互いに、憎しみは残っていないと思うな。それに見ていなければならんのは、いま殺し合いをしている相手さ」

「そうですね。夜が明けたら、また殺し合いですし。少しばかり、トオリル・カンにやり返したい気分も出てきました」

「そうか、アルワン・ネクと通じてくれるか」

「いやですよ、その言い方」

「アインガ殿」

「呼び捨てにしてください」

「アインガとアルワン・ネクが通じ合っている。そうあの爺さんに思わせたいだけで、方法はなにも思いつかない」

「たとえば、俺がアルワン・ネクに出した使者を、タルグダイ殿が捕えるとか。そんなのは、どうでしょう？」

「いいな。悪くない。それで、使者はどうするのだ」

「慌てないでくださいよ、ジャムカ殿」

こういうことについて、ほんとうにジャムカはむいていないのだろう、とアインガは思った。それは、むしろ清々（すがすが）しい。

「タルグダイ殿が出している哨戒の隊が、駈け戻ってくればいいのですよ。そこでひと騒ぎあり、タルグダイ殿が部下を連れて俺の陣へ来て、ジャムカ殿が飛んできて、二人を分ける」

「おまえには、素質があるぞ、アインガ。こういう謀略のな」

「謀略というほどのことではありませんよ。まあ、どういうことが起きているか、トオリル・カンが放っている者が報告を入れるでしょう。こちらの芝居だと見抜いて笑うのか、ちょっと頭に疑念をよぎらせるか、そんなことはどうでもいいですよ」

「そうだ。戦で押し勝てばいいのだ」

「つまり、こっちは遊びというやつですよね。なにか、やる気が出てきましたよ。こんなふうに、ふわっと気を抜くことが、必要だったのかもしれません」

「俺も、おまえの話を聞いているうちに、自分がほんとうに謀略をやるのだ、という気分になった。謀略は好まぬが、相手によるな。トオリル・カンなら、思い切り謀略にかけてやりたい」

「かかりはしませんがね」

「おまえ、いやに冷静だな。愉しくないか」

「トオリル・カンの頭に、ちょっとだけ疑念をよぎらせることができると考えると、そりゃいくらか愉しいですよ」

「どうせ、明日は殺し合いだ」

「派手にやりましょうか。とにかく、俺を派手に詰問することです」

「わかった。派手にやるが、兵たちにはあまりわからないようにな。不安を与えると、明日の戦に影響するかもしれん。大事なのは、戦だからな」

ジャムカの眼が、少年のもののように光っている。

ぎりぎりのところで闘ってはいるが、ジャムカにとって夜は長いのかもしれない。できるかぎり馬鹿げたことで、闇を乗り越えたがっている。

それから起きた騒ぎは、陣の秩序をちょっとだけ揺るがすものだった。

なにしろ、タルグダイが三百騎を率いてアインガの本陣にやってきて、四半刻後には、単騎でジャムカが疾駆してきた。

三人で、小さな焚火を囲んだ。

「明日、トオリル・カンが動くかもしれない、と俺は感じている」

ジャムカは、謀略とはなんの関係もないことを喋りはじめた。

「あの爺さんは、いつも意表を衝こうとばかりする。そういう局面で動くだろう、と考えていた方がいい」

つまり、ここで動けば意表を衝く機を狙って動くだろう、ということだ。

「必ず動くということを、前提にしておきましょうか」

「トオリル・カンは、はじめからジャムカ殿の首を奪ろうとは動かない。まず、俺の軍を突き崩そうとするだろう」

タルグダイが、小声で言った。自然に、軍議のようになっていた。

「もしトオリル・カンがいるようなら、俺は少し押されよう。わずかでいいだろうが、俺は退がるよ。この戦で、はじめてだが」

「タルグダイ殿、作戦で退がることは、当然あると思います」

「だから、退がる。あとは、トオリル・カンが出てくるという、ジャムカ殿の勘が、当たることだな」

「出てきますよ」

ジャムカが言った。

「しかし、敵でほんとうに危険なのは、テムジンだと俺は思うのですよ。テムジンは、意表を衝こうなどと思わずに、意表を衝くような男です」

「まったくだ、ジャムカ殿。ジャムカ殿とテムジンが組んでいれば、あっという間に草原第一の勢力になったと俺は思っている。トオリル・カンもそう思っていて、それが偽情報に入りこんだのではないかな」

一時は、組んでいた。しかしまだ、二人とも時を得ていなかった。

いま、ジャムカは時を得ているのか。ジャムカのもとで闘うことは、いかなる誤りもない、と言い切れるのはいつなのか。

アインガは、テムジンという男を、あまり知らない。できることなら、知らないまま終りにしたい。

「タルグダイ殿が退がるにしても、いまの陣構えは、まだ崩したくない。崩す時は、総攻撃だ、と思って貰いたい」

アインガは頷き、タルグダイはにやりと笑った。

タルグダイが、サムガラとホンという、部下の二人の将軍の話をはじめた。今度の戦で、アインガもその二人とは知己になった。好きでも嫌いでもない、とアインガは思っている。

「タルグダイ殿、奥方はどうされています？」

気になっていることを、アインガは率直に訊いた。タルグダイが、困ったように笑い、ちょっと焚火をいじった。

「ずっと、そばにいる。俺は、女房がいないとなにひとつできない男になった。女房にして長くなるので、その前の俺のことは、忘れてしまったな」

「俺は、あのような奥方を持たれて、羨しいですよ。捜しても、見つかるものではありませんよね」

「俺も、そう思っている。今度の戦では、そばにいてもなにも口に出さない」

「おまえ、嫁は？」

ジャムカが、アインガを見つめて言った。

「ここは、戦場です。夜が明けると、苦しい闘いがはじまります」

「なにを言っている、アインガ。俺は、嫁のことを訊いているだけだ」

「だから、いまは考えられません」

「終ったら、考えるのだな」

タルグダイが言い、ジャムカが声をあげて笑った。アインガは、炎を見つめていた。

四

厳しい押し合いになり、トオリル・カンはいたたまれないのか、四千騎をまとめて前に出そうとした。自身も、前進する構えでいる。

ジャカ・ガンボは、強い口調で制止した。

同時に、この戦の勝敗がどうなろうと構わない、という思いがどこからか滲み出している。まさか、という気分で、ジャカ・ガンボは自分の心の中を覗きこんだ。

「やはり、前へ出るぞ、ジャカ・ガンボ。わしの身は、おまえが守ればよい」

「正面に、ジャムカ軍の一部が回ってきています。このままだと、ジャムカにぶつかることにもなりかねませんぞ」

「ジャカ・ガンボ。ジャムカは敵だぞ。敵の大将だ。そしてわしは、戦をしておる。ジャムカを避けなければならん理由を、申してみよ」

「ジャムカの動きは、めまぐるしく、予測し難いものがあります。陛下に危険が及ぶことも考えられますので」

「わしは戦をしておる。敵の大将がいて、じっと身を縮めていれば、負けたということではないか」

「朝からのぶつかり合いで、兵も疲労しております。これから先、両軍のぶつかり合いは鈍くなり、夜を迎えると思います。それまで、どうかお待ちを」

「軍を反転させよ」

「えっ」

「逃げる」

「陛下、なにを言われます」

「逃げる、と言ったぞ。進んではならんと言うのなら、逃げて、敗北に転げ落ちる」

「陛下、俺は」

「馬印を出せ。旗も」

トオリル・カンは、後方にむかって駈けはじめていた。命令を下すまでもなく、禁軍千五百は、ぴたりとそれについている。トオリル軍を形成していた他の二千五百騎も、それに続いた。ジャカ・ガンボも、流されるように駈けていた。

一里駈けたところで、トオリル・カンは再び反転した。追撃の勢いに乗るように、攻め立ててくるタルグダイの三千騎ほどと、むき合うかたちになった。

「よし、腰を入れろ。迎え撃って、タルグダイの首を奪れ」

はじめから退がるつもりだったのか、とっさに判断を変えたのか、タイチウトの一軍を誘いこむかたちになっていた。

「よし、押せ。タルグダイの首を、忘れるな。わしも禁軍とともに突っこむぞ」

ジャカ・ガンボは、禁軍ではなく、二千五百騎の指揮に回った。どんな場合でも、トオリル・カンとともにいる。それは禁軍には身についたものだった。

トオリル・カンが正面からタルグダイの攻撃を受ける構えなので、ジャカ・ガンボは二千五百騎を側面に回した。ジャムカがどこにいるのか、その玄旗を見失わないようにした。

乱戦になった。玄旗が、戦場の中を、流星のように走るのが見えた。

ジャカ・ガンボは、一千騎をそれに当て、自ら指揮をした。

ジャムカは、四百騎だった。

戦がはじまってから、ジャムカが駈ける時は、常に四百騎だった。それに千人隊がひとつかふたつ従っていることもあるが、連係しながらも、動きは別々だった。

ジャムカ。一千騎でぶつかった。四百騎のはずだが、兵力は拮抗しているとしか思えなかった。むしろ、押されているかもしれない。

ジャカ・ガンボは雄叫びをあげ、正面に出た。ジャムカの四百騎が二つに割れ、ジャカ・ガンボは束の間、眼前の敵を失った。

玄旗が、トオリル・カンにむかう。二つに割れた軍は、またひとつに戻っていた。

「よし、後方を取るぞ。ジャムカを、押し包んでしまえ」

しかしジャムカは不意に横へ走り、近づいてきていたテムジンの三百騎と、鉄と鉄が打ち合うように一度だけぶつかり、駈け去った。

「おう、ジャカ・ガンボ。ジャムカを追っていたのだな。惜しいところだった。ジャムカも、思い切ったことをするものだ」

無謀だろうと言いかけたが、タルグダイの三千騎が、素速く退がっていった。ジャムカの動きが、タルグダイに、後退の機を与えたようだ。

「トオリル・カンも、見事なものではないか。以前のタルグダイなら、討ち取られていた。タルグダイは、攻めに執着しなかったな」

「こんなところで、おまえの戦の講釈など聞きたくない、テムジン」

「それはそうだ」

テムジンは笑顔をジャカ・ガンボに投げかけると、駈け去っていった。

自然に、禁軍と二千五百騎は、ひとつに戻っていた。

ジャムカ軍とテムジン軍のぶつかり合い。それは目まぐるしいほどに見えるが、アルワン・ネクとアインガの、静止したような押し合いと、同じようなものなのかもしれない。

「やはり、ジャムカは近くまで来たな、ジャカ・ガンボ」

「申し訳ありません。俺は翻弄されました」

「なんの。おまえが遮り、テムジンが打ち払った。そうなるだろう、とわしは思っておった」

トオリル・カンの声から、生気が失われていた。顔を見て、ジャカ・ガンボははっとした。眼の下に隈が貼りついている。細い眼は、ほとんど閉じられたようになっている。

すべての力をふり絞ったのだ、とジャカ・ガンボは思った。そして、一戦をやりおおせた。その後に、不意に全身から老いが噴き出してきた、というように感じられた。

「よし、陛下の御活躍は、ここまででいい。禁軍は、臨戦態勢のまま、陛下の周囲をかためよ」

トオリル・カンは、それについてなにも言おうとしない。

タルグダイを迎え撃ったあの気力は、さすがと思わせるものがある。前進と言い、次に後退を命じた。あれも、戦場の判断だったのだろうか。

テムジンが、ジャムカとぶつかり合っていた。戦場全体を巻きこむような動きだったが、アルワン・ネクとアインガは、それに動かされることなく、じっと押し合っていた。

タルグダイが、また出てくる。タイチウト軍、全軍である。一万騎を超えているだろうか。

ジャカ・ガンボは、二千五百騎で、それを迎え撃った。数が問題ではない。アルワン・ネクの戦線を侵さないとしたら、ぶつかれる範囲は限られているのだ。

紺色の旗が、後方に見えた。先頭で寄せてくるのは、サムガラという将軍だった。ホンという将軍と、タイチウト軍を二つに分けて指揮している。

二度、ぶつかった。

紺色の旗の動きが、おかしいとジャカ・ガンボは感じた。妙な気を放っているのだ。

二度ぶつかったサムガラがいくらか退がり、入れ替るようにホンが出てきた。一度ぶつかった。二度目は、二千騎だけを前に出した。

紺色の旗が、戦場を割るように突っこんでくると、方向を変え、いきなりトオリル・カンにむかった。一千騎ほどだった。

禁軍とぶつかる。縦列になって、槍のように禁軍に突き刺さっていく。ジャカ・ガンボは眼を瞠った。こういう隊が、タイチウト軍にもいたのか。

禁軍に、さらに突き刺さっていく。トオリル・カンに近づく。タルグダイ自身が、二百ほどを率いて突っこんだ。

ジャカ・ガンボは、タルグダイの退路を塞ぐように、後方から五百騎で押した。

タイチウト軍は、トオリル・カンにそれほど執着はせず、禁軍の横を突き破るようにして、外へ飛び出し、自軍の方へむかった。

テムジンとジャムカがぶつかり合っている。

ジャカ・ガンボは、紺色の旗から眼を離さず、五百騎を寄せていった。突っこむ。紺色の旗。タルグダイの小さな躰。ジャカ・ガンボは、剣を振りあげて駈けた。あとどれぐらいか。タルグダイが、こちらに眼をむけてきた。不敵な眼をしているが、届く。剣先が届くまで、あとひと呼吸か。

タルグダイの両脇に二騎ずつがついていた。それを、いないものだとジャカ・ガンボは決めた。追いついた。タルグダイの首。打ちこんだ剣を、下から撥ね返された。タルグダイではない。そばにいる、大きな男だ。

タルグダイが、左手に剣を持って打ちかかってきた。意外なほど、強く迅い一撃で、ジャカ・ガンボは馬から落ちそうになった。そこへ、剣を撥ね返した大きな男が、馬ごとぶつかってきた。馬の背に躰を伏せ、それからジャカ・ガンボは鞍に立ち、跳躍した。大きな男の頭上から、剣を振り降ろし、地に立った。

大きな男は馬から落ちたはずだが、それは見えず、サムガラが一千騎ほどでぶつかってくるのが眼に入った。

馬を降りている。逃げようがなかった。ここまでか、とジャカ・ガンボは思った。サムガラの軍が、乱れた。幻のように、先頭を掠めて過ぎた一隊がいたのだ。それは戻ってきて、ジャカ・ガンボに馬を渡すと、駈け去った。テムジン軍のムカリだった。

馬に乗った時、部下が数十騎まわりにつき、さらに数百騎が来た。

サムガラは、タルグダイを囲むようにして、駈け去った。

槍の穂先の首が、突きあげられた。それはジャカ・ガンボのそばに来た。自分が討ったのだということに、ジャカ・ガンボははじめて気づいた。将校が近づいてくる。

「将軍、お見事です。これで、タルグダイには副官がいなくなりました」

自分が討ったのは、タルグダイの副官のガラムガイだったのだ。

二千五百騎が、周囲をかためていた。

ジャムカ軍の退き鉦が打たれている。それに呼応するように、トオリル・カンも打たせたようだ。

気づくと、もう陽は傾いていた。

二里ほど退がり、そこが陣となった。

天幕の下に、トオリル・カンが座っていた。そのほかに、異常はないようだった。アルワン・ネクの軍も、アインガと分けて、退がってきている。

将校たちが動いている。兵は、馬の手入れだった。ケレイト王国の宮帳（オルド）で馬匹を担当している者に、ジャカ・ガンボは馬を任せた。

「陛下、怪我などはされておりませんな」

「今日も、一日が終ったな、ジャカ・ガンボ」

「前の二日と較べると、いろいろなものが動いたと思います」

まだ陽は残っていて、疲労が張りついたというようなトオリル・カンの顔が、照らし出されている。

「馬乳酒を持ってこさせる。おまえも、飲むがいいぞ」

馬乳酒は、戦に持ってくるものではなかったが、兵站の者に特別に運ばせているのだろう、とジャカ・ガンボは思った。

「おまえが討ち取ったのは、タルグダイの副官だったそうだな」

「タルグダイを、討ち洩らしました。陛下に、あれほど近づけてしまったのに」

「わしには、不安はなかった。禁軍の者たちは、よくやった。相手を倒すより、わしを守るために闘う、ということが徹底されていたぞ」

「だから、禁軍なのです、陛下」

「タルグダイは、立派な大将であるな。やっと、それがわかってきた」

「黒林（カラトン）では、遅れて到着しましたから。まともにやり合うのは、ここに移ってからです」

「わしは、戦について散々考えてきた。以前、トクトアに森に誘いこまれ、数千の兵を失った。わしにとっての森とはなにか、と考え続けて行き着いたのが、砂漠であった。しかし、思ったほどのことはなかった。兵力が拮抗していると、駄目なのだろうな。全軍を出すのではなかった、と思っている」

革袋が運ばれてきた。座れと、トオリル・カンは不織布（フエルト）を指した。ジャカ・ガンボは一礼して座った。

「砂漠の戦は、少勢だった方がよかったのですね」

砂を、砂丘を味方にして、寡兵で大軍にむかう。そういうことだろう、とジャカ・ガンボは思った。

確かに、いまふり返ると、戦場はあまりに広くなりすぎたし、百人隊は多すぎた。

「常に戦場に立つ、というわけではなかった。それで、わしの戦は、どこか甘いところが出てしまうのだろう」

椀に注がれた馬乳酒に、ジャカ・ガンボは口をつけた。思わず、息が洩れた。

「なあ、ジャカ・ガンボ。この草原の覇者になって、わしはなにをやるのだろうか。やることが、残っているのだろうか」

「陛下、お答えできません。それは、陛下が悩まれることです。陛下が決められたことに、われらは従うだけなのですから」

「覇者となったら、わしはもっとひとりきりなのだろうな」

「孤独は、王座への階です。そして王座は、孤独そのものなのだろう、と俺は思います」

「この歳にして、わしはそれほどの孤独の中に立たなければならぬのか」

「はい」

「むごい男だのう、おまえは」

「仕方がありません」

「ジャムカは、討ち果すな」

いきなり、トオリル・カンの声が変った。眼も、異様に光っている。

「生きたまま、捕えよ。フフーの前で、指を一本ずつ叩き潰し、生まれてきたことを、後悔させてやる。ひと月かけて、嬲り殺してくれよう。いや、死なせず、いつまでも生かしておくか」

それから、トオリル・カンは眼を閉じた。

ジャムカについては、ひと言、愚か者と吐き棄てただけだと思っていた。心の底には、ジャカ・ガンボには想像できないほどの、恨みと憎悪が積み重ねられていたということなのか。
かなり時が経ち、トオリル・カンは眼を開いた。虚ろな光だ、と思った。ふだんでも、トオリル・カンはもっと力のある眼をしている。

細い眼から洩れる光を、ジャカ・ガンボは誰よりもはっきりと、見て取ることができるのだ。トオリル・カンの眼の光だけを見て生きてきた、と言ってもいい。

「陛下、明日も同じような戦が続くと思います。今日のようなことは、決してなさりませんように。口で言っていただければ、俺が動きます」

「わかったぞ、ジャカ・ガンボ。きっと、そうしよう」

トオリル・カンは、また眼を閉じた。

ジャカ・ガンボは、自分がいい戦をしたのかどうか、よくわからなかった。今日の朝、この戦は特に勝たなくてもいい、などと思ったのだ。

トオリル・カンの命令についても、先を読むということができなかった。出された命令について、あれかこれかと考えただけだ。トオリル・カンの方が、遥かに戦場に即応していたのだ、という気がする。

実戦になれば、ジャカ・ガンボの情念からは、さまざまなものがこぼれ落ちて、本能で闘い勝とうとしていた。

トオリル・カンが眠りはじめたので、ジャカ・ガンボは天幕を出て、離れたところに腰を降ろした。

しばらくするとアルワン・ネクが現われ、ジャカ・ガンボを見つけて、そばに腰を降ろした。すでに、陽は落ちていて、月が冷たい光を草原に注いでいる。

「タルグダイの副官を討ち取ったのだな」

「たまたまだ。禁軍に突っこんできたタルグダイを、追った。ほんとうなら、タルグダイの首を奪らなければならんところだろう」

「ま、大将の首というのは、何重にも守られているものだ」

「陛下に、用事か？」

「眠っておられる」

「長くは、お眠りにならん。すぐに眼醒めて、しばらくしてまた眠られる。話があるなら、その合間だな」

「わかった。ここで待とう」

「アインガは、相当なものか？」

「正直、きつくなってきている。それはアインガも同じだと思うのだが、もしかすると余裕があるのかもしれん」

「もう、ぎりぎりのところさ」

「俺とアインガが、通じるかもしれない、という偽情報を流し、ちょっとばかり芝居もした。つまり、それぐらいのことをやる余裕はあるのだな」

「なかったから、そんなことをした、とも考えられる。陛下が、さまざまな情報を流される。それに対する返礼のようなものだな」

「陛下は、気にされているのだろうか」

「わからん。忍びの者たちに、返事もされなかった。しかし、陛下のお心の中には、なにかが居座り続けることもある。それについては、誰もわからん」

「そうだな」

「ほんとうに苦しいのだな、アルワン・ネク。おまえにしてはめずらしい弱音だ」

アルワン・ネクが、月を見上げ、息を吐いた。

「アインガというのは、岩のような男だ。どうにも動かせない」

「そろそろ動く、と俺は思う。アインガが動くわけではなく、どこからか綻(ほころ)びて戦線全体が動きはじめる」

「綻びるのが俺のところだというのは、いやだな」

「おい、あれ」

天幕にむかって、人影がひとつ歩いていく。

衛兵も、その男を止めようとしなかった。

「セングム様か。俺の軍の百人隊をひとつ率いて、陛下のそばへ行った」

「結局、先鋒で命をかけさせた戦は、ひとつかふたつか」

「俺が、見守っていたよ。死なせるのは、やはりまずいと思い」

「またそばに、セングム殿を置く。親子の血というのは、なんなのだろうな。俺にはもう、陛下が背負われた業のようにも思えるぞ、アルワン・ネク」

セングムは、なにをするでもなく、天幕の外に座っている。

この男を死なせる度胸すら、自分にはなかったのだ、とジャカ・ガンボは思った。

王としての、素質がない。部下に慕われない。陰謀ばかりをめぐらせ、顔の表情を動かさない男になった。

この男がいなければ、ケレイト王国はどれほど安穏だったのか。厄災はすべてセングムが運んできた、と思えるほどなのだ。

トオリル・カンは、多くの弟たちを殺した。自分に逆らうかもしれない長も、罠に嵌めて殺した。烏律という側近も、ためらうことなく、自らの手で刺し殺したのだ。

セングムだけは、痛めつけても、殺せなかった。セングムのある部分を、トオリル・カンは見ないようにしている、としか思えなかった。

「いろいろあったが」

「よせよ、ジャカ・ガンボ。そろそろ戦況が動くという、おまえの言葉を、俺は大事にすることにする」

アルワン・ネクが立ちあがった。

「陛下には」

「やめておこう。俺は、自分の軍の中が、最も落ち着く」

アルワン・ネクの背中が、闇に紛れて遠ざかっていった。

五

チラウンは、実戦の武将だった。

調練では、それほどの切れ味を見せない。判断が、間違いではないが、どこか凡庸なのである。カサルは、それを見て苛立つこともあった。

しかし、実戦での勘は、舌を巻くようなところがあった。本人は、調練と同じようにやっている、としか言わない。

明日の戦について話していると、テムジンが従者だけを連れてやってきた。

チラウンは、決まり切った戦の話をするのが、嫌いである。カサルは、決まり切っていても、一応話しておかないと落ち着かない。

「巡回というわけではありませんよね、殿」

「こんな戦を三日も続けていると、いい加減おかしくなる」

「俺も、そうですよ、殿」

「眠れないのですか、兄上」

「眠っても、すぐに眼醒める。それを何度かくり返すと、朝だ」

夜は哨戒の隊が出ているが、夜襲など現実的な話ではなかった。なだらかな丘はあるものの、見通しはいい場所だった。

敵の夜営地の篝も点々と見えている。

「俺は、眠りすぎだ。殿に少し分けて差し上げたいな」

チラウンは、テムジンと同年だった。出会った時も古く、テムジンが南へ逃げる時、ソルカン・シラとともに会ったのだ。

兄のチンバイは、ボオルチュや黄貴などと一緒に、地図を作っていた。

「兄上、動きそうで動かないこの情況は、なにが原因なのですかね」

「俺も、はじめはわからなかった。いまは見えている。戦場に、アルワン・ネクとアインガがいるためだ」

「なるほど。まあ、俺もそんなところだと見ていますが」

「あの二人の消耗が、一番激しいだろうな。限界に来ている、とも思える」

「おかしな崩れ方をされても、困りますが。駈け回ってくれないかと、俺は毎日思ってますよ」

「一番駈けたいのが、あの二人だろう。よく駈け出さないで耐えていると思う」

「俺は、もう動くと思っています、殿」

「きのうも、その前の日も、動くと思ったのではないのか」

「いや、思ったのは、いまです。根拠など、なにもないのですが」

「そうか。チラウンの勘は、よく当たるぞ、カサル」

「いえ、俺は滅多に、勘が働かないのです。いまは、働いたような気がします」

「兄上、チラウンは呪術師になれるかもしれません」

「まったくだ」

「もしなれても、俺はいやですからね。俺の営地のそばには、一応呪術師がいますが、妻も子供たちも、出入りさせていません」

「そんなに嫌いだったか、チラウン」

「いや、俺は妻の母親が病で、ほとんど立つこともできなかったのです。それを、アチに勧められて、養方所へ運んだのですよ。そうしたら、なぜか元気になったのです」

「それまで、呪術師が診ていたのか」

「はい、殿。金国の、いや漢民族の医術というのは、すごいものです。こういうことがあると、よくわかりますね」

「アチには、養方所と薬方所の、二つを統轄させようと思っている。ボルテも、それに賛成している」

「亭主は、まだ南から戻らないのですか」

「おまえは、ダイルとも親しかったのだよな、チラウン」

「はい、殿。兄も、親しいですよ」

「もうしばらく、ダイルは南だ」

「この戦に負けて、逃げこむところが、南のダイルのところ、などと考えてはおられないでしょうね」

カサルは、一度だけそれを考えた。戦をする以上、負けた場合のことも考えておくべきだ、といまも思っている。

テムジンが逃げるとしたら、アウラガの付近なのか。アウラガ一帯にある鍛冶場や工房などを、放そうとはしないはずだ。鉄音(ズルフ)も、絶対に放せない。

テムジンがなにを大事にしているか知っていて、ジャムカは別働隊を送った。ベルグティの命を懸けた闘いがなかったら、この戦そのものがどうなったか、わからない。

幼いころから、ベルグティとはいつも一緒だった。テムジンと暮らした時より、ベルグティとの時の方が、ずっと長い。

ベルグティが、ふっと気弱なものを見せたのは、何年ぐらい前だっただろうか。カサルにだけわかる、表情の動きだった。あのころから、病がベルグティの躰を蝕んでいたのだろうか。

草原の男は、頑健でなければならない。それは言葉で言うのではなく、あたり前のこととして思いの中にある。

動けなくなる前に、なぜ気づいてやれなかったのか、という後悔はあった。

兄弟ではなく部下だったら、気づいて早く手を打ったのかもしれない。それも、いま思うことだった。

「呪術師の祈禱というのは、あれでいいのでしょうか、殿」

「チラウン、あれは多分、気持を直そうとしているのだと思うぞ。そしてそれが効いてしまう病人もいる」

「そうですね。俺はうちの呪術師を、責めたり叱(しか)ったりはしていません。草原の歴史や、先祖のことを知っていたりするのですから。ただ、深刻な病人は、養方所に運ぼうと思いますよ」

「本人次第ではあるのだがな」

ベルグティを養方所に入れると決めたのは、テムジンだった。医術というものを、大同府でつぶさに見たからかもしれない。

「とにかく、いま養方所は、戦場と同じようなものだろう」

兵站部隊が、物資を届けると、怪我人を輜重に乗せて運んでいく。それで死なずに済む兵も、少なくないだろう。

カサルは、空を見あげた。

「星が、流れた」

「なんだ、見逃してしまったな」

テムジンが言った。

「俺は、毎夜のように、流星を見ていますよ。眠るまで、眼を開けていますから」

「それはなんだ、チラウン。眠れないからか」

「眠りすぎると言いましたよ、殿。眼を閉じると、その瞬間に眠っているからです」

「羨しい話だ」

「兄上、俺たちに、なにか命じることがあるのですね」

「流れ星が、教えてくれたか」

「そんなところです」

「明日、戦場を横切るように駈け、アインガの軍に突入しろ」

「それは難しい。どうやってアインガに勝て、と言われていますか？」

「勝たなくてもいい。とにかく、アインガを後退させる。アルワン・ネクも、前に出てくるはずだ」

「そりゃ、当然」

「いいか、カサル。こういう膠着の戦を、トオリル・カンは嫌いではない。力が拮抗しているがゆえに、膠着は長く続き、トオリル・カンも長く愉しむ」

「しかし、嫌いではないとか、愉しむとか」

「俺は、なんとなくわかるのだが、トオリル・カンは命懸けで愉しむのだぞ。あの男はそうやって、負けても死なずにいたのさ。ある意味、勝ちはしないが負けてもいない、と言える」

「わかります、なんとなくですが」

「勝ちもしないが負けもしない。そういうトオリル・カンの戦に、俺はこれ以上巻きこまれたくはない」

「アインガの軍に、俺とチラウンは突っこみます。兄上は多分」

「間違いなく、ジャムカに崩される。潰れる前に、後退する。それで、トオリル・カンも後退する。孤独だが、ひとりでいられない男だからな」

「決断が遅れたら」

「後退の決断は、誰よりも迅速に出すさ」

「明日、正面のジャムカやタルグダイを無視して、アインガの軍に突っこみます。アインガを後退させてから、俺もチラウンも、兄上を追って駈けます。どこへむかえばよいのですか？」

「北へむかう。コイテンの地が頭にはあるが、とにかくヘルレン河を背にして、陣を取る。俺がすべて決めるぞ。トオリル・カンが来なくても、俺は単独でも闘う。来れば、はじめから俺が先鋒で、トオリル・カンが本隊という戦になる」

ここは、かたちとしては負ける。それも、自分ひとりで負けを背負うつもりに、テムジンはなったようだ。そして移動する。そこが、決戦場になる。

テムジンは決戦場へ、トオリル・カンを連れていく。トオリル・カンに命じられて、動くのではない。

カサルには、テムジンがトオリル・カンの上に立とうとするのを、いま見ているのだ、という思いが強くあった。

カサルはなにも言わなかったが、テムジンの決断を支えるのは自分なのだ、と胸に刻みこんだ。

チラウンも、なにも言わなかった。

「では、明朝だ」

「コイテンまで、お目にかかることができないかもしれませんが、兄上の思いはしっかり抱いて駈けます」

テムジンは小さく頷き、馬の方へむかった。

チラウンが、篝のそばに指揮下の百人隊長を集めた。二十名いる。カサル指揮下の三千騎より先に、二千騎を駈けさせるつもりらしい。それも、二十隊に分けてだ。

アインガにとっては、めまぐるしいほどの攻撃になるだろう。一隊ずつ押し包んで討ち果すことは、難しくない。しかし後方から三千騎が突っこんでくると、相当の犠牲を覚悟しなければならなくなる。

そして正面には、アルワン・ネクの軍がいる。

「いいな。突き抜けられない隊は、全滅ということになるぞ。隊同士で助け合うという余裕もない。停まることは死。それを頭に刻みこんでおけ」

それからチラウンは、出撃の順番を決めていった。チラウン自身は、最後に出発する隊にいる。

百人隊長たちを解散させ、それぞれの隊に戻した。

「これでいいでしょうか、カサル殿」

「すまん。よろしく頼む」

つまるところ、一番危険なところを、チラウンはなにも言わずに引き受けた。

カサルは、百人隊長に召集はかけなかった。三千騎は、ひとつになって駈ける。

夜明け前、チラウンは部下のところに行き、カサルはひとりになった。

やってくれよな。ベルグティの声が、不意に聞えたような気がした。

月も落ち、闇は深くなっている。

やがて、夜が明けた。

戦場は、はじめから動いた。チラウン指揮下の百人隊が、次々に駈け出していく。土煙があがる。

アインガの軍に、いくらか乱れがあった。これから進発し、またアルワン・ネクと押し合おうという時だったのだろう。

カサルは、三千騎を率いて駈けた。途中から、疾駆した。百人隊がひとつ、取り囲まれているのが見えたが、そのまま駈け過ぎた。

アインガの軍は、半分以上が後退しようとしているように見えた。それを確認する余裕はなかった。しばしば、敵が遮ろうとしてくる。打ち落とすというより、勢いで突き抜けるだけにした。

北へ。先に駈けているはずの、チラウン軍の背中は見えない。

馬の脚を落とし、夕刻まで駈けた。

夜中も駈けたいところだが、馬はもう休ませなければならない。

羊の皮で馬体を拭い、塩を舐めさせ、携行している秣（まぐさ）を与えた。草原の中だが、馬が好む草ではなかったのだ。

「馬のそばで、鞍を抱いて休め」

途中の水場で、水だけは飲ませている。

「明朝から、半日駈け通して、恐らくヘルレン河です」

確認するために、副官は言っている。それから、十二騎足りない、と報告した。敵の中を駈けたのである。十二騎の犠牲で済んだのだ、とカサルは思った。その分、チラウンの軍に犠牲が出ているだろう。

カサルの移動が速すぎたので、敵の動向を調べて報告する者たちも、夜半まで追いついてこなかった。

テムジンは、ジャムカと激しくぶつかり合ったようだ。そこにジャカ・ガンボが介入し、両者が分けたというかたちになった時、テムジンは駈けはじめ、コイテンにむかった。

それがあったからなのか、トオリル・カンもすぐに移動をはじめたという。

敵は、タイチウト氏のタルグダイを先頭に、動きはじめていた。次がメルキト族のアインガで、後軍というかたちでジャムカが進んでいた。

戦場を移動させることを、ジャムカは同意したのだろう、とカサルは思った。

テムジンがどこを駈けているか、まだ報告は届いていない。

兵たちは、それぞれ自分の馬のそばで、鞍を抱いていた。兵糧は、自ら携行している石酪だけで、干し肉を戻すための焚火も作らない。

「百人隊長は、ひとりも俺のところへ来ていないな」

「全員が、自分の隊と一緒のようです」

それでよかった。百人隊長は誰も疑問を抱かず、部下を掌握しているということだ。

カサルは石酪を掌の中で砕き、眠っておけと副官に言った。

夜明け前に、眼醒めた。

カサルは、革袋から水を少し飲んだ。

百人隊長も起きてきて、声をあげて兵たちを起こし、馬に鞍を載せさせた。

薄明の中を、進発した。馬は、元気を取り戻している。そして、なにかないかぎり、疾駆はさせない。

「前方に、騎馬二千」

斥候が、報告に来た。次の斥候は、一千だった。斥候は三隊出しているので、もうひとつ報告があるはずだが、それは待たなかった。

丘をいくつか越え、前方に騎馬隊が静止しているのが見えた。千二、三百騎。それからすぐに、旗が見えた。

白地に、鳶色(とびいろ)の縁取り、テムジン軍が草原にはじめて立った時、掲げた旗だ。

いま、将軍として扱われている者の軍には、旗が与えられている。白地の旗で、鳶色の縁取りはない。旗の先端にそれぞれ色のついた布をつけている。カサルは赤だった。

丘を降り、軍を停め、カサルはひとりで駈けてテムジンのそばに行った。

「兄上、速すぎますよ」

「タルグダイが、しつこく追ってきた。あんなタルグダイを見たのは、はじめてだな。スブタイの前衛が、いま後軍だ。できるかぎりスブタイに負担をかけないために、俺はかなり速く進んだよ」

「わかりました、兄上」

「チラウンは？」

「まだ、合流できていないのです。多分、先行しているはずなのですが。やつは、遅れた軍を待つような男ではありませんので」

「そうか、では行こう」

テムジンのそばにはテムゲがいて、カサルに眼で合図してくる。大した犠牲は出していない、とカサルにはわかった。

ジェルメとクビライ・ノヤンの軍が通りすぎてから、カサルは三千の軍を動かした。

二刻ほど経った時、後方からスブタイの軍が追ってきた。

「タルグダイは、ようやく追うのを諦めて、後続を待とうという気になったようです。アルワン・ネクとジャカ・ガンボが続いてくるようです。トオリル・カンの旗は、本隊の真中にあるそうです」

ジェベが馬を寄せてきて言った。スブタイは、テムジンの方へ従者数騎と駈け去った。

「到着は、明日かな」

「そうですね。敵はジャムカの動きだけ、摑めませんが」

「そこにいる。そう思っていよう」

次第に、テムジンがやりたい戦のかたちが作られつつある。

午(ひる)には、ヘルレン河のそばに着いた。

「よくやってくれた」

チラウンがいたので、カサルは歩み寄った。顔に小さな傷があるが、大きな負傷はしていないようだ。

「百人隊を二つ」

チラウンが呟くように言う。

「百人隊を二つ、俺は見殺しにしました」

「察するよ。しかし、戦はこれからだからな」

「ちょっと暴れたい心境ですよ」

とにかく、馬を休めることだった。

カサルとチラウンの軍を中央に、左翼にジェルメ、クビライ・ノヤンの軍、右翼にスブタイの軍というかたちになった。

テムジンの三百騎は、全軍からちょっと突出している。本来なら後方に構えるべきだが、前に出た。

馬を、ゆっくりと休ませることができた。

翌日の午に、ケレイト軍が到着した。

カサルは、テムジンに従って、それを出迎えた。

「テムジン、存念を申せ」

トオリル・カンは、馬上で無表情のまま言った。

「部下が、跳ねあがりました。百人隊がひとつかふたつ。それを追ってさらに百人隊が行き、二千騎が、アインガの軍に突っこんでしまったのです。黙視できず、わが軍の半分が。ジャムカが激しく動いてきましたが、本気で結着を求めてはいませんでした。これまでの戦場を変えることを、ジャムカも同意したような気がします」

「そうか」

テムジン軍の陣構えに、トオリル・カンは眼をやった。横に並ぶのではない。明らかに先鋒の構えだった。

「ケレイト軍は、われらが後方に、本軍として布陣していただけますか」

「先鋒をやろうというのだな、テムジン」

「御意」

「よかろう。まず緒戦で、おまえの戦を見ることにする」

トオリル・カンが、旗と馬印を従えて、テムジン軍の背後に回った。

「トオリル・カンという爺さん、どうしても俺は好きになれません。ジャカ・ガンボやアルワン・ネクは、むしろいいやつなのに」

「その爺さんに、俺は何年も、臣礼に近いものをとって、接してきたのだぞ、カサル。立てるのだけでも、大変だった」

「でも、もう兄上の戦ですね」

「そうだ、カサル。とうとうだ」

テムジンは、南を見つめていた。

見るかぎり、南の草原にはなにもない。

草原の空

一

コイテンには、丘陵が連なっているが、どれもなだらかなもので、どこからでも地平が見通せるような気がした。

ほんとうは地平の先に山なみがある。その日の天候によっては、山なみが遥か遠くに見通せる時もある。

草原を、雲の影が走っていた。

それを軍勢などになぞらえて見るのが、テムジンは昔から好きだった。

まるで生きもののようだ、とよく思ったものだ。急な斜面になると、影はいきなり速くなるような気がする。

「兄上」

テムゲの声がした。

「今日は、山なみが見えないな、テムゲ」

「俺は、敵のむこうには、なにも見えませんよ。そろそろ、すぐそばにまで来そうですが」

トオリル・カンが到着したのがきのうの午(ひる)で、夜になる前に、三者連合の軍は二十里南の地点まで進んできていた。ひと晩、兵馬を休ませ、今朝になってさらに十里進んできた。

テムジン軍は、はじめに展開した時から、動いていない。五里進むとすると、それで開戦の間合だった。

全軍に出動準備を命じてから、テムゲと二人でこの丘に立った。

「はじめようか、テムゲ」

「はい、兄上」

丘を降りた。

下で待っていた三百騎が、にわかに緊張するのがわかった。

サルヒに乗り、駈けはじめた。

三百騎がついてくる。それを合図に、全軍が動きはじめていた。

トオリル・カンと、戦についての話はしていない。話す気はなかった。トオリル・カンは、自分が一番いいように動くだろう。

テムジンも、自分の動きを決めてはいなかった。その時の判断で、動き方を決めればいいのだ。

五里、進んだ。

三者連合の軍も、しっかりと陣を組んでいるわけではなかった。陣などあまり意味がないと、ジャムカも考えたのだ。

ジャムカの玄旗が、中央にある。五万近い軍は、三つの色の旗によって区切られている。ただ、三者の連合は、思った以上に緊密だった。そしてジャムカの指揮は徹っているようだ。

指揮が全軍に徹るのは、確かに大事なことではあった。ただ、動きが悪くなる、というところがあるかもしれない。

テムジンとトオリル・カンは、ただ自分が勝つために動く。お互いの意思の疎通などはないが、二人とも明確に勝つことを目的にしている。

戦場で勝つ道など、そう多くあるわけではない。まして、力が拮抗しているのだ。細い、ひと条の糸のような道が、あるだけだろう。そしてそれは、一本だけかもしれない。

だからテムジンは、トオリル・カンのことはもう考えなかった。

ジャムカを見た。ジャムカの姿だけが、テムジンには見えた。五里。前へ出る。ジャムカも出てきた。五里が、すぐに一里になり、半里になった。

ジャムカが、にやりと笑うのが見えた。

テムジンも、笑い返したかもしれない。気づくと、駈けていた。ジャムカの剣。避けた。吹毛剣を、抜き放つ。眼の前に、ジャムカがいた。二度、行き合った。テムジンの斬撃は、剣でいなされた。

駈ける。ぶつかる。ジャムカには、四百騎の麾下。テムジンには百騎の麾下とテムゲの二百騎。脇を、ジェルメの軍が駈け抜けていく。

別のところで、カサルの軍がジャムカ軍とぶつかっている。それ以上、周囲を見きわめることはできなかった。

ジャムカの剣。具足の端に触れた。吹毛剣が、ジャムカの頰を撫でた。血が、わずかに流れ落ちている。

不意に、大軍がジャムカとの間を遮った。ジャカ・ガンボとタルグダイがぶつかっている。

戦場が、拡がっていた。どこまで拡がっているのか、よく把握できないが、全軍が展開してぶつかり合っているようだ。土煙で、風景が眼の前さえも霞んで見えた。

眼の前の大軍が、水が流れるように横に移動した。

ジャムカとの間に、なにもなくなった。

同時に駈けはじめ、ぶつかった。反転しては、ぶつかることをくり返した。

いつの間にか、陽が傾きかけている。

「テムゲ、犠牲はどれほどだ？」

「二十六騎」

「ジャムカは？」

「はっきりはわかりませんが、二十から三十騎」

「全軍を集めろ。腰を入れ直す。こんな身勝手な闘い方を、いつまでも続けられない」

「しかし、見ものでしたよ。これまでのすべてのことを吐き出すように、二人の男が命をぶっつけ合って。できれば、いつまでも見ていたい、と思うほどでした」

「余計なことを言うな。全軍だ」

「いま、集まってきます。合図を出しましたから」

「ほんとうだろうな」

「なにを言っているのです。みんな指揮下に入りたかったのですよ。それにしても、まったく」

「なんだ？」

「ジャムカも、全軍を集めようとしていますね。同じ呼吸で、生きてきたんだな。そして、同じ呼吸で闘ってきた」

「もういい。俺はこれから、あいつを殺さなければならないのだ」

「ジャムカも、同じことを言っていますよ、間違いなく」

ジェルメとクビライ・ノヤンが、戦場の中で暢気(のんき)に轡(くつわ)を並べてやってきた。それからカサルの軍が土煙の中から現われた。スブタイの軍が二千。

「よし、戦の流れを作るぞ」

戦場を駈け回り、敵と擦れ違ったら、一撃ずつ与える。それで、徐々にこちらが押すようになる。

「いけません、兄上。ジャムカも、同じやり方です」

「退き鉦だ」

「ジャムカも、打っていますよ」

テムゲの言うことが、ひとつひとつ気に障った。

戦場から、トオリル・カンが戻ってきた。

テムジンに眼もくれず、駈け抜けていく。千五百の禁軍を率いていた。ジャカ・ガンボが二千数百を率いて、それに続いた。

あとは、アルワン・ネクの本軍で、これは千人隊ごとに時雨のように帰ってきた。雨の少ない草原に時雨はないが、大同府ではしばしばあった。そんなことを、テムジンはなんとなく思い出した。

最後の千人隊でアルワン・ネクが戻ってきて、テムジンに頭を下げて駈け抜けた。

「よし、前の位置に戻るぞ」

五里の距離である。テムジンと同じように、ジャムカもそう思ったのか、五里以上退がることはなかった。

夜営になった。篝を少なくすることに、あまり意味はなかった。斥候も、せいぜい二里まで探らせた。

夜更けに、ジャカ・ガンボが十騎ほどの従者とともに現われた。

「明日は、どういう作戦でやるか、伝えに来いと陛下は言われている」

「今日と同じだよ、ジャカ・ガンボ」

「またジャムカと、延々とぶつかり合いをして、俺らの気持を乱すのか」

「乱れる方が、悪い」

「そうだな。陛下は、今日の闘い方を、自分に合っていると感じられたようだ」

「闘う気さえあれば、誰にでも合ったやり方だ、と思わないか、ジャカ・ガンボ」

「思うよ」

「これに勝てば、トオリル・カンは草原の覇者だ。そのことを、よく御存知なのであろうな」

「帰ったら、もう一度言っておく。テムジンは、陛下を草原の覇者にするために、闘っておりますと」

「俺は、ただの先鋒だ」

「本気でそう思っているなら、これ以上はない陛下の忠臣なのだがな」

「俺は、トオリル・カンの臣下となったことはないぞ」

「だよな」

「すべて、かたちだ。かたちがかたちでなくなる時が、ほんとうになにかが変る時だ、と思う」

「明日も、死ぬなよ」

「おまえもな、ジャカ・ガンボ」

「テムジンは寝ていました、と陛下には伝えておくよ」

ジャカ・ガンボは、後方の陣へ帰っていった。

「意に染まない使者を、やらされたのですかね」

カサルが、そばに来て言った。

「やつは、俺に会いたいとは思っていただろう。理由はいろいろあるだろうが、俺は会っただけでよかった」

「兄上が動くのと同じように、ジャムカは動いていたそうですね。テムゲも、呆れていましたよ。思い切りやれば、そうなってしまうというのは、どういう二人なのだろう、と言っていました」

「たまたま、そういうことがあった。そう思うようにしている」

「悲しすぎますよね、まともに考えると」

「そうだな」

「兄上が大同府へ行って留守の時、母上の営地を訪ねてきたのです。部下を率いていました。あれが、俺が見た最初のジャムカですよ。なんて颯爽とした男なのだろう、と思ったような記憶があります。あとで、ベルグティと話したりしたものです」

その話は、母から聞かされたような気がする。モンゴル族の中に、同じ歳のそんな男がいるのだと、頭に刻みこんだ。

あのころのテムジンは、ただ生き延びるための闘いを強いられた。キャト氏の長の息子と言ったところで、誰もそれを認めようとしなかった。誰かに認められたと思ったら、それは父のイェスゲイを認めていた、という場合が多かった。

「カサル、もう寝ろ」

「兄上が眠れないのなら、つき合います」

「余計なことだ。眠れないまま、俺はかなりまともなことを考える。その邪魔はしないでくれ」

「わかりました」

カサルが、一礼して離れていく。

兵たちはみんな、うずくまるような恰好をしている。調練の時、そんな眠り方をさせるからだ。襲われて、最も速く対応できるのが、その恰好だった。

眠れなかった。まともなことを考える、とカサルには言ったが、負けた戦のことばかりが、思い浮かんだりした。

胆の小さな男だ。だから、ここまで生き延びてこられた。戦の前は、いつもふるえていた。生き延びた時は、ただ運がいいだけで、次は死ぬのだろうと思った。

そんなことばかりを考える夜が、いつもあるわけではない。自分が強い男なのだ、と思いこもうとする時もある。

眠れない時に、なにか役に立つことを考えつくなどということは、まったくないのだという気がする。カサルなどを話し相手にして、朝を迎えた方がいい、とも思う。

「よろしいですか、殿」

狗眼(くがん)のヤクの声。テムジンが眠っていないことを、知っていて声をかけている。

「この情況で、私が報告することはなにもないのですが」

「話せることがあったら、話せよ」

「私の手の者の報告によると、ジャムカはよく眠っています。アインガも、しばらく躰を動かしていましたが、深く眠ったようです。タルグダイのそばには、女房がいて、眠らせてくれるようです」

タルグダイの妻は、ラシャーンという女傑だった。戦では、タルグダイを庇うような動きをしていたが、今度の戦では、ほとんど見えてこない。それでもやはり、タルグダイのそばにはいるようだ。

「それから、トオリル・カンは浅く短い眠りで、苦しんでいます。眠れない方がましだ、と考えているかもしれません」

トオリル・カンは敵ではない、と言おうとして口を噤んだ。眠れるか眠れないか、他愛ないことまで、ヤクは調べている。それが他愛ないだけでない場合が、多分、あるからだろう。

「俺は、眠っていないのか、ヤク」

「明け方に一度、深く眠られることが多いようです」

「おまえは？」

「私は、眠りません」

「待て、部下が起きていれば、眼を開いている、などと言うのだな」

「その通りです」

「虫のいいやつだ」

「部下には過酷なほどの働きを求めますが、戦場で死ぬことも禁じております」

「おまえの部下が報告に来た時、死んだ方がましだと言っていた」

部下は、無駄な話は一切しない。報告をし、命令があればそれを受けるだけだ。

「死んだ方がましだと思うようなら、狗眼の者として未熟です」

「未熟な部下ばかりだな、ヤク」

眠くなった。

気づいた時、空が白みはじめていた。

テムジンは水を飲み、石酪を一片、口に入れた。

テムジンが起きているのを見て、従者たちが近づいてきた。

「馬の用意。具足を、整え直してくれ」

きのう、ジャムカの剣先が、一度具足に触れた。

「兄上、お眼醒めですか」

テムゲが近づいてきた。

「兄上の鼾(いびき)などめずらしく、麾下の兵もみんな眼を開きました」

「誰の鼾だと、テムゲ」

「いえ、鼾などではありません。麾下と二百騎は、出動準備ができております」

「ジャムカは？」

「起き出して、動いています。すぐには出てこないと思いますが」

五里の距離がある。人の動きも充分に見てとれる。

「よし、われらだけ、二里進む」

テムジンは、馬に跳び乗った。

二里、駈けた。哨戒の隊と行き合い、戦闘の構えをとるのを、笑って見やり、旗を掲げさせた。

敵から三里の地点。ジャムカが、じっとこちらを見ている。意図を測ろうとしているのだろう。測れるわけはなかった。意図など持って、前に出たわけではない。

しばらくして、ボロクルとジェべが、それぞれ五百騎を率いて、横に来た。スブタイが一千騎を率いてきて、スブタイの軍は揃った。前にむかって、闘うという構えをとっている。

次に、カサルの五千騎が来た。そのうちの二千騎は、チラウンの指揮下である。

ジェルメとクビライ・ノヤンは、なかなか来なかった。

ジャムカ軍が、数千騎で前へ出てきた。

一里の距離でむかい合う。

「ジェルメ殿とクビライ・ノヤン殿が、来ません」

来ないのではなく、テムジン軍の後方につくという気がないだけだ。

「伝令など、出さなくていいぞ、テムゲ」

「そうですね」

テムゲも、なにか感じているようだ。

アルワン・ネクの軍が、臨戦態勢をとった、という報告が入った。

トオリル・カンは、千五百騎の禁軍と、二千五百騎のジャカ・ガンボの軍に守られているのだろう。

「行くぞ」

ジャムカとは、ぶつからない。よほど接近すれば別だが、このままぶつかっても、きのうのくり返しになるだけだ。

「テムゲ、どこに隙が見える？」

「見えません」

呟くように、テムゲが言った。

一番隊が出そうなのは、タルグダイの軍だった。そこに隙が見えないというのは、相当緊密に、軍の指揮をしている。

「メルキト軍だ」

「アインガに、隙は見えません」

「後方には、隙があるに違いない、と俺は思うな。左に回って、メルキト軍の側面を衝く。それから、後方にむかって攻めかける」

「われわれだけですか、兄上。アインガのメルキト軍は、二万五千騎とも言われています。三百騎の寡兵で、どこまで崩せるか」

「見ていろ、テムゲ。死ぬ覚悟をするだけでいいからな」

テムジンは、先頭を駈けて、左へ回った。

ジャムカの軍が遮ろうと動く。そこに、スブタイの一千騎がむかい、テムジンに続くように、ボロクルとジェベが左へ回りこんでくる。

カサルが、どう動いているのか。そこまでは、見てとれなかった。ケレイト軍のアルワン・ネクの動きも、トオリル・カンの動きも、テムジンは気にしなかった。

「駈けて、駈けろ、テムゲ」

聞えないだろうと思いながら、テムジンは声をあげた。

メルキト軍の側面。かなり強い弓勢(ゆんぜい)で、矢が射られてきた。

弓矢を遣っているのは、メルキト軍側面後方の、十騎ほどだ。特に強弓を遣う者を、集めているのかもしれない。

二矢目が、射られてきた。三矢目は、なかった。

弓を持った敵兵が、馬から吹き飛ばされるように、後方に落ちた。三名、四名と後方に飛ばされている。クビライ・ノヤンの矢で、一騎目を突き抜け、その後方の兵に突き立っている。

メルキト軍の将校らしいひとりが、剣でクビライ・ノヤンがいる方を指し、駈けはじめた。その躰がのけ反り、将校と後方の一騎が、串刺しのようになって、飛んだ。

テムジンは、そこに突っこもうとした。

しかし、どこから出てきたのか、ジェルメの一千騎が、テムジンの軍を追い抜き、そこへ突っこんだ。敵が揺らぐ。

テムジンは、ジェルメを無視して、かなり前方を狙った。しかし、クビライ・ノヤンの矢が五矢ほどテムジンの脇を抜け、敵を十数騎落とした。

テムジンが新たに崩そうと思ったところは、クビライ・ノヤンが突っこみ、崩していた。

テムジンは、舌打ちをした。

意外な動きだったが、アインガが一千騎ほどで駈けつけ、クビライ・ノヤンの軍にむかった。ぶつかった。アインガの一千は相当に強力で、クビライ・ノヤンの軍は、守勢に回った。

テムジンは、アインガの後方に襲いかかった。これでアインガの首を奪れると思ったが、不利と見た瞬間に、自軍の中に素速く紛れこんだ。

「戦で、虫のいいことなど、起こりはしないよな、テムゲ」

大声で言った。テムゲは、二百騎を必要以上にテムジンに寄せている。いざとなったら、テムジンを守るのは麾下と、テムゲの二百騎しかいない、と思っているのだ。

「兄上、アインガが三千騎ほどで、反撃してきますよ」

「それはまずいな。逃げるか」

「逃げられません」

「単独ではな。おまえは戦をひとりでやるものだ、と思っているのだ。反論はあるだろうが、負けているぞ。最後の一兵になるまで、抵抗はいくらでもできる」

「兄上」

「言ってみただけだ。テムゲ、戦がどれほど変幻な生きものか、いまから見せてやろう」

テムジンは、駈けはじめた。三千騎が追ってくる。麾下を、本気で疾駆させた。テムゲが率いる二百騎が、遅れはじめる。

アインガの三千騎は、本隊を離れ、執拗に追ってくる。テムゲは、背中に脅威を感じはじめているだろう。横から、ボロクルの五百騎が突っこむ。しばらくして、ジェベの五百騎。テムジンは、さらに駈けた。スブタイの一千騎が入ってきた時、先頭が分断され、アインガは三百騎ほどを率いているだけになった。

馬首を回した。テムゲが、慌てている。テムジンは、構わずアインガにむかった。

アインガは剣の鞘を払い、姿勢を低くした。戸惑いはあるはずだ。三百騎だけ残り、あとは分断されたという、焦りもあるはずだ。

しかしアインガに、ためらう気配は微塵もなかった。テムジンにむけられた視線は、射るように動かない。

大きくなってくる。馳せ違う瞬間、テムジンは剣を撥ねあげ、鐙に立った。振り降ろした剣。どこかに触れた。しかし、浅い。絡みつくように反転し、しかしテムジンは方向を変えて、疾駆した。

ようやく、テムゲが追いついてくる。

「アインガを、なぜ討たないのです」

ゆっくり駈けはじめたテムジンに、テムゲは馬を寄せてきた。

「ひと太刀は、届いていました。アインガの躰は、一瞬、縮んだようになりました」

「よく、眼を開け」

「えっ」

ふりむき、テムゲは唸り声をあげた。

ジャムカの四百騎が、戦場を矢のように駈け抜けてきたのだ。アインガを討ち取ろうとすれば、ジャムカの剣は自分に届いた。

いまはもう、ジャムカとの間に、スブタイの軍が入っている。

全体の戦況はどうなのだ、とテムジンは確認しはじめていた。

二

巧妙なものだった。

テムジンは、アインガのわずかな隙を衝いて、ひと太刀浴びせた。

テムジンが、その場にこだわって、アインガの首を飛ばせば、次の瞬間に自分の剣はテムジンの胸を刺し貫いていたはずだ、とジャムカは思った。

ほんのわずかだが、テムジンはアインガとのぶつかり合いに、余裕を持っていた。その余裕で、突っこんできた自分が見えたのだ、とジャムカは思った。

戦場で、それほど虫のいいことが起きるはずもない。

ジャムカが考えたのは、テムジンがどこまで読み、どこまで流れに任せたのか、ということだった。

もしかすると、すべてを読み切って、動いたのかもしれない。

そうでなくても、そうだと思わせるのが、テムジンのこわさだった。

はじめから、テムジンはアインガの軍を起点に、戦を動かすつもりだった。アインガに隙を見たわけでなく、臆せず動くのがアインガだと読んだのだろう。

タイチウト軍のタルグダイも動くだろうが、その場合、アインガが掩護に回る可能性が強い。

タルグダイが、激しくジャカ・ガンボとぶつかっていた。側面からはアインガの軍の一部が攻撃していて、タルグダイはやりにくそうだった。

アインガは自軍に戻り、アルワン・ネクの軍と、戦場を圧するように激しく動き回っている。

これだけ動きはじめると、力だけで押し合う戦はできない。動き回り、相手の隙を衝く。失敗を待つ。

アインガは肩に負傷していたが、右手ではまだ剣が遣えるようだ。五百騎ほどを率いて、アルワン・ネクの軍を掻き回している。アルワン・ネクは、急激な対処はせず、徐々に包囲を縮めているようだ。

包囲されて馬が停められてしまう前に、縦列で包囲を破るか、救援の一隊を呼ぶかするだろう。

メルキト軍の騎馬隊は、トクトアが族長だったころの精強さを、まったく失っていない。

サーラルが、十騎ほどでジャムカのもとに来た。

「ホーロイ殿と俺とで、ジャカ・ガンボを挟撃する、というところまで持っていけそうです。殿も正面から加わっていただければ」

「俺は、トオリル・カンの禁軍にむかう」

「わかりました。殿の後続に、うちの百人隊を五つつけます」

「サーラル、テムジンの動きで、戦場はあっという間に、煮詰ってきた。わざわざ、俺になにか言いにこなくてもいい」

「わかりました。行きます」

タルグダイはいま、ジャカ・ガンボとぶつかっている。そして、押しはじめている。ホーロイとサーラルが駈ければ、挟撃には手ごろで、そうすればトオリル・カンが束の間、千五百騎で孤立するはずだった。

トオリル・カンにむかう機を、ジャムカは捜した。その時、タルグダイの軍に、異変が起きた。雷光隊だろう、とジャムカはすぐに見当をつけた。乱れた先頭に、ジェルメとクビライ・ノヤンが襲いかかっている。

タルグダイは、軍を小さくまとめ、徐々に後退した。逆に、ジャカ・ガンボが押すかたちになった。

挟撃をやめ、ホーロイとサーラルが、ジャカ・ガンボに後方から襲いかかった。それに、トオリル・カンが攻撃を加えたので、こちらが挟撃を受けるかたちになっている。

しかし、トオリル・カンの背後に、軍はいない。ジャムカは、そこへ馬首をむけ、疾駆した。トオリル・カンが、こちらをむく。なにか叫んでいる。禁軍の五百騎ほどが、防御をかためた。蹴散らし、赤い旗にむかった。十騎ほどはジャムカひとりで打ち落とした。麾下もぶつかっているので、百騎近く落としたかもしれない。

赤い旗。近づいてくる。

トオリル・カンの背後から、いきなりテムジンの三百騎が飛び出してきた。テムジン軍の動きは束の間、摑めていなかったが、トオリル・カンのむこう側にいた、ということになる。

ぶつかった。テムジンの斬撃をかわすために、ジャムカは馬から落ちそうになった。

テムジンの攻撃には、腰が入っていた。ここで自分を討つつもりだと、ジャムカは感じた。

麾下の四百騎が、かなり崩れている。馬首を回そうにも、圧力が強すぎて左右どちらへも動けない。斬撃をかわしながら、じりじりと後退するだけだった。

タルグダイが、いきなりジャカ・ガンボを押しはじめた。その勢いは、かなりのものだ。立ち直ったトオリル・カンの禁軍が、少し離れて小さくかたまった。

ホーロイとサーラルが、ジャカ・ガンボに攻撃をかけ、崩していく。タルグダイが、すぐそばにまで進んできた。

無理と見たのか、テムジンが退いた。離れている、トオリル・カンのそばへ行く。

散ったジャカ・ガンボの軍も、再びトオリル・カンのもとに集まりはじめている。

戦場を疾駆してくる、一千ほどの一隊がいた。それはタルグダイの側面にぶつかり、後方を乱した。アルワン・ネクだった。こちらに来ようとしているアインガを、別の隊が遮っていた。

大軍による、混戦になりつつある。

トオリル・カンは、それを嫌ったのか、退き鉦を打った。ジャムカも、打たせた。ここで力押しをすると、どこかに無理が出る。

両軍が、分かれた。

ヘルレン河沿いである。三者連合の軍は、河を左に見ていた。

アルワン・ネクの軍が、正面にいた。その後方にジャカ・ガンボで、テムジンは最後尾のようだ。トオリル・カンの赤い旗は、ジャカ・ガンボの前で、ケレイト軍、全軍に守られている、というかたちだった。

「トオリル・カンが、完全に守りに入ったかどうかは、疑わしい。気になるのは、最後尾のテムジンだな」

そばにいるのはアインガで、左腕を吊っていた。肩に受けた傷が、まだ塞がっておらず、巻いた布に血の染みが浮いている。部下たちはそれを気にしていたが、アインガはうるさそうだった。

「俺はこの一日で、戦は生きものだという言葉を、何度も思い浮かべました。翻弄された、という気がします」

翻弄されようが、アインガは本能的に間違いのない動きをしていた。テムジンに首を奪られかかったが、肩の傷だけで済んでいる。

テムジンとやり合っている時、ジャムカはアインガを救うために急行したのではなかった。テムジンがアインガを討てば、ジャムカはテムジンを討てた。そのつもりで、駈けたのだ。生き延びたのは自分の力だと言えたが、ジャムカに助けられたと感じている。頭を下げて、礼も言われた。

ジャムカは、細かいことをアインガに説明しなかった。助けられたと思っているなら、そうしておけばいい。

「トオリル・カンが、異常にしぶといような気がするのですが」

「アインガ殿が感じているより、俺はもっと強くそれを感じている。何度も、トオリル・カンに迫った。一度など、首がある場所を、俺は剣で薙いだ。かわしたのだ。無様に馬から落ちることで、俺の剣をかわした」

「あんな男が、いるのですね。強そうに見えはしないのに、じわじわとこちらに食いこんできている。討てそうなのに、討てない」

「俺が死んだら、アインガ殿が総大将をやれ。戦がきちんと見えている」

「タルグダイ殿がいますよ」

「想像以上の働きぶりだ。その場その場の判断も、間違ってはいない。しかし、雄々しく闘っている自分に酔っている、と俺は思っているよ」

「タルグダイ殿には奥方がついていて、走りすぎる時だけ、止めているという話です」

「まあ、そういうことだろう。見切りがいい。あの見切りだけは、タルグダイ殿ではない、という気がするな」

こちらの先頭は、タルグダイである。自ら、ほかの軍を押しのけるようにして、前へ出てきた。タルグダイの興奮を、ラシャーンはどこまで制御できるのか。それとも、最後は制御する気はないのか。

陽が落ちるまで、まだ数刻あった。

ジャムカは、ケレイト軍のアルワン・ネクが、すでに戦闘の態勢に入っているのを見た。時を、無駄に過ごしたくないという思いが、トオリル・カンにあるのかもしれない。

次に見たのは、アルワン・ネクとジャカ・ガンボが、かなりの勢いで前へ出てくるところだった。そのまま戦闘に入る、という進み方だった。

ジャムカは、タルグダイに前進の合図を出した。

タルグダイが、細長い槍のようになって、ケレイト軍に突っこんでいく。槍は、意外なほど強靭で、アルワン・ネクの軍を貫き徹し、赤い旗に達しそうになった。

しかし赤い旗は、徐々に横に移動して、槍の穂先をかわしていた。

タルグダイの視界には、最後尾にいるテムジンの姿が入っているようだ。進む速さを、変えようとしていない。

アインガが、水際の方から、アルワン・ネクに攻めかかった。タルグダイに突き抜けられていくらか出ていた乱れを、アルワン・ネクは即座に立て直していた。

ジャムカは、アインガと反対側から、ケレイト軍の側面を窺った。トオリル・カンは、こちら側にいる。しかし、隙がない。

タルグダイが、不意に方向を変え、河から離れるように駈けた。長くのびた軍の横腹を、テムジンに衝かれる恰好だ。

しかし先頭が停まり、後続の軍は即座に、五千騎の軍を二つ組んだ。見事な動きだった。その二つの軍で、テムジンを挟撃しようという構えに見えたが、タルグダイはさらに方向を変え、トオリル・カンの赤い旗に、二方向からむかった。

ジャムカは、タルグダイとテムジンの間に駈けこんでいた。

ムカリの雷光隊が、右に左に動いて牽制してくる。ジャムカは、それに構わず、テムジンとぶつかる構えをとった。

雷光隊が、ジャムカ軍の中央に突っこんできた。無謀な、とジャムカは思ったが、ジャムカ軍の中で巧みに馬を反転させ、あろうことかジャムカの背後に迫ろうとしている。

ジャムカは、横へ移動するのではなく、テムジンにむかって前へ出た。テムジンも出てくる。

ジャムカが連れているのは、麾下四百騎だけで、本隊はジャカ・ガンボを攻め立てている。

テムジン軍が、河の方へ動きはじめた。

なぜ、とジャムカは一瞬思ったが、後方の戦線が動いていた。トオリル・カンを先頭にして、敗走している。三方から攻めあげられている、という恰好なのだ。

タルグダイが、先頭で攻めあげている。

しかし、テムジン軍が遮ってきた。タルグダイが、狙い撃ちにされている恰好だった。ホーロイの軍が、テムジンを遮った。

トオリル・カンは五里先でこちらに馬首をむけた。アルワン・ネク、ジャカ・ガンボと、しっかりと陣形を組んだ。テムジン軍はさながら遊軍で、ホーロイの軍とやり合ったあと、サーラルの軍を牽制しながら、テムジン自身は三百騎で離れたところにいた。

タルグダイが、動きはじめた。ここまでの勢いを、止めたくないのだろう。

押しに押して、ここへ来たが、それでいいのか。ジャムカは、束の間、そう考えた。タルグダイが、前進を続ける。

トオリル・カン自身が、千五百騎で前へ出てきた。後方に、ジャカ・ガンボがいる。赤い旗。鳥の羽根を赤く染めた馬印。

タルグダイが、さらに進む。半里。それぐらいの間合で、タルグダイは止まった。

タルグダイの両側に、アインガの軍が一万騎ずつついた。アインガは、五百騎ほどで、タルグダイの後方にいる。

ジャムカが、動いた。動かざるを得なかった。それに合わせて、テムジンが出てきた。ジャムカの麾下と、テムジンの三百騎だけが、戦場で絡み合い、目まぐるしく動いた。

それでも、ジャムカには、テムジンの動きがよく見えていた。それは、テムジンも同じだろう。絡み合い、弾き合うが、ともに犠牲は出していない。

ホーロイとサーラルを前に出した。それを受けたのは、カサルの五千騎だけだった。

タルグダイが、また前進をはじめている。トオリル・カンの両側には、まだ誰も出てこない。

ホーロイとサーラルが、カサルの軍を押しはじめる。あたり前だ。兵力が倍なのだ。

タルグダイの軍の先頭に、雷光隊が現われて突っこんだ。タルグダイは予測していたらしく、兵を緊密に組ませ、雷光隊を弾き返した。そう見えたが、十騎ほどを雷光隊はタルグダイの軍の中に残していた。次の瞬間、外の四十騎と内側の十騎が呼応した。

いきなり、トオリル・カンが前へ出てきた。

勝負勘のようなものが非凡だと、ジャムカは何度か感じたことがあるが、まさにそれが出た前進だった。

先頭が乱れたタルグダイの軍は、トオリル・カンの千五百騎に、たやすく押された。そこに、両側からテムジン軍が二千騎ずつで突っこんだ。

タルグダイが崩れたが、後方のアインガの軍が、その崩れをしっかり止めた。

ジャムカは、まだテムジンと絡み合っていた。それは相手を討ち取るような動きではなく、それぞれお互いを動かさないために、ただ絡み合っているのだ。

この情況で、テムジンを動かしたくなかった。テムジンも、同じことを考えているはずだ。

崩れたはずのタルグダイの軍が、後方からアインガに支えられ、意外な早さで立ち直った。トオリル・カンの軍を追う。

トオリル・カンは、ジャカ・ガンボの軍の中に飛びこんだ。両側から、アルワン・ネクの軍が前進してくる。

タルグダイはそれに構わず、トオリル・カンとジャカ・ガンボを一緒に包みこむように、ひたすら前進した。

アルワン・ネクの介入があって、トオリル・カンは、ようやくタルグダイから離れることができた。

ジャムカは、テムジンを無視して駈けた。テムジンは絡んでくることはなく、ジャムカに背をむけた。

戦線が、かなり拡がってきた。

ジャムカは一旦退き、全軍の態勢を構え直した。敵とは、一里近くの距離がある。

旗と馬印を従えたトオリル・カンが、タルグダイの前に出てきた。半里の距離になった時、出るなというジャムカの命令を無視して、タルグダイは自ら先頭で突っこんだ。

「ホーロイ、横から掩護しろ。サーラルは後詰につけ。全軍で来るぞ」

言い終る前に、疾駆してきたジャカ・ガンボの軍とタルグダイがぶつかった。アルワン・ネクも両側から来ている。

トオリル・カンは、後方へ退がった。敵を断ち割っても、迂回しても、届く距離ではなかった。アインガに、前へ出ろ、と合図を出す。敵が全軍で来るなら、こちらも全軍で構え、ぶつかるしかなかった。

アインガが、遅い。ふり返ると、後方から乱されているようだった。雷光隊だろう。ジェルメとクビライ・ノヤンが、前方は無視して、後方にむかっている。

そしてテムジンが駈けていた。三百騎ではない。カサルの五千騎が続き、いつもは先鋒をやる二千騎が、側面にむかって駈けていた。

間に合わない。アインガが踏ん張るだろうと思うしかなかった。

ジャムカは、タルグダイを横から掩護しているホーロイに、合図を送った。

疾駆する。ホーロイがついてくる。ジャカ・ガンボはタルグダイに任せ、アルワン・ネクの軍に突っこんだ。敵を、打ち落としながら進んだ。

アルワン・ネクの軍は、その力のすべてを、ただジャムカを遮ることに遣っているようだった。二万騎ほどが、五千騎の単位で後方に回る。打ち落としても打ち落としても、まだ敵が前にいる、という状態だった。

ジャムカは、四百騎でぶつかり合いの外に出ようとしたが、二千騎、三千騎が、くり返しそれを遮ってくる。

トオリル・カンの旗は、それほど遠くなくなっている。それでも、ほんとうは眼を閉じたくなるほど、遠い。

ジャムカは、ホーロイに反転の合図を出した。ここで反転すれば、ジャカ・ガンボの背後を襲うことになる位置だった。

アルワン・ネクは、ホーロイの反転も許そうとしない動きをした。

多少の犠牲は構わず、ホーロイは反転した。

タルグダイの、紺色の旗は、しっかりと見えていた。

ジャカ・ガンボの背後を衝こうとした時、その紺色の旗が大きく揺らぎ、視界から消え、また現われた。旗手が討たれ、周囲にいた兵のひとりが、旗を再び持った。そういうことなら、タルグダイは相当に押しこまれている。旗手が討たれるほどなら、タルグダイ自身も、敵と打ち合っていると思えた。

旗の周辺で、タルグダイの軍は、小さくまとまっていた。三千騎に満たないだろうが、突き崩すのはかなり手間がかかるというまとまり方だ。

ジャムカは、ホーロイの軍を率いて、ジャカ・ガンボの背後を衝いた。呆気(あっけ)ないほど、ジャカ・ガンボは軍を二つに割り、ジャムカを通した。

テムジンの軍が、八千騎近くでジャムカにぶつかってきた。アインガとぶつかっていた軍が、すべてひとつになっている。

どうしようもない、と思うほどの圧力だった。耐えた。サーラルの軍がテムジンの背後を襲い、圧力はようやく消えた。

自分の軍を、ジャムカはひとつにまとめ、玄旗を掲げた。すぐ後方にタルグダイが続き、さらに後方に、アインガだった。

ジャムカは、どちらが勝つにしろ、戦が終熄（しゅうそく）に近づいているのを感じていた。兵は疲労のきわみにいて、馬は限界に達しかけている。そして、あと三刻で、陽は完全に落ちる。明るい間だ、とジャムカは思った。

三

むかい合っている。

三者連合の軍であるが、テムジンはジャムカを常に意識の中心に置いていた。それが、ちょっと誤りがあるような気がした。意識の中央に置かなくても、否応（いやおう）なくジャムカは中央に立ち現われる。

この戦で、テムジンはトオリル・カンはもとより、ジャカ・ガンボにでさえ、作戦を伝えていない。だからケレイト軍の動きは、時にはもの足りず、時にはテムジンの想像を大きく超えるものだったりした。

トオリル・カンもジャカ・ガンボも、自分がいいと思う闘い方をしている。つまり、力を出しきっているのだ。

敵も、力を出しきっていた。タルグダイが、これほどの戦ができるとは、テムジンはまだ信じられないような思いだった。ただ、臆せず、前へ出るという闘い方である。

崩れかけても、アインガが後ろから支え、立ち直ることが多い。立ち直れば、すぐに前へ出てくる。

両軍を通じて、タルグダイの軍が、最も犠牲が多いはずだった。

タルグダイに、なにがあったのかはわからない。女傑の妻の力など借りずに、自分で指揮をし、果敢に闘っている。人は変り得るのだということを、身をもって示しているようにさえ見える。

「カサル、おまえにジェルメとクビライ・ノヤンの軍もつける」

「タルグダイを、徹底的に叩け、と言われているのですね」

「あの軍が果敢であるがゆえに、戦場が活発なものになっている。崩れても、アインガが後ろから支える。三者の連携が、これほどのものになるとはな」

「俺の軍に、ジェルメ殿とクビライ・ノヤン殿をつけていただければ、タルグダイを崩せます。原野に追い散らせますよ」

「その前に、アインガを引き出す」

どうやって引き出すか、カサルは訊かなかった。アインガが引き出されるのを待って、タルグダイにぶつかる。カサルのいいところは、やるべきことを単純にしていくことだ。余計な考えを、極力排除する。

対峙して、ほんの束の間であるが、テムジンはそれだけ考えた。

それから、前へ出た。

合わせるように、ジャムカが出てくる。テムジンは、絡み合うことはせず、スブタイの軍に合図を送った。

まず、ジェベの五百騎が、強烈な勢いでジャムカに突っこんだ。次にボロクルの五百騎が突っこむ。スブタイの一千騎が出てきた時は、ホーロイとサーラルが、五千騎ずつ率いて出てきた。アルワン・ネクの軍が、戦場を圧するように、全軍で動いてきた。テムジン軍とアルワン・ネク軍で、ジャムカ軍を挟撃する位置取りになった。

戦場は動きはじめているが、まだ熱してはいない。互いの出方を眺める、という構えである。

テムジンは、はじめてアルワン・ネクに単純な合図を送った。

テムジン軍とアルワン・ネク軍が、一斉にジャムカ軍への攻撃に入る。ホーロイとサーラルが、アルワン・ネクの攻撃を受けている。ジャムカは、ジェベとボロクルの強い突撃をくり返し受けている。

アインガ軍が、出てきた。

それに対して、スブタイの一千騎が突っこむ。雷光隊のムカリが、巧妙な撹乱に入っている。

アインガは、束の間、前進を停められた。それをすべて撥ね飛ばすような勢いで、アインガは全軍を前へ出した。スブタイが後退する間、ムカリが攪乱を入れ続ける。

後退するスブタイを、アインガは追ってきた。さらに進んで、ホーロイやサーラルと合流しようという動きだった。それを、ジャカ・ガンボが遮ってくる。

タルグダイの後方から、アインガ軍がはずれている。テムジンは第一軍の二千騎を合流させ、カサルに合図を送った。

戦は、どこか一点を、徹底的に叩く段階に入っている、とテムジンは思っていた。

タルグダイの軍に駆けつけようという軍のすべてを、テムジンは阻止するつもりだった。

クビライ・ノヤンが、タルグダイの軍に強弓を射こみはじめた。岩が割れるように、タルグダイの軍が割れる。割れたものはすぐに元に戻るのだが、一度割れたという衝撃は残っているだろう。

三十矢近くを、クビライ・ノヤンは続けざまに射こんだ。次に、ジェルメが、槍騎兵二百を先頭に突っこんだ。完全に、二つに断ち割った。そこに、クビライ・ノヤンの軍も突っこむ。

タルグダイのタイチウト軍は、大きく崩れたが、半里ほど後退して立ち直った。

タルグダイが、少しずつ主戦場から離れていく。カサルの突撃を受け、さらに半里後退した。

サーラルの軍が、懸命に疾駆しタルグダイの救援にむかおうとする。

テムジンは、いなしたりかわしたりすることを、一切やらなかった。先頭を駆けるサーラルを正面から受ける。受けて、疾駆する。まず、ジェベが行った。同じところに、ボロクルが行った。そしてスブタイの軍。サーラルは動きを止め、なんとか攻撃を凌ごうとしていた。テムゲの二百騎が、畳みかけるようにサーラルに突っこむ。テムゲの剣が、サーラルに触れるのが見えた。

サーラル軍は五千騎である。そうたやすく崩れなかったが、サーラルのいる先頭だけが孤立しかかっていた。

テムジンは、サーラルの正面から、疾駆した。サーラルの顔。まだ若い。恐怖の色はなかった。テムジンを打ち返す。その気力が、眼にあった。

馳せ違った。テムジンの剣は、サーラルの脇腹に入った。テムジンも、肩のあたりを浅く斬られた。テムゲが送った斬撃で、サーラルはもうひと太刀受けた。

サーラルの部下が、サーラルを包みこむ。百騎が、二百騎になり、すぐに一千騎を超え、後退していく。

サーラルを送ったジャムカの軍は、ジャサカ・ガンボとアルワン・ネクで手一杯だろう。

テムジンは、後方に駈け戻った。

ジェルメとクビライ・ノヤンが両側からくり返し突っこみ、カサルが正面から突撃する。それでも、タルグダイは小さくかたまり、まだ崩れていなかった。

テムジンは、その戦闘に加わらず、敵の救援を遮る位置を動かなかった。

カサルの軍は、三千をカサルが指揮し、二千をチラウンが動かしている。五千騎にまとまった時に発揮する力と、三千と二千に分かれた時の力は、いくらか違っていた。

チラウンが二千騎で突っこみ、カサルが三千騎でぶつかる。二段の攻撃にカサルが切り替えた。側面は、ジェルメとクビライ・ノヤンの軍が攻め続けている。

玄旗が近づいてくるのが見えたので、テムジンは、スブタイを、そちらの方にむけて出した。

しかしジャムカを遮ったのは、トオリル・カンの軍だった。結果として遮ったのだが、どこかに隙を見つけ、トオリル・カンは禁軍をぶつからせたのだろう。ジャカ・ガンボも駈けつけてきて、玄旗は遠ざかった。

「よし、俺の背後に、旗が続け」

ジェベとボロクルには、タルグダイにむかって攻めかけろ、と合図した。旗を真中にして、三百騎が横に拡がって並んだ。

ジェベとボロクルは、矢のようにタルグダイの軍に突っこんだ。新たな攻撃が入っても、タルグダイはなんとか耐えていた。

進んだ。テムジンの旗。タルグダイの軍に、明らかに動揺が走った。麾下とテムゲの二百騎に分かれ、真中に道を空けた。

スブタイの一千騎が、駈け抜けていく。

タルグダイの軍が、緩みはじめた。カサルは、五千騎を五十の百人隊に分け、目まぐるしく突っこませた。緩みが大きくなり、潰走(かいそう)がはじまった。

「追え。追い撃ちに討ち続けろ。手を緩めるな」

テムジン自身も、駈けていた。もう一度まとまって戦場に出られないほど、散らしてしまう。それで、テムジンが思い描いた、コイテンでの戦が、ひとつ終る。

追撃戦は、残酷なものになる。タルグダイの軍のほとんどは、馬が潰れかかっているので、後方からの攻撃には、まったく対応ができずにいた。クビライ・ノヤンの軍は、騎射を浴びせ、逃げる敵を射落としている。

陽が落ちてきた。

テムジンは麾下を停め、大きな篝をひとつ作らせ、旗を篝のそばに掲げた。

二刻ほどで、闇の中を次々に隊が戻ってきた。

テムジンは、従者に肩の傷の手当てをさせながら、指揮官たちの報告を聞いた。

タルグダイは討ち洩らしていたが、兵は間違いなく三千は討ち果し、負傷者は数えきれないほどだという。

こちらも、六百近い犠牲は出ている。テムジンにとって、それは多過ぎる数だった。

「タルグダイは、生き延びたとしても、再起はできないと思います、兄上」

最後までタルグダイを追ったのは、テムゲの二百騎だった。タルグダイは、はじめ一千近い軍に守られていたが、追撃をかわすために百、二百と残して駈け、最後は百騎ほどに守られていたという。

「テムゲが言う通りです。タイチウトの地に戻っても、もう集まる兵はいないでしょう」

カサルが言った。

これでジャムカを追うことができたら、モンゴル族の地はすべてテムジンのものになる。しかしそんなことは、どうでもいいような気がした。

モンゴル族の地も、草原全体から見れば小さなものだ。

そのまま夜営に入り、トオリル・カンに場所だけを知らせる伝令を出した。

どこかで待機していた兵站部隊が兵糧を届けてきたようで、干し肉と酪が、テムジンのもとにも届けられた。

兵站部隊がどんなふうな動きをしているのか、テムジンは知らない。自由に動ける兵站部隊を作る許可を、バブガイに与えただけだ。

バブガイは、鉄山から鉄音（ズルフ）に、鉄鉱石を運ぶ船の造り方に熱中し、船大子（オンゴツ）などという呼び名を貰ったりしていたが、兵站部隊全体の構想も持っていた。輜重（しちょう）に荷を積んで戦場に届け、帰路の空の輜重に負傷した兵を乗せて運ぶのも、バブガイの考えだった。

帰路に空になってしまう輜重の遣い方を、本気で考えたバブガイを、テムジンは認めていた。いま負傷兵は、アウラガの養方所に運ばれることになる。

「殿、なにを考えておられます」

ジェルメとクビライ・ノヤンが焚火のそばに来て、腰を降ろした。

「なにか考えているように見えたのか、クビライ・ノヤン」

「そういう顔でした」

「ひとりでもいいから、医師が戦場についていてくればいい、と考えていたかな」

「肩を負傷されましたが、手当てが気に入らなかったのですか？」

「左箭、殿は御自分のことではなく、傷を負った兵たちのことを考えて、言われたのだと思うぞ」

「そうだな、槍の」

従者たちは、手当ての心得は持っている。ぱっくりと開いた傷を、応急に縫うこともできる。

しかしほんとうの治療は、養方所で薬草なども遣いながらやる。

戦場に医師が二名か三名いれば、死ななくてもいい兵が、きちんと生き延びる。

「槍の、わからんが、タルグダイは、相当にしぶとくなっていた。あれはなんだったのだろう」

もともと持っていた力を、出せるようになった、という気もするな。できるはずもないと思っていたことが、ある日できるようになっている。俺たちにもそんな経験はないか、左箭」

「あるな」

それから、二人が低い声で笑った。

「明日は、タイチウト軍が抜けた三者連合と、闘うことになるのかな」

「戦のやり方を、がらりと変えてくるかもしれない」

変えれば変えるほど、ジャムカは厳しい情況にいるのだ、とテムジンは思った。

トオリル・カンの軍とは、いくらか距離がある。そばまで来いとも言わないし、むこうから伝令を送ってくることもない。

トオリル・カンは、ジャカ・ガンボやアルワン・ネクの独自の裁量を、かなりのところまで認めているのだろう、とテムジンは思っていた。それが、自分の最上の戦をするのに必要なことだ、とトオリル・カンはどこかでわかっている。

すべての戦で、そんな闘い方がされるわけではない。今回は、トオリル・カンと連合しながら、トオリル・カンの戦場での指揮を受けない、というテムジンのやり方からはじまった。

敗れれば滅びるという、きわどい戦ではあったのだ。

「明日は、わが軍はひとつになって、決して散らない。ジャムカは、トオリル・カンではなく、俺の首だけを狙ってくる、という気がする。かたまって戦闘態勢を組み、戦場を動き回るのは、雷光隊だけでいい」

「アインガですが、どれほどの傷だと思われますか。殿が、ひと太刀浴びせているだけなのです」

「テムゲは、なんと言った？」

「無防備に殿の剣を受けたと。ほかの斬撃は、すべて撥ね返しているのです。あの角度に、アインガの弱点があるのかもしれませんね」

ジェルメが言った。

アインガの剣は、侮り難いものだった。ただ、ジャムカほどの鋭さはない。剛直なものを感じさせた。そういうところは、戦にも出ていた。緒戦での、アルワン・ネクとの膠着としか見えない押し合いなど、あれがアインガらしいのだと、いまなら思える。

「アインガの軍と、ジャムカか」

テムジンは呟いた。

タルグダイがいないということで、当然闘い方は変るが、ジャムカはテムジンだけを見るだろう。

「ジェルメ、ホーロイとやって、勝てるか？」

「わかりません。正直、勝てそうな気がしないのに、負けるとも思えないのです」

「ムカリだと、どうだ？」

「一対一でやり合えば、勝つと思います。しかし、雷光隊については、異常なほど警戒していますから、そういう情況にはならないでしょう」

「部下を調練している時は、なにをやっているのだとしばしば思いましたが、戦がはじまってから、まだ四騎しか失っていないのですよ、殿。用兵という意味で、ムカリは見事なものを持っています」

「あいつは、五十騎で動いているのでいい、と思っていたが、百人隊をいくつか預けても、相当の指揮をする、ということか、クビライ・ノヤン」

「しかし、百人隊をいくつか指揮できる将校は、うちではかなり揃っています。千人隊長も、これはなかなかのものです」

「だよな」

「雷光隊だからこそですよ、殿。俺がアウラガに駈けつけた時、ムカリは一兵も失わず、しかもアウラガ府の攻撃もさせず、待っていたのですから」

ジェルメが言った。

「そのムカリにしろ、ベルグティの死は、止めることができませんでしたが」

「その話は、もういい。ただ、あの時、アウラガが焼かれていたら、ここでこんな暢気な話はしていられなかったな」

「あそこで、一度、ジャムカに勝ったのです。逆に、ジャムカは一度負けた、と思っているでしょう」

哨戒の隊が動く。いまはテムジン軍だけ離れているので、ジャムカの夜襲は充分に考えられる。

「明日は、テムジン軍はかなり自由だと思いますよ、俺は。タルグダイを気にせず、軍を動かせるのですから」

そして、相手がジャムカなのだ。

草の上に横たわると、星の満ちた空が見えた。

四

風が吹いている。

旗が鳴っていた。

草原の夜に消えたタルグダイは、朝になっても戻らなかった。

戦死したという報はないが、軍が潰滅したという知らせを、六臓党（ろくぞうとう）の者からジャムカは受けていた。

生きてはいるが、戦場へ戻れないほど遠い場所へ、タルグダイは逃げざるを得なかったということだ。そしてかなりの兵が討たれ、残りは四散している。

ジャムカは、全軍に戦闘準備をさせ、斥候からの報告を聞いた。

テムジンとトオリル・カンは、五里離れて構えている。

テムジン軍、先鋒スブタイ、中軍カサル、後軍ジェルメとクビライ・ノヤン。テムジンの三百騎は、スブタイの前に位置取りをしている。緒戦のころから、変らない陣構えだった。

動くと、どこが先頭に来るか、その時の情況次第だった。つまりテムジン軍の構えは、あってないようなものだ。

トオリル・カンも、禁軍千五百騎と、ジャカ・ガンボに守られ、アルワン・ネクの軍を前方に置いている。

これまでの経緯を見ると、大将はトオリル・カンであっても、テムジンはその指揮を受けていないと思えた。

テムジンが、自分で思った通りの動きをする。トオリル・カンはそれを認め、戦況が有利になったと判断した瞬間に、これはと思うほど大きく、軍を動かす。

テムジンとトオリル・カンは、無言の連係だった。だから、それを崩そうというのは、無意味に近い。

「アインガへ伝令。全軍で、テムジンにむかえ。テムジンの、細かい動きを封じればいい。無理をして、突っこむな」

アインガが、どういう戦をするのか、いまではアインガよりよくわかっているかもしれない。

異常なほどの、粘り腰がある。持久戦になると、無類の強さを発揮する。めまぐるしい戦になると、亀が甲羅の中に首と手足をひっこめるように、防戦に徹する。

いつでも自分の戦ができるという点で、アインガは優れた指揮官だった。

アインガの軍が、テムジンにむかって動きはじめた。

トオリル・カンは、ジャムカが自分の首を奪りに動くと考えて、守りを堅くするだろう。そこから動きはじめるには、かなりの時を要する。

首を奪られるのかもしれないという恐怖を、この戦で何度かトオリル・カンに味わわせてきた。ジャムカの動きに、トオリル・カンは神経を尖らせているはずだ。

ジャムカは、全軍を前に出した。テムジンにはアインガがむかい、トオリル・カンにはジャムカがむかう。

アルワン・ネクが、前衛を密集させるのが見えた。

ジャムカは、玄旗を大きく揺るがした。

反転して、テムジンにむかう。

トオリル・カンは、即応できないはずだ。

アルワン・ネクの軍の一部を応戦に出すと考えても、その態勢を作るのに、一刻は要する。テムジンとの命のやり取りは、その一刻の中にある、とジャムカは思っていた。

テムジンの旗。やはり風の中で翻って、音をたてているようだった。

ジャムカは、馬腹を蹴った。

全軍が、一体となった。トオリル・カンの旗を、ジャムカは見ていた。トオリル・カンは、禁軍に囲まれ、さらにその周囲をジャカ・ガンボに守られている。

ジャムカは、先頭だった。疾駆の態勢を取りはしたが、その前に剣を頭上で振った。

最後尾にいたホーロイから、馬首を回していく。ホーロイが先鋒でテムジン軍にむかい、ジャムカは後軍になった。すでに、全軍疾駆している。

テムジンの軍。こちらにむかってくる。ホーロイは、迷いなくそこへ突っこんでいく。

テムジン軍は二つに割れ、ジャムカ軍の両側面を削り落とす急流のように、駈けていった。

ジャムカは、一度テムジン軍をやり過ごし、反転して、麾下だけを率い、横に駈けた。テムジンの旗。あまり急な動きは見せず、中軍のあたりから出てこようとしない。

ジャムカは、先頭で駈け、テムジン軍の側面に回った。

その動きで、不意にやり取りは複雑なものになったが、アインガの軍が急速に包囲の輪を縮めようとしている。

ジャムカも、アインガの軍に包みこまれるようになった。四百騎で、二万を超えるアインガの軍とともに、包囲に加わるかたちになった。

アインガ軍がいない一方向からは、ホーロイとサーラルが突撃の態勢をとっている。サーラルは腹に傷を受けているが、布で縛りあげたようだ。

テムジンに、逃げ場はない。しかし、テムジンの頭には、それがあるはずなのだ。包囲が緊密になる前にあった隙には、見むきもしなかった。

ホーロイとサーラルが、交互に突撃をはじめる。しかし防備が堅く、食いこめない。

このやり方で攻め続ければ、討ち果すまで時がかかりすぎる、とジャムカは思った。こんな単純な方法で、テムジンを討ち果せるとも思っていない。

敵味方のこのかたまりが、どこかで弾ける。まだ来ていないが、トオリル・カンの軍の一部は、当然ながら介入してくる。その時に弾ければ、乱戦になり、テムジンの三百騎が捉えにくくなる。五度、六度と、ホーロイとサーラルが突っこんだが、崩せない。敵中に食いこむと、それが分断され、討たれる。

トオリル・カンの軍が、全軍で押し寄せてくる。ホーロイとサーラルの背後になる。ジャムカは、旗を振って合図を出した。

ホーロイとサーラルが兵をまとめ、横に移動してくる。

弾けたのは、意外なところだった。

トオリル・カンの軍が近づいてくるのとは反対側の、アインガの包囲の輪の一カ所が、外から緩んだように見えた。そして内側から、テムジン軍が弾けるようにして出てきた。

七千ほどのテムジン軍が、見る間に包囲の外へ出た。アインガが、挟撃を受けるかたちになっている。

ホーロイとサーラルを、トオリル・カンの軍にむけた。すぐにぶつかり、押し合った。アルワン・ネクである。

ジャムカは、テムジンの旗を、常に視界の端に入れていた。

軍とともに移動しているだけで、単独の動きはない。いまは、アインガの軍を突き崩そうとしていた。

ジャムカは、テムジン軍の側面に、二度、攻撃をかけた。ホーロイとサーラルが、アルワン・ネクに押されている。その背後に、禁軍とジャカ・ガンボに守られた、トオリル・カンの赤い旗が見える。

混戦の様相だが、ジャムカはテムジンの旗と同時に、もうひとつ気にして戦場を見回していた。アインガの包囲が、外側から緩み、内側から弾けた。そこにいたのは、間違いなく雷光隊のムカリである。大きな変化の前兆が、ムカリだった。テムジン軍の動きを予測する時、ムカリがどこにいてなにをしようとしているか、見きわめられるかどうかは大きなことだった。

テムジンの旗が、軍の中央からちょっと横にずれた。それは動きの中でそうなったとも、テムジンの意思がそうさせたとも、わからない。

しかしジャムカは、ムカリの動きを見た。見たというより、感じたと言った方がいい。アインガの緑の旗にむかって、なにか微妙に不自然な動きがある。

感じたことを、ジャムカは信じた。麾下をそちらへむけた。一瞬だったがまた微妙な動きがあり、横からアインガの軍を牽制しては離れている五十騎ほどが見えた。

そこへ、ジャムカは突っこんだ。五十騎がアインガの軍から離れ、駈けはじめる。追った。勝手な真似ばかりさせてたまるか、という思いがあった。そして、四百騎で絞めあげて討つのが、難しくない、とも感じた。

どこかに、憤怒もある。

行手を阻ませ、反対側から絞めあげる。そのかたちが、できかかった。ムカリの背中も見える。

しかし、どこかに違和感があった。このまま、ムカリを押し包んでいいのか。

一瞬だけ視界からはずれたテムジンの旗が、すぐ近くにあった。ジャムカは、ムカリを放置し、テムジンに四百騎をむけた。

先頭から来た一隊は、強烈な圧力を持っていた。とても五百騎とは思えないほどだ。さらに五百騎が来て、それも強烈だった。その背後に一千騎がいて、そしてテムジンの三百騎がいる。

ジャムカは衝突を避け、アインガの軍の前方に出た。

テムジン軍は、ジャムカを追わず、アインガの軍にぶつかった。アインガの軍が崩れる。しかし崩れ方は、岩の端が欠けるような感じで、それ以外はかたまっている。

ジャムカは、旗を振った。アルワン・ネクに押されていたホーロイが、アインガの軍と入れ替るようにして、こちらへ来た。

「ホーロイ、後方からテムジン軍を衝け」

ホーロイが頷き、駈け去った。

後方から圧力を受けたテムジン軍が、崩れはじめる。崩れたのではなかった。百人隊に分かれ、すぐに千人隊になり、ホーロイの攻撃を打ち返す。ただ、中軍に緩みが出ていた。

ジャムカは、テムジンにむかって疾駆した。

テムジンは、側面に不意討ちを受けることになる。しかしテムジンも、ジャムカにむかってきていた。

交錯する。ジャムカもテムジンも、互いを放さないかたちで、回るようにして反転し、ぶつかり続けた。

麾下が減っていく。テムジンの方も、三、四十騎は減っている。

それぞれの部下も、二人のぶつかり合いの場に集まってきて、アインガの軍とアルワン・ネクの軍のぶつかり合いとは、いくらか離れた。

この状態で、テムジンとやり合うことは、多少不利だとはわかっていた。タルグダイの軍がいないのだ。こんなふうに、二つのぶつかり合いが並行することになる。そしてアインガの方は、兵力が劣っている。

アインガがいくら粘り強くても、時が経てば兵力差が出てくる。

しかしその前に、テムジンを討てばいいのだ。サーラル軍が百人隊に分かれて、蜂のようにテムジン軍の周囲を刺しはじめる。それを、ジェルメの槍騎兵が突き崩す。

しかしテムジン軍で最も元気がいいのは、先鋒にいる五百騎の二隊だった。ボロクルとジェベというはずだ。動きがいいだけでなく、判断もいい。

テムジン軍には、若い指揮官が揃っているのだ。そして、ムカリのように神出鬼没の曲者(くせもの)もいる。動きがうるさいだけでなく、ムカリは群を抜いた手練れでもある。雷光隊には、そういう手練れが集まっているようだ。

ジャムカは、ボロクルの隊が横に走った時、テムジンから離れ、強烈な横撃を食らわせた。その攻撃で、ボロクルの隣にいた兵は、斬り落とした。ボロクルは、鞍にぶら下がるようにしてジャムカの剣を避けた。ジェベの隊が突っこんできたので、ジャムカは離れた。

もう一撃の暇があれば、ボロクルを討ち取れた、と思う。しかしその一撃が、戦なのだとも思う。ムカリの隊が、眼の前を横切った。ジャムカは、相手にしなかった。いくらかの憤怒に襲われたがゆえに、不利なぶつかり合いの中に引きこまれたのだ。

テムジン軍は、まとまり、散り、駈け回り、しかし全軍は一体で、連係は崩していない。力のかぎり、ジャムカとぶつかろうというのだろう。

一度、距離をとりたい。一瞬思っただけだ。ぶつかり合いは、緊密だった。その言葉が妙だと思いながら、緊密としか思えないぶつかり合いを、ジャムカとテムジンの軍は続けた。そして、部下が減っていく。

四刻以上、続いた。ジャムカもテムジンも、返り血にまみれ、口で息をしていた。

変化は、別のところで起きた。

アインガの軍が、アルワン・ネクの攻勢に耐えられなくなった。兵力差を考えれば、よく踏ん張ったと言える。

ジャカ・ガンボがこちらの戦に加わってきそうだったので、ジャムカは全軍を疾駆させ、テムジン軍から離れた。

アインガの軍は、敗走というかたちだったが、二里ほどのところで一万騎が踏み留まり、そこにかなりの数の兵も集まった。

アルワン・ネクの軍は、勢いに乗って攻め続けることはできなかったようで、やはり力を出し尽していたのだ。

束の間、戦場が静まり返った。

アインガが軍を完全に立ち直らせるために、ジャムカはアルワン・ネクとむき合った。テムジン軍は、丘のむこうに消えた。どこからか現われるまで、待てばいい。

ジャカ・ガンボが前へ出てきた。トオリル・カンの旗は、アルワン・ネクの軍の中にある。千五百騎の禁軍と一緒に、アルワン・ネクに守られているというところだろう。

アインガと、この構えで押し合ったのかどうか、わからない。

ジャカ・ガンボが、十騎ほどで出てきた。表情が見え、声も聞える距離である。ジャムカも、ちょっとだけ前へ出た。

「フフーは元気か。それとマルガーシ殿は」

「そんな話をする気はない、ジャカ・ガンボ。トオリル・カンに伝えろ。戦場にいるかぎり、気づくと俺が背後にいる。そして、首に刃を当てる」

「陛下の首に届いてはいないな、ジャムカ。俺にすら、届いていない」

「なにが言いたいのだ」

「まだ勝つ気でいるのか、それを訊きたいのだ」

「いまの押し合いで、兵が疲労したな、ジャカ・ガンボ。俺がいま突っこめば、トオリル・カンの旗に届くぞ」

「俺は、旧い友であったおまえの、生きている最後の顔を見にやってきた」

兵の疲労が回復するのを待っているのか。こちらも、アインガの兵を回復させたい。

「充分に見ただろう。いつでも来いよ、ジャカ・ガンボ」

馬首を回した。

ジャカ・ガンボは、ゆっくりとアルワン・ネクの軍の前に戻った。

しばらくは、睨み合っていた。

テムジン。気になってはいるが、丘のむこうで、兵馬を休ませているということか。

一刻ほど睨み合った時、丘からテムジン軍が姿を現わした。急いではいないが、一斉に丘から降りてきた。

「ホーロイ、サーラル。全軍でテムジンに当たるぞ。この際、トオリル・カンは、アインガに任せてしまおう」

ホーロイとサーラルが、千人隊に軍を分けて、整列させた。

ジャムカは、麾下を率いて、先頭に出た。ホーロイが止めようとするが、ジャムカは手で制した。

一里ほどの距離で、むき合った。

ジャムカは、自分の躰の中に、覇気が満ち溢れてくるのを感じた。

そろそろ決めるか、テムジン。

剣を抜き放った。全軍が剣を抜く音が、雷鳴のように聞えた。

ジャムカは、前にむかって駈けた。いま、自分もテムジンも、逃げも隠れもしていない。持てる力のすべてで、闘い抜こうとしている。テムジン。近づいてくる。旗。風の音。全軍で、テムジンにぶつかった。

なにかが、違った。ジャムカが身構えた圧力などとは、較べものにならないほど、強いものが全身を打った。

反転。さらにぶつかる。テムジンの剣が、ジャムカの頰をかすめる。

ジャムカは、片手を上げ、兵を集結させた。

馬が違う。テムジン軍は、全員が新しい馬に乗っていた。丘のむこうで馬を替えたことに、はじめて思い到った。

替え馬を、連れてきた部隊がいる。それ以上のことは、考えられなかった。テムジン軍が、疾駆してくる。岩がぶつかってきたような、衝撃がある。

馬が、怯えている。なんとか、それを叱咤して駈ける。勢いがまるで違って、膝を折り倒れる馬が続出した。

「散れ」

叫び、合図も出した。四方に散れ。力のかぎり、駈けろ。

ぶつかり続ければ、潰滅することは見えていた。ジャムカの馬に縄をかけ、曳いて行く者がいる。ホーロイの下にいる、若い将校だ。ホーロイも、そばを駈けてくる。

飛びこんだのは、アインガの軍の中だった。

ここがテムジンをかわしやすい、と読んだのだろう。そしてここが潰走したとしても、その兵に紛れて逃げるのはたやすいはずだ。

「ジャムカ殿」

気づくと、緑色の旗がそばにあった。

「テムジン軍の馬が、新しくなっている」

「俺も、それに気づきました。あれほど、勢いが違うとは」

　アインガは、蒼白（そうはく）な顔をしていた。

　テムジンは、散ったジャムカ軍の兵をいつまでも追いはせず、すぐにここへ来る。勢いのいい馬で軍を断ち割り、崩れたところに、トオリル・カンの軍が押しこんでくる。あるのは、潰滅だけである。

「散ろう、アインガ」

「一万騎は、しっかりとまとめられます。それでトオリル・カンの軍を真っ直ぐに断ち割り、混乱が大きくなったところで、散りませんか」

「頼めるか？」

「はい。とにかく、断ち割ります。ジャムカ殿には、御武運を」

　それから、アインガは大音声で兵をまとめた。一万騎。確かに小さくまとまっている。アインガの緑の旗が、伏せられた。

　ジャムカは、アインガと並んで駈けた。

　トオリル・カンの軍は、その予測をしていなかったようで、前衛から崩れ、それはすぐに全体に伝播（でんぱ）していく。

　これで、勝てているではないか。駈けながら、ジャムカは思った。はじめからこれをやれば、勝てていた。いま、逃げるためにこれをやっている。

　アインガが、百騎ほどに守られて、駈け去っていくのが見えた。

ジャムカのそばにはホーロイと、若い将校が率いる五十騎ほどが駈けていた。

誰もいない原野が、ジャムカの前に拡がっていた。

五

トオリル・カンは戦捷（せんしょう）の宴を開き、戦利品を山ほど積みあげたが、テムジンはそれになんの関心も示さなかった。全軍に、帰還の命令が出た。

テムゲは二百騎を率い、テムジンのそばを駈けた。

トオリル・カンは、帰還をあっさり認めたが、それは戦利品を辞退したからだろう、とテムゲは思った。

カサルからの伝令で、先行すると伝えてきた。伝令二騎のうちの一騎は、テムジンの長男のジョチだった。カサル軍の、ただの兵卒として、この戦に加わっている。

ジョチがいることは頭から消せ、と戦の前に言われた。テムジンの周辺でジョチの姿を見るのは、これがはじめてだ。

カサルの軍の三千騎だけが、土煙をあげて先行していった。チラウンの二千騎は残っている。しばらくして、ジェルメとクビライ・ノヤンが、一千騎ずつでまた先行していった。

兵の数については、出発の時のものが頭に入っている。犠牲については、百人隊長が毎日報告をあげ、それが全軍でまとめられているので、実数も認識していた。

百人隊二つでテムジンの指揮下に入ったテムゲの隊は、百三十四騎に減っていた。

激戦だったのだ。どちらが勝っても、不思議はなかったのかもしれない。あとでそう思えるのが、勝ったということなのだろう。

テムジンは、速やかにコイテンの陣を払ったが、行軍は急いでいるというものではなかった。

夕刻には夜営に入り、干し肉のほかに、兵站部隊が届けてきた馬乳酒も、兵たちに配られた。

ただ、狗眼の手の者は、しばしばテムジンになにか報告を入れている。

テムジンは、草の上に寝転んで空を眺めていることが多かったので、テムゲは所在なく、スブタイやボロクルやジェベやチラウンと、一緒にめしを食った。

スブタイはもの静かだが、あとの三人はみんな陽気だった。

ムカリと雷光隊の姿は、見ていない。

アウラガに、帰還したわけではない。四日目にタイチウト氏の領分に入ると、テムジンはその中央あたりに、陣を組んだ。

北百里に、カサルの陣がある。

テムゲはようやく、タイチウト氏の領分をキャト氏の領分に加えようとしているのだ、ということがわかった。

カサルと同じように先行した、ジェルメとクビライ・ノヤンの軍はいないので、ジャムカのいないジャンダラン氏の領分で、なにかしているのかもしれない。

二日後に、長らしい男たちが、八名ほど連れてこられた。

テムゲはテムジンのそばにいたが、長ひとりひとりが、幕舎に入ってくるのに立ち会った。長の男たちは七名、テムジンに忠誠を誓った。テムジンは、全員に短剣を与えた。アウラガの工房で拵えた同じ剣だが、柄に巻いてある絹の糸の色が違っていた。

ソルガフという長は、八番目に連れてこられた。鈍重な感じがするが、眼には不敵な光を湛えている。

「敗走してきたタルグダイを、受け入れていたそうだな、ソルガフ」

「敗走とは思っておりません。帰還されたタルグダイ様を、俺のところで受け入れました。浅いものでしたが、傷の手当てをさせて戴き、俺のところに留まっていただけるように、お願いもいたしました」

「タルグダイは、それを断ったか」

「はい。俺は、ともに死ぬことに喜びを感じると申しあげましたが、もっと生きることを考えよ、と笑われただけです」

ソルガフの眼から涙が流れ落ちてきて、顔を濡らした。

「それで、どこかへ逃げたか」

「どこへむかわれたか、知りません。知っていても、言う気はありません」

「タルグダイとは、どういう関係だった？」

「まだ大人になりきれないころ、長を継ぎ、いつも気にかけていただいていました。俺にとっては、親とも思えるような方です」

「タルグダイは、なかなかの長だったのだな。タイチウトに、乱れが出ることもなかったし。むしろ精兵を養っていたことが、闘ってみてわかった」

「勝負は、時の運だった、と俺は思っています」

「ソルガフ、自分の拠って立つ地に帰れ。二日後に、五百の軍勢が行く。どうしても闘いたかったら、その五百を殲滅させて、生き延びろ。おまえのもとに、五百以上の軍勢が行くことはない」

「ありがとうございます」

「部下を死なせたくないと思ったら、自らの首だけを差し出せ」

「生き延びることだけが、自分の道だと俺は思っておりません。一戦の機会を与えていただいたことに、感謝いたします」

「わかった。よし、行け」

ソルガフは、深く拝礼して出ていった。

すぐにボロクルが呼ばれ、二日後の進発が命じられた。

それから、家令のウネという気の弱そうな男と、椎骨(ヤス)という呪術師がテムジンの前へ連れてこられた。

ウネは、頭の中にある、タルグダイ家の資産を、明らかにすることを拒んだ。拒むのも仕事だ、とふるえながら言った。

ウネは、タイチウト氏の領分に二度と立ち入らないことを条件に、放逐された。

椎骨についていて、テムジンはいくらか興味をそそられたようだ。

「俺を占ってみよ」

テムジンが言っても、椎骨はうつむいているだけだった。

「タルグダイも、その妻のラシャーンも、おまえの占いを信じていたそうだな」

「申しあげます。この一、二年、タルグダイ様は、占いに頼るような態度を、一切見せられませんでした。占えと言われることは、他愛ないことばかりで、遊んでおられたのだ、と思います」

「ラシャーンは？」

「奥方様は、タルグダイ様のことについてだけ、時々私に占えと仰せでした」

「それで？」

「いいことを申しあげることはできませんでしたが、決定的に悪いこともございません」

「俺を占いたくはないのだな」

「悪いことを申しあげたら、首が飛ぶと思います。いいことだけを申しあげる、というようなことは、呪術師としてできません」

「俺が明日死ぬと出ても、笑って済まそう。そして、一度だけでよい」

テムジンが、呪術師を近づけたという話を、テムゲは聞いたことがなかった。それでも、氏族の中に数名の呪術師がいることは、認めていた。

「やれ」

テムジンの周辺では、呪術師は草原の歴史を細かく知る者、として扱われていた。

「はい」

椎骨は、後方で縮みあがっている、従者らしい男を促した。従者は荷から革の板を出し、椎骨の前に置いた。羊の踵の骨が入っている革袋から、椎骨は十三個出した。

それを、両手で包み、眼を閉じてじっとしていた。椎骨の額に汗が浮かび、それが粒となって顎の先から滴った。

椎骨が叫び、両手の骨を革の板の上に落とす。散らばった骨は、それでも革の板からひとつもはずれなかった。

うずくまっていた椎骨が、顔をあげ、眼を見開いてふるえはじめる。

「なんと出た？」

「テムジン様、それが」

「不吉でも、構わぬさ」

「いえ、なにも出ていないのです。十三の骨が、お互いに殺し合い、結局、なにも読めないものになっております。占いをして、はじめて経験することです」

「そうか、俺は無か、椎骨。無なら、むしろ清々しい」

「申し訳ございません。私の、呪術師としての力が、足りぬのだと思います」

「無は、どこまでいっても無で、どうしようもないぞ。俺は、それでいい。おまえが、呪術師として、モンゴル族の領内に留まるのを許そう。遊牧の民の願いを訊き、占ってみればよい」

椎骨と従者が、幕舎を出ていった。

カサルが、麾下百騎ほどと戻ってきた。

「結局、十一名の長の首を落としました。そんなに多いと、予測していなかったのですが。みんな悠揚と死の道に就きました」

「十一名もか」

「タルグダイは、きわめていい内政をやったのですね。貧しい遊牧民も、ほとんど見かけませんでした」

「惜しいな」

「タルグダイがですか、兄上」

「十一名の長がだ」

「あとの百二十六名は、それぞれに、忠誠を誓いました。ソルガフは、やはり生き延びようとはしませんでしたか」

「もう、死んでいたよ」

「あの男は、九十名の部下を、いまでも集めることができます」

「ボロクルの軍に突っこんで死ぬのは、十名はおるまい。ほんとうはひとりでやりたいのだろうが、絶対について行くという者が、それぐらいはいるだろう」

「ボロクルの軍に、犠牲が出なければいいのですが」

「瞬時に、首を飛ばせ、と言ってある」

カサルが頷いた。

さらに三日後に、ボオルチュが二十名ほどの部下を連れてやってきて、大きな幕舎を二つ張った。

タイチウト氏の民のすべてが、そこで記録されるようだ。その名簿のようなものに基づいて、税が徴収され、兵役も課せられる。

キャト氏の民についてなされているので、テムゲもその仕組みの意味は理解していた。この陣に来てから、テムゲは従者のようにテムジンのそばを離れなかった。テムジンにうるさがるそぶりはなく、時々、テムゲの顔を見て頷いたりする。

「アウラガには、そろそろ」

カサルが、テムジンに訊いた。三人でめしを食っている時だ。

「ジャンダラン領を、放ってはおけません、兄上」

「ジャムカは、戻らなかったのだな」

「一千騎ほどを連れて、ずっと南を移動中という情報があっただけです。兄上、もしジャムカが戻ってきたとしても、降伏は受け入れられません。首は打たなければ」

「もういい、カサル。ジャムカが戻ってくるわけもない」

「ジャンダラン領に、かなりの数の兵は戻っています。そして、妻と息子は、どこにいるかわかりません」

山中にいるか、もしかするとトオリル・カンには内密で、ジャカ・ガンボのもとにいるかもしれない。フフーは、それぐらいのことはやりそうな女だ、という気がする。ジャムカよりも、息子の方が大事なのだ。

そんなことを考えたが、テムジンに言うと叱られるだろう、とテムゲは思った。

「俺が行けば、服従する兵は少なくないと、ジェルメからは言ってきている」

「抑えるだけなら、ジェルメ殿、クビライ・ノヤン殿の二名で充分なのです。なんというのですかね、進んで服従させたいのです」

「一度、アウラガへ帰る。ここはもう、ボオルチュがいればいいだろう」

「数日中に、あと三十名ほどの部下が来るそうですから」

テムゲは話に入らず、馬乳酒を飲み、肉を食っていた。

アルタンとクチャルは、ジャムカと一緒なのだろうか、と考えた。もともとはテムゲの下にいた百人隊長でも、いまさらテムジン軍への帰参は許されるはずもない。

ジャンダラン領に戻っていて、服従を誓えば、生き延びるということか。

「アインガは、メルキト領へ帰った。豊海（バイカル）のかなり北の湖岸で、構え直しているのだそうだ。どういうつもりかはわからないが、力は必要だと考えているのだろう」

「メルキト領は広く、遊牧の民ばかりではありませんし」

「冬を越すまでに、かなり力が回復する、と思っているのだろう。トオリル・カンは、メルキト領に、大して関心はないようだ」

「自分に靡いてくる、と思っていますよ。ケレイト王国の領地だけでも、広すぎると感じているでしょうから、アインガを臣下にできれば、それでいいのです」

覇者としては、絶対にもの足りない、とテムゲは思った。だいぶ前から、テムジンがなぜトオリル・カンを立てるのか、不満に近い思いを抱いていた。

それでも今度の戦の勝者はトオリル・カンで、テムジンはそれに従っただけ、ということになるのだろう。

そういう立場でいながら、実は力を蓄えるというのが、これまでのテムジンのやり方だった。タイチウト氏もジャンダラン氏も併合し、これからはモンゴル族となる。それは、ケレイト王国ともメルキト族とも、拮抗できる力を持つということだ。

二日経ち、ジェベの軍だけを残して、アウラガにむかった。

キャト氏の領分に入ると、遊牧の民がみんな嬉しそうに挨拶した。領主が、凱旋しているのだ。草原を二分する戦に、勝った。

帰ってきたのだ、という気分にテムゲも包まれた。

「常備軍を、二千騎に増やしたいのだ、カサル」

常備軍は、営地も持たず、本営にいつもいる。それを編制せよ、とカサルは命じられたのだ。これまでは、一千騎を維持するのも苦しかったはずだ。

「テムゲ、養方所へ行け。かなりの数の兵が、そこにいる。おまえは、ひとりひとりと言葉を交わしてこい。桂成や華了と話をして、なにが足りないのか、調べろ。いいか、すべてが足りない、と医師は言う。薬師もな。その中で、ほんとうに足りないものを見てくるのが、おまえの仕事だ」

「はい、行ってきます」

テムジンから離れたところで果す任務を、久しぶりに与えられたという気がした。

養方所に真っ直ぐ通じる小径を、従者四騎を連れて、テムゲは駈けた。その小径なら、荷車などとは出会わない。歩いている人間も、ほとんどいない。

養方所の建物は、人で溢れていた。

負傷した兵が収容され、入りきれず、天幕を張ったところにも、寝かされていた。

テムゲが建物の階(きざはし)に足をかけた時、不意に犬が哮えた。

「ホルか。カチウンが来ているのか」

テムゲは、近づいてきたホルの頭に手をやり、それから階を昇った。

この建物の一番端の部屋で、ベルグティが寝ていたのだ、と思った。立って闘えるなどとテムゲには思えなかったが、立って闘い抜き、ベルグティはアウラガを守った。

どの部屋にも、傷を負った兵たちが寝かされていた。部下だった兵もいて、テムゲは思わず床に膝をついた。その兵の涙を見ながら、ちょっとだけ言葉を交わした。

養方所では、女たちが多く働いていた。重傷を負った兵の世話など、女の方がむいているのだろう。その女たちを、アチが統轄している。

そうやって、寝かされている者たちと、言葉を交わしていった。この中のかなりの部分が、兵站部隊がここまで運ばなければ、命を落としていただろう。

しゃがみこんで、小さな声で呟く兵の声を聞いていると、背後から肩を叩かれた。

カチウンとアチが立っていた。

「戦がうまくいった、という話は聞いていたよ、テムゲ」

「うまくいった、という言い方はおかしい、カチウン。勝ったんだよ」

「だろうな。勝ったから、ほかのこともうまくいった」

「ジャムカ軍の別働隊に襲われた。おまえも大変だったんだろうな」

「私は、なにひとつできなかったよ。上ずって、駈け回っていただけだ。ボオルチュ殿が指揮を執ろうとされたが、そこへベルグティ殿が出てこられた。なにか、違うものが戦場に現われたという感じで、みんな声ひとつ出せないほどだった」

「あたしは、部屋で具足をつけるベルグティ殿を見ていた。そりゃ、寝台で横たわっていたベルグティ殿とは違った。眼が違った。そこにいるだけで、みんな圧倒された」

アチが言う。

「ちょっと外に行こうか」

三人で、建物の階のところへ出た。

下で、ホルが座ってこちらを見あげている。階を昇ることは、許されていないらしい。

「殿はこれから、キャト氏ではなく、モンゴル族の地すべての上に立たれる。なにを思われているか、私にはわからぬ。しかし言われたのは、十日に一度、必ず養方所を訪ね、半日は留まれ、ということだった」

「俺は、ただ行ってこい、と言われた。なにが不足なのか、見てこいと」

「私は、百人の女を育てろ、と言われたよ。養方所で働ける女を」

「兄上は、なにを見ておられるのだろう。戦が終ったら、すぐにやられたのが、タイチウト氏とジャンダラン氏の併合だ。モンゴル族を統一することだった。カサル兄に、常備軍二千の編制も命じられた。どういう意味なのかな」

「それは、これから考えよう、テムゲ」

「あたしはもう、娘まで養方所に入ってきて、人生の半分はここになりつつあるよ」

アチはそれでも、つらそうな口調ではなかった。

「俺たちは、時々この養方所に集まり、なにかを話し合わなければならない」

「なにを？」

「それは、まだわからないさ」

テムジンは、これからジャンダラン領へ行き、領民を服従させる。そこでなにか起きるのかどうかはわからないが、テムゲはもう同行を許されない、という気がした。

いままでとは、違う世界になりつつあるのが肌でわかる。それを、養方所を通して、よく見ろということなのか。

テムゲとカチウンは階を降り、一番下の段に腰を降ろした。ホルが、嬉しそうに尻尾を振る。

誰かを呼ぶ、アチの声。

養方所は、騒々しかった。


（七　虎落　了）

初出　「小説すばる」二〇一九年九月号〜十二月号
＊単行本化にあたり、加筆・修正をおこないました。
装画　寺田克也
装丁　鈴木久美

北方謙三（きたかた・けんぞう）

1947年佐賀県唐津市生まれ。中央大学法学部卒業。81年『弔鐘はるかなり』でデビュー。83年『眠りなき夜』で第4回吉川英治文学新人賞、85年『渇きの街』で第38回日本推理作家協会賞長編部門、91年『破軍の星』で第4回柴田錬三郎賞を受賞。2004年『楊家将』で第38回吉川英治文学賞、05年『水滸伝』（全19巻）で第9回司馬遼太郎賞、07年『独り群せず』で第1回舟橋聖一文学賞、10年に第13回日本ミステリー文学大賞、11年『楊令伝』（全15巻）で第65回毎日出版文化賞特別賞を受賞。13年に紫綬褒章を受章。16年、第64回菊池寛賞を受賞。『三国志』（全13巻）、『史記　武帝紀』（全7巻）ほか、著書多数。

チンギス紀(き)

虎落(もがり)

二〇二〇年三月三〇日　第一刷発行

著　者　北方謙三（きたかたけんぞう）
発行者　徳永　真
発行所　株式会社集英社
〒一〇一—八〇五〇　東京都千代田区一ツ橋二—五—一〇
電話　〇三—三二三〇—六一〇〇（編集部）
〇三—三二三〇—六〇八〇（読者係）
〇三—三二三〇—六三九三（販売部）書店専用

印刷所　凸版印刷株式会社
製本所　加藤製本株式会社

ISBN978-4-08-771711-2 C0093